KB274199

황자, 네 무엇이 되고 싶으냐?

황자, 네 무엇이 되고 싶으냐? 4

초판 1쇄 인쇄 2018년 6월 22일
초판 1쇄 발행 2018년 7월 2일

지은이 목감기
발행인 오영배
기획 박성인
책임편집 김규영
디자인 권지연
제작 조하늬

펴낸곳 (주)삼양출판사 · 피오렛
주소 서울시 강북구 도봉로 173
대표 전화 02-980-2112 **팩스** / 02-983-0660
편집부 전화 02-980-2116 **팩스** / 02-983-8201
블로그 blog.naver.com/dan_gul
출판등록 1999년 3월 11일 제9-00046호

ISBN 979-11-283-9361-7 (04810) / 979-11-283-9357-0 (세트)

fioret 은 (주)삼양출판사의 로맨스 판타지 문학 브랜드입니다.

황자,
네 무엇이
되고
싶으냐?

IV

목감기 장편소설

fio
ret

Contents

Chapter 17
투루니어 경기

윤수는 검으로 재빨리 얼굴을 막았다.

'챙!' 하는 소리와 함께 날카로운 칼날이 귀 옆쪽을 아슬아슬하게 스치고 지나갔다. 볼을 따라 무언가가 흐른다고 느낀 순간, 잘린 머리카락이 발아래로 후두둑 떨어져 내렸다.

"누구냐!"

"흐윽, 비, 비켜⋯⋯!"

동시에 라우가 남자를 거세게 밀쳤다.

윤수는 턱 아래로 방울져 뚝뚝 흐르는 피를 닦을 새도 없이 검을 뽑아 들었다. 정체를 들켜서는 안 되니 최대한 소란 피우지 않고 라우를 잡아야 했다. 허둥지둥 도망가려는 그녀에게서 시선을 떼지 않은 채 고개를 들자 계단 아래쪽을 받치고 있는 지지

대가 보였다. 꽤나 단단해 보이는 커다란 나무기둥을 보며 윤수는 재빨리 머리를 굴렸다.

카이트 일행과 함께 2황자의 지하 카브에 몰래 잠입했을 때, 조그마한 단검으로 쇠로 만든 빗장을 자른 적이 있었다. 하물며 지금 손에 들고 있는 것은 날 선 장검. 그러니 제아무리 두껍고 단단한 통나무라 해도 상관없었다.

게다가 지금은 딱히 다른 방법도 없지 않은가.

콰앙!

그녀는 지체하지 않고 있는 힘을 다해 검을 박아 넣었다. 그러자 요란한 소리와 함께 나무의 절반 정도가 마치 도끼로 쪼갠 것처럼 움푹 파여 나갔다.

"어, 어어?"

발밑이 사정없이 흔들리자 앞다투어 도망치려던 그들이 겁을 집어먹은 채 자리에 풀썩 주저앉았다. 저 아래가 몹시 까마득함을 깨달은 라우는 엉금엉금 기다시피 하면서도 문을 향해 끈질기게 나아갔다. 그 모습을 본 윤수가 다시 나무에 박힌 검을 거칠게 뽑았다.

"으윽."

동시에 윤수의 손바닥에도 피가 흘렀다. 검 손잡이 끄트머리에 장식된 조각이 마치 못처럼 그대로 살에 박혔다. 하지만 아랑곳하지 않았다. 이를 악다무는 것으로 고통을 참아 넘기고, 흔들거리는 나무 기둥을 향해 또다시 무자비하게 검날을 휘둘렀다.

쿵!

딱 두 번의 손짓 끝에 지지대가 전부 부서져 나갔다.

“으……!”

난간을 잡고 간신히 버티던 남자가 비명을 지르려 했다.

하지만 이번에도 윤수의 검이 빨랐다. 아니, 정확히 말하면 비어 있는 검집이 저 끝에서 날아왔다.

목 뒤를 가격당한 그의 사지가 추욱 늘어졌다.

“……흐윽!”

그걸 바라보던 라우의 입술이 덜덜 떨렸다. 풍성한 머리채를 고정시켰던 값비싼 머리 장식은 어느새 빠져 달아나고 없었다. 피처럼 붉은 머리카락이 정수리에서부터 스르륵 쏟아져 내렸다. 조금만 움직여도 베일 것 같은 칼날이 턱 아래로 바짝 다가온 것을 깨달았을 때는 이미 목덜미를 잡히고 난 뒤였다.

“큭……!”

숨이 막힌 나머지 라우가 발버둥을 쳤다.

“……지금부터 큰 소리 내면, 난 놀란 나머지 이대로 손에 힘을 줄지도 모르지.”

하지만 뒤에서 들려온 목소리의 주인공은 놀랍게도 여자였다.

여자?

이 억센 힘이 여자의 것이라고?

라우의 두 눈동자가 희번덕거렸다.

그러나 아무리 용을 써도 꼼작할 수가 없었다.

"그러니 허튼수작 말고 묻는 말에만 대답해."

힘이 빠진 라우는 그저 시키는 대로 고개를 끄덕였다.

티는 내지 않았지만 윤수의 등에서도 진땀이 흘러내렸다. 사실 시간이 많지는 않았다. 아래쪽에서 천천히 올라오던 병사들의 기척이 눈에 띄게 빨라졌다. 물론 사람 비명 소리 같은 건 일절 새어 나가지 않았지만, 두 번의 커다란 파열음이라든가 계단이 흔들릴 때 생긴 진동 같은 것은 충분히 감지되고도 남았으리라. 그러니 다른 자들이 오기 전에 라우의 속셈이 무언지 알아내야 했다.

"사주한 사람이 누구야. 아니면 설마 혼자 꾸민 일인가?"

"대, 대체 무슨 소리…… 윽!"

"노르덴 숲에서 3황자가 괴한들에게 쫓긴 건 전부 당신 짓이라는 걸 저 기절한 남자가 증언해 줬잖아. 설마 시치미를 뗄 셈이야?"

"으윽!"

순간 라우의 목에 핏대가 섰다. 참을 수 없는 분노가 치민 윤수가 힘을 미처 조절하지 못했기 때문이었다.

"설마 1황자가 시킨 거야? 그래서 아까 카이트 황자에게 1황자 오튼을 조심하라고 귀뜸한 거냐고!"

윤수는 한 자, 한 자 내뱉는 말에 정신을 집중했다.

그렇게라도 하지 않으면 정말 이대로 그녀의 목을 비틀어버릴까 봐 스스로도 걱정이 되었기 때문이었다.

"넌 대체 누구냐? 내 아들과 무슨 관련이 있지?!"

내 아들.

라우의 입에서 그 말이 나오는 것조차 속이 뒤틀려 견딜 수 없었다. 윤수는 이를 악문 채 줄곧 생각했던 이야기를 꺼냈다. 믿을 수 없을 만큼 낮게 가라앉은 목소리였다.

"글쎄. 난 아무하고도 관련 없는 사람이지만, 적어도 당신이 젤른로스 황비에게 무슨 짓을 했는지는 잘 알고 있지."

그 말에 라우의 안색이 마치 죽은 사람처럼 창백하게 변했다.

검날을 타고 흘러내린 피가 라우의 값비싼 드레스 앞섶을 적셨다. 사실 그건 윤수의 손바닥 상처에서 새어 나온 피였지만, 라우는 정말로 목이 잘리기라도 한듯 고통스러운 표정을 지었다.

"몸이 아팠던 황비는 정신이 들 때마다 황제를 찾았지. 기억이 온전할 때 누구보다 사랑했던 사람을 만나 보고 싶어서 말이야. 하지만 그때마다 갖은 방해를 한 사람이 과연 누구였을까?"

순간 라우는 자신이 귀신이나 악마를 만난 것은 아닌가 하고 생각했다.

그건 저밖에는 모르는 비밀이었다. 아니, 그동안 아무에게도 말한 적 없었던 시커먼 술수였다. 게다가 몸이 아팠던 황비를 제대로 돌보지 않고 그저 황제의 눈에 들기 위해서 온갖 애를 썼던 건 이미 무척이나 오래전의 일 아닌가.

그래, 카이트를 낳기도 전이니, 족히 몇십 년도 더 된 일이다.

그런데 그것을 이 젊은 여자가 어떻게 알고 있는 걸까?

어느덧 피부에 소름이 돋았다. 라우는 울먹이는 목소리로 다급히 입을 열었다.

"다시는, 다시는 누구와도 손잡지 않을게, 야, 약속하마……!"

"지금 나보고 그 말을 믿으라고? 카이트 황자뿐만이 아니라 프롤라인 황녀도 유모에게 떠넘기듯 맡겨놓고 거들떠보지도 않은 당신을?"

그래, 마녀다. 이 여자는 최소한 마녀가 틀림없었다.

라우의 두 눈에서 공포와 두려움, 경악이 한데 뒤섞여 줄줄 흘러내렸다.

"황자를 사지로 몰아넣은 주제에 내 아들? 이제 와서 설마 엄마 행세라도 하려는 거야?"

목소리는 여전히 차분했지만, 겨눠진 검은 점점 더 가까이 다가오고 있었다. 살갗을 꿰뚫린다 해도 이상하지 않은 압박에 라우는 그저 마른 침을 삼키는 것이 고작이었다.

"아, 아니야! 노르덴 숲으로 괴한을 불러들인 건 내가 맞지만…… 결코 아들이 죽기를 바랐던 건 아니었어. 이래 봬도 어민데 어찌 그런 끔찍한 일을 저지르겠나!"

겁을 집어먹은 그녀는 시키지도 않은 말을 줄줄 해 댔다.

"다만 내가 사람을 모아주면 나머지는, 크윽! 그자가 알아서 한다고……!"

"그러니까 그저 시키는 대로 했을 뿐이다? 그래서 그런 위험 부담을 떠안으면 당신이 얻는 게 대체 뭔데?"

라우는 점점 숨이 막혀왔다.

"그는 자신이 황제가 되면 날 예우하는 차원에서 내게 황태후의 칭호를 주겠다고 했어……."

"황태후라니. 그런 건 카이트 황자가 황제가 되면 저절로 얻어지는 칭호잖아."

하지만 아무리 사지를 발버둥 쳐봐도 목을 조르는 힘이 전혀 줄어들지 않았다. 라우는 절규하듯 소리쳤다.

"어차피 카이트는 황제가 될 가능성이 없어!"

"뭐?"

그 말이 나온 순간 은색의 날이 파르르 떨렸다. 기어코 피부 위로 새빨간 선혈이 배어 나왔다.

"난 아들이 지닌 헛된 꿈을 포기시키려 했을 뿐이라고!"

그 소리가 귓가에 파고드는 순간, 윤수는 어금니를 아프도록 깨물었다.

"카이트가 황제의 자리를 차지할 가망이 없어 보이니까…… 곧바로 다른 자의 손을 잡았다는 소리야? 게다가 헛된 꿈이라니. 그건 그가 지니고 있는 유일한 꿈이었는데……!"

"나 역시 황태후의 자리에 앉는 것이 평생의 꿈이었다!"

마치 억울하다는 듯 항변하는 그녀의 뻔뻔한 태도.

스쳐 지나간 칼날로 인해 상처가 난 윤수의 뺨에, 뜨겁고 축축한 무언가가 스며들어 벌어진 살갗이 몹시 쓰라렸다. 뜨거운 눈물이 어느새 소리 없이 흘러내리고 있었다.

아니, 견딜 수 없이 쓰라린 것은 그녀의 마음이었다.

카이트 본인은 자신의 꿈을 단 한 번도 손에서 놔 본 적이 없건만, 그걸 가망 없다며 단정 지어 버린 것은 정작 그의 어머니였다.

헛된 꿈?

자식의 유일한 소망을 그저 헛된 망상으로 치부했단 말인가?

무어라 형용할 수 없는 거센 폭풍우 같은 감정이 전신에 몰아쳤다. 분노가 차오름과 동시에 허탈감이 밀려왔다.

몸에 힘을 주면 줄수록 계단이 계속해서 위태하게 흔들렸지만 윤수는 아랑곳하지 않았다.

라우는 이제 숨소리조차 내지 못했다. 주름 하나 없는 매끈한 목을 타고 흘러내리는 뜨거운 액체가 점점 더 많아졌다.

"흐윽, 사, 살려줘……!"

차디찬 돌처럼 굳어버린 사지에 마지막 힘을 실어 그녀가 마구 발버둥 치던 순간이었다.

저 아래에서 낯선 목소리가 들려왔다.

"거기 누구냐?!"

거의 이성을 잃어가던 윤수도 순간 정신을 차렸다.

손아귀에 힘이 빠지자 부드러운 근육 사이를 조금씩 파고들던 검날이 아래로 스르륵 떨어졌다.

그러나 공포에 잠식된 라우는 여전히 요지부동이었다.

어찌 되었든 이 여자는 그의 친모.

그 사실을 줄곧 되뇌며 윤수는 거칠게 요동치는 마음을 있는 힘껏 다잡았다.

겁먹은 기색이 역력한 남자 둘이 어느새 바로 아래까지 다가와 있었다. 저 아래에서 올라오고 있던 병사들의 기척을 잠시 잊은 것은 자신의 실수였다.

마치 혼수상태에서 갓 깨어난 사람처럼 라우가 탁한 비명을 질렀다.

"사, 살려……! 윽!"

하지만 그녀는 끝까지 말을 잇지 못하고 스르르 고개를 떨궜다. 곧바로 급소를 가격당한 탓이었다. 그대로 정신을 잃은 라우를 쓰러져 있는 괴한 옆에 그대로 둔 채 윤수는 잽싸게 몸을 일으켰다. 안타까움과 분노가 혼재된 감정이 가쁜 호흡을 타고 고스란히 토해졌다.

"어이, 이봐! 이것 좀 봐라! 이 위의 계단이 갑자기 왜 무너졌지?"

아래에서 들려오는 소란이 점점 커져만 갔다.

윤수는 서둘러 후드를 깊게 눌러 쓰고는 얼어붙은 것 같은 발을 애써 움직여 밖으로 조용히 빠져나갔다. 제 심장을 칭칭 얽어맨 이 처연한 서글픔은 여전히 애써 무시한 채로.

*　　*　　*

밖으로 나오자 차가운 공기가 달아오른 얼굴을 감쌌다.

살짝 그어진 뺨에서 흘러내린 핏자국은 대충 지워냈지만, 손바닥에 덧댄 천 위로는 아직도 축축한 것이 배어나고 있었다.

돌려준다고 약속했는데.

솔기가 찢어져 버린 로브를 바라보며 윤수는 또다시 크게 한숨을 내쉬었다.

이 몰골로 다시 무도회장에 들어갈 수는 없었다.

상처를 치료하는 것은 둘째 치고 우선 손가락 사이에 엉겨 붙어 있는 핏물이라도 좀 씻어내고 싶었다.

게다가 지금쯤이면 카이트가 자신을 찾고 있을지도 모른다. 그러니 일단 옷매무새라도 좀 다듬어야 했다.

그녀는 땅에 끌릴 정도로 긴 로브를 어깨에 가볍게 두른 채 재빨리 정원을 가로질렀다. 언제 봐도 아름다운 분수를 지나, 커다란 장미 넝쿨 아래로. 땀이 식고 긴장이 가라앉자 의외로 마음속에는 차분함이 차올랐다.

소설 속의 인물들에게는 더 이상 아무 기대도 걸지 않으리라. 그의 곁에는 제가 있어 줄 거다. 그 사실은 윤수에게도 충분히 위로가 되었다.

마치 눈 위를 거닐 듯이 잔디를 밟는 소리가 어둠 속에서 사박사박 울려 퍼졌다.

무도회는 점점 더 그 열기를 더해가고 있는 듯 보였다.

사람들은 여전히 시원한 샴페인이며 주스 따위를 마시는 데 열중해 있었고, 그러다 땀이 식으면 열정적으로 춤을 췄다. 쉼 없이 들려오는 웃음소리와 경쾌한 음악. 그 자리에서 멀리 동떨어진 정원은 또 다른 세계마냥 고요했다.

그런데 그 조용한 어둠 한가운데, 누군가가 서 있었다.

지금은 별로 만나길 원치 않았지만 사실은 누구보다 보고 싶은 사람.

"카이트."

그 이름을 부르자 그가 천천히 자신을 돌아다보았다.

막 핀 꽃처럼 붉은 머리가 달빛 아래 드러났을 때, 윤수는 비로소 깨달았다.

오늘 일어난 일에 대해 자신은 아무것도 말할 수 없음을.

카이트가 딱히 라우를 의지하는 것은 아니지만, 그래도 어머니는 그에게 있어 늘 커다란 그리움의 대상이었을 터. 그러니 그 감정은 그대로 지킬 수 있게 해 주고 싶은 게 윤수의 바람이었다.

카이트는 잠시 놀라는가 싶더니 곧 곁으로 성큼성큼 다가왔다.

"왜 이런 곳에 있는 거지?"

평소보다 낮은 그의 목소리에 퍼뜩 정신을 차린 윤수는 다쳐

서 엉망인 손을 얼른 뒤로 감췄다. 동시에 단단한 팔이 허리를 세게 껴안았다.

"흐읏."

왜인지 몰라도 그는 화가 나 있었다. 다소 억지로 입술을 벌리고 혀를 거칠게 유린하는 듯한 입맞춤이 시작되었다.

여린 점막을 마구잡이로 짓누르고 이를 세워 입술을 씹었을 때는 살짝 아프기까지 할 정도다. 저를 마구 질책하는 것 같은 숨결이 열기를 품은 채 안쪽을 가득 채웠다.

하지만 여전히 따듯하기 그지없는 체온.

그것이 입술에 스민 순간, 아슬아슬하게 숨겨두었던 연민과 서글픔이 그만 윤수의 안에서 폭발하고 말았다.

"흑……."

참을 수 없는 흐느낌이 목 안에서 터져 나오자 거친 입맞춤이 거짓말처럼 멈췄다. 그녀의 볼을 감싸고 있던 그의 손 안으로 뜨듯한 무언가가 흘러내렸다.

"이런."

깜짝 놀란 그가 입술을 떼며 물었다.

"대체 무슨 일이야."

사실은 그는 방금 전까지도 매우 불쾌한 기분에 사로잡혀 있었다. 페라트와 춤을 추던 아름다운 윤수의 모습이 뇌리에서 줄곧 떠나질 않아서 말이다.

게다가 그녀는 어느 틈에 사라져 보이질 않았다.

한참 동안 찾아도 그 행방을 아는 사람이 없으니 답답하고 걱정되는 마음에 잠시 정원을 거닐며 끓는 속을 가라앉히던 중이었다. 그런데 갑자기 나타나 천연덕스럽게 제 이름을 부르자 그만 화가 솟구치고 말았던 것이다.

"미안하다."

그는 황급히 사과했다.

아무래도 자신이 너무 몰아붙인 모양이었다. 눈물을 흘릴 정도로 아프게 한 건 아닐까 하는 걱정이 뒤늦게 밀려들어 왔다. 그뿐만 아니라 유치하게 질투하고, 분노하던 자신의 모습을 상상하자 얼굴이 뜨끈하게 달아올랐다.

그깟 춤 좀 다른 남자와 추면 어떤가? 그녀의 마음은 이미 제 것인데.

카이트는 제 소매를 붙잡고 펑펑 눈물을 흘리는 윤수를 가볍게 안았다. 작동을 중지한 분수대 난간 위에 그녀를 앉힌 뒤 양팔에 가두자, 그제야 눈높이가 같아졌다.

"내가 잘못했다. 그러니까 울지 마라, 응?"

눈물의 의미를 오해한 카이트는 계속해서 안절부절못했다. 부드러운 손길로 연신 머리를 쓸어주다가도 가끔 뺨에 다정하게 입 맞춰 주기를 수차례. 무언가 날카로운 것이 뺨을 스치고 지나간 미세한 자국이 눈에 띄었다.

"……너, 얼굴에 난 이 상처는 뭐지?"

그의 미간이 걱정으로 구겨지는 것을 본 윤수가 울먹이는 목소리로 그곳을 쓱쓱 문지르며 황급히 대답했다.

"나뭇가지에 긁혔어."

"뭐? 대체 어디서 이런 나뭇가지가……."

하지만 카이트는 끝까지 말을 잇지 못했다. 숨이 막힐 정도로 제 목을 끌어안은 그녀 때문이었다.

"왜 그러……."

"카이트."

하지만 그의 말을 또다시 윤수가 싹둑 잘랐다.

"우리 언제나 같이 있자."

그녀의 몸이 격하게 떨리고 있었다.

무언가 이상하다. 하지만 카이트는 아무 것도 묻지 않고 손을 천천히 움직였다. 지금은 여전히 들썩이는 그녀의 등을 토닥여 주는 것에 집중할 뿐이었다.

"난 네 곁에 평생 있어 주고 싶어."

새삼스러운 고백에 또다시 손길이 우뚝 멈춘 순간.

"그러니까 나랑 결혼하자."

귓가에 달콤한 숨결과 함께 그 말이 쏟아져 들어왔다.

"……그, 그러니까."

믿을 수 없는 이야기에 그는 저도 모르게 말을 더듬었다.

방금 그 소리가 정말 그녀의 입에서 나온 게 맞는 걸까? 혹시 내가 환청을 들은 건 아닌가?

"……지금 뭐라고 했지?"

그렇게 되묻는 순간에도 머리끝까지 열기가 차올랐다.

멍한 상태에서 벗어나기 위해 카이트는 아랫입술을 꾸욱 물었다.

윤수와 마음이 통한 그날부터 단 한 시도 머릿속을 떠나지 않고 줄곧 그려본 두 사람의 미래. 제 곁에 가족이 되어 서 있는 여자는 이제 그녀 말고는 그 누구도 생각할 수 없었다.

하지만…….

가족.

내가 정말 그런 것을 꿈꿔도 되는 걸까.

하도 깨물어서 이제는 감각마저 없어진 안쪽 볼을 그는 혀로 살며시 쓰다듬었다. 사랑하고 싶고, 또 사랑받고 싶은 여자를 만난 것만으로도 이미 충분히 놀랄 만한 삶이다. 게다가 늘 자신의 행복보다는 윤수의 행복을 최우선으로 생각하던 그였기에 아무 대답도 못 할 정도로 얼떨떨해진 것도 무리는 아니었다.

줄곧 아무 말이 없는 카이트를 곁눈질로 힐끔거리던 윤수가 주눅 든 목소리로 웅얼거렸다.

"거절은 거절할 거야."

그녀는 그의 침묵을 오해하고 있는 듯했다.

"뭐?"

"겨, 결혼……."

이제 와서 뭐가 그렇게 부끄러운지 말도 제대로 잇지 못하는 윤수를 바라보던 카이트의 입가에도 주체할 수 없이 행복한 미소가 지어졌다.

그러나 그것을 아직 보지 못한 그녀는 자신의 마음을 전하는 것에 여전히 필사적이었다.

"……하자고."

목 근처에서 바르작대며 내뿜는 숨결이 뜨겁다.

카이트는 입술을 단단히 깨문 채, 분수대 난간을 짚고 있는 팔에 좀 더 힘을 주었다. 살짝 상체를 뒤로 빼자 불이 붙은 것처럼 빨갛게 변한 윤수의 얼굴이 눈에 들어왔다.

"내가 원했던 건 지금까지 딱 하나밖에 없었는데."

지금까지 본 것 중 가장 크고 환한 미소를 짓고 있는 카이트의 얼굴을 윤수는 어리둥절한 눈으로 바라보았다.

"그런데 되고 싶은 게 자꾸만 늘어만 간다. 네 덕분에."

"무슨 소리야?"

하지만 더 이상 대답을 들을 수 없었다. 부드럽게 맞닿은 입술에 온통 정신을 빼앗겼다.

믿을 수 없을 정도로 커다란 행복을 담은 뜨겁고 진한 열정이 쏟아졌다가, 다시 흘러들어 왔다. 허리를 안고 있던 손이 옆구리를 타고 위로 조금씩조금씩 올라왔다.

카이트의 숨결이 숨길 수 없이 거칠어졌다. 한없이 부풀어 오른 들뜬 마음과 그녀의 모든 것을 가지고 싶은 욕망이 번갈아 가며 그의 안을 가득 채웠다.

"하아."

윤수의 입에서 달뜬 신음이 흘러나왔다. 그러자 얇은 드레스 위를 더듬는 손끝에 더더욱 노골적인 호소가 실렸다. 서로를 집요하게 삼키고 빠짐없이 탐했지만 아직도 무언가가 부족하다.

채워지지 않는 갈망. 윤수의 속눈썹이 파르르 떨렸다.

카이트는 그러한 작은 신호조차 절대로 놓치지 않았다.

드레스 위로 드러난 흰 살결에 그의 입술이 천천히 내려앉았다. 뜨겁고 축축한 무언가가 피부 결을 타고 간지럽게 배회했다.

"아."

그 생경한 느낌에 저도 모르게 얕은 신음을 내뱉자, 마치 그 순간을 기다렸다는 듯 갑자기 따끔한 통증이 일었다.

"카이트, 잠깐. 잠깐만……!"

윤수는 자신의 목과 쇄골 언저리에 짙은 흔적을 남기는 그를 다급히 만류했다.

"왜?"

하지만 카이트는 그저 태연하게 반문하며 자신의 입술을 점점 더 아래로 내릴 뿐이었다.

"……여기는 밖이잖아."

안 그래도 깊게 파인 드레스의 앞섶이 살짝 밑으로 잡아당겨지는 순간, 더 이상 버틸 수 없었던 윤수는 그의 어깨를 힘주어 밀어내며 다급하게 외쳤다.

"여, 여기서는 안 돼……!"

"그럼 안으로 들어가길 바라?"

카이트의 입에서 낮고 탁한 음성이 흘러나왔다.

"방으로 들어가면, 저번처럼 아무 일도 없지는 않을 거야. 그래도 괜찮은가?"

그가 전하는 열기가 그녀의 심장에도 고스란히 스며들었다.

"뭐……?"

"이제는 널 앞에 두고 더 이상 참을 자신이 없어."

그는 그녀의 손등에 천천히 입을 맞췄다.

손 마디마디를 간지럽게 훑다가, 손가락 끝을 잘근 깨물기도 했다. 노골적으로 허락을 구하는 몸짓.

윤수의 동공이 마구 흔들렸다.

……정말 그래도 괜찮을까?

물론 주저하는 마음이 드는 건 다른 이유가 있어서가 아니었다.

으음. 그러니까 여기는 아직 손님들로 북적이고 있는 바인의 성이고, 아직 전야제 행사가 끝나지 않은 데다가, 또 카이트는 투루니어 경기에도 출전해야 하는데. 게다가 그거 되게 힘든 경기잖아? 끝나고 나면 건장한 남자들이 모두 탈진해서 움직이지도 못할 정도라고 서술해 놓았을 정도로 말이야. 그러니까 그런 중요한 시합 전에는 역시 체력을 낭비하지 않는 편이 좋지 않을까…….

아니, 아니. 내가 지금 대체 무슨 생각을 하고 있는 거야?

한동안 말이 없던 윤수가 고개를 세차게 도리질 쳤다.

　그 모습을 멍하니 바라보고 있던 카이트의 입에서도 결국 웃음이 터졌다. 도대체 무슨 생각을 하고 있는 건지 저 조그마한 얼굴이 쉴 새 없이 빨개졌다, 파래졌다 한다. 그러다가 갑자기 입술을 깨물기도 하고 격한 숨을 마구 쏟아낼 때도 있다. 이런 그녀를 하루 종일 곁에다 두고 구경하고 싶다. 그래도 질리는 일은 아마 없을 것이다.

　"아직도 결정하지 못했나 보군. 동이 틀 때까지 기다려 줄 테니 천천히 생각해."

　짓궂은 말에 윤수의 얼굴이 또다시 달아올랐다.

　그녀는 당황한 나머지 카이트가 제게 장난을 치고 있다는 사실을 아직 인지하지 못하고 있는 듯했다.

　"아니, 아니야. 이건 그러니까 내가 아직 마음의 결정을 못 한 게 아니라……."

　당황한 듯 입술을 잘근거리며 마구 말을 더듬는 모습을 바라보던 카이트의 마음속에 또다시 뜨거운 것이 차올랐다.

　이런 감정을 맛볼 수 있는 날이 내게도 찾아오다니.

　견디기 버거울 정도로 행복한 시간. 일분일초가 흘러가는 게 너무나 아깝다.

　"좋아. 그럼 그 대답은 조금 미뤄 둬."

　난간에 앉아 있던 몸이 허공에 살짝 뜬다 싶더니, 어느새 두 발이 땅을 디뎠다. 카이트가 저를 안아 내려놓자 깜짝 놀란 윤수는 허공에다 대고 마구 손을 휘저었다.

"난 결코 싫은 게 아니래도……."

그러자 나지막한 웃음소리와 함께 이런 대답이 돌아왔다.

"그 말, 시합 후에 반드시 되돌려 받지. 우승 선물로."

"우승……?"

"그래. 널 위해서라도 투루니어 시합에서 반드시 우승할 거다. 그리고……."

그렇게 말하는 그의 눈빛이 무척이나 진지했다. 덕분에 윤수도 빠끔거리던 입을 조용히 다물었다.

"그 후에, 나와 결혼해 줘."

마치 따듯한 봄날에 듣는 파도 소리처럼 잔잔한 목소리가 저 아래에서 들려왔다. 놀라서 동그랗게 뜬 눈 안으로 한쪽 무릎을 꿇고 앉은 카이트가 보였다.

"네 세계에서는 여인이 먼저 청혼하는 것이 관례일지 모르나, 우리 페어라센에서는 이게 전통이다."

그의 입술이 왼손 약지에 천천히 닿았다. 한동안 이 성스러운 입맞춤에 열중하던 그가 부드럽게 속삭였다.

"앞으로는 나와 함께 새로운 이야기를 써 나가자. 행복하고 즐거운 일들만 가득한 그런 이야기들을."

윤수는 아무런 말도 하지 못하고 그저 받은 숨을 내쉴 뿐이었다. 먼저 결혼하자고 말했던 건 저였는데, 지금 이 순간 왜 이렇게 가슴이 떨리는 건지 알 수가 없었다.

"그래, 그러자."

또다시 뜨거운 눈물이 흘렀다. 서럽고 안쓰러웠던 마음은 온 데간데없이, 그저 기쁘고 좋아 펑펑 울음을 쏟아 냈다. 그를 제 손으로 행복하게 만들어 줄 거라는 다짐에 정작 행복해진 것은 그녀 자신이었다. 저를 힘주어 끌어올리는 손에 몸을 일으키자, 그 안으로 그녀가 기다렸다는 듯 뛰어들었다.

"사랑해."

하지만 이러한 말로는 다 담을 수 없는 커다란 마음. 단단한 품이 윤수를 힘주어 안았다. 두 사람의 머리 위로, 평소와 다를 바 없는 달이 유독 찬란하게 빛났다.

놀라운 마법 같은 일이 벌어진 밤이었다.

*　　　*　　　*

"그럼 바서 님! 잘 부탁드립니다!"

그녀가 상기된 표정으로 허리를 숙여 납죽 인사하자, 높이 올려 묶은 분홍색 머리카락이 아래로 찰랑 떨어져 내렸다.

"바서 님이라고 부르지 않아도 된다니까요."

그런 그녀에게 윤수가 쑥스럽다는 듯 손을 내저었다.

"아, 참! 언니라고 불러도 된다고 하셨죠?"

두 눈동자가 이루 말할 수 없이 반짝였다.

저토록 순수하게 기쁨을 드러내는 얼굴이라니.

프롤라인은 정말이지 알면 알수록 너무나도 귀엽고 사랑스러운 황녀였다. 물론 서로 만난 지는 불과 이틀도 채 되지 않았지만, 어차피 그런 건 전혀 중요한 게 아니었다. 왜냐하면 그동안 소설 속에서 쭉 봐 온 시간이 있었으니까.

"그럼, 해 보겠습니다!"

그렇게 외친 프롤라인은 다시 한 번 검 손잡이를 야무지게 말아 쥐었다.

"이얍!"

기합이 제법 단단했다.

뿐만 아니라 그동안 열심히 훈련했다는 말이 거짓은 아닌 듯 달려드는 움직임 또한 꽤나 빨랐다.

"으앗!"

하지만 언제나 마음과 몸은 따로따로 노는 법.

챙! 하고 부딪치는 소리가 나자마자 프롤라인은 뒤로 벌렁 나자빠지고 말았다.

"죄, 죄송합니다! 다음번에는 반드시 제대로 해내겠습니다!"

그녀는 얼른 몸을 일으키며 빨개진 얼굴로 사과를 건넸다.

그 모습에 윤수는 미간을 살짝 구겼다.

실수를 할 때마다 계속해서 주눅 든 목소리로 죄송하다고 말하는 그녀의 행동으로 유추해 보건대 프롤라인은 지금까지 무언가를 배울 때마다 늘 혼이 났던 것이 분명했다.

아마 그건 황실의 교육이 엄격했던 탓도 있었으리라.

게다가 뭐든지 하나를 가르쳐 주면 열을 해내는 오빠와도 비교가 되었을 테고 말이다.

"지금 동작 아주 좋았는데, 왜 사과를 하죠?"

따라서 윤수는 노선을 바꾸기로 했다.

잘못한 점을 지적하는 게 아니라, 잘했던 점을 찾아서 칭찬해 주는 편이 더 효과가 좋을 거라는 믿음 때문이었다.

"조, 좋았다구요? 정말……이신가요?"

아니나 다를까, 프롤라인의 얼굴이 금세 밝아졌다.

"그럼요. 게다가 움직임이 아주 깨끗하네요. 기본기만큼은 저보다 훨씬 더 나아요."

그녀의 예상은 적중했다. 계속된 칭찬에 자신감이 차오른 프롤라인은 정말로 놀라운 실력을 보여 주었다.

파고드는 기술이 아까보다 훨씬 더 날카롭게 변하자, 가르치는 쪽에서도 절로 흥이 났다.

그렇게 얼마간의 시간이 흐른 뒤.

"이쯤하고 잠시 쉴까요?"

어느덧 프롤라인의 이마에 송골송골 맺혀 있는 땀을 눈치챈 윤수가 그렇게 제안했다.

"후우, 네!"

그녀는 야외 대련장 구석에 놓인 벤치로 프롤라인을 이끌었다. 그러자 그곳에서 대기하고 있단 도리스가 기다렸다는 듯이 각종 주스와 샌드위치 등을 푸짐하게 늘어놓으며 호들갑을 떨었다.

"어쩜 두 분을 보기만 해도 이리 가슴이 뿌듯해지는지! 특히 황녀님은 검을 들고 계시는 그 모습이 카이트 님하고 너무 똑같아서 깜짝 놀랐어요."

그녀의 극찬에 프롤라인이 얼굴을 붉히며 손사래를 쳤다.

"오, 오라버니랑 똑같다니……! 그건 제게 너무 과찬의 말씀이십니다."

"아니에요. 제가 오늘 지켜본 결과 프롤라인 님도 분명히 나중에는 황자님을 능가할 정도로 훌륭한 검사가 되실 것임이 틀림없어요!"

"도리스 말이 맞아요. 저 카이트 황자랑 남매여서 그런지 확실히 소질이 있네요."

계속되는 두 사람의 칭찬에 황녀의 눈가가 기쁘게 휘어졌다. 제 오빠가 만날 때마다 하도 채근하기에 그저 마지못해 참가하던 검술 훈련일 뿐이었는데, 오늘은 그 느낌이 완전히 달랐다. 이렇게 재미있고 흥미진진한 수업은 처음이었다.

청명한 햇살이 쏟아지는 따듯한 오후.

맛있는 점심을 눈앞에 둔 여자 셋이서 끊이지 않는 수다를 막 꽃피우려는 찰나였다.

"어머, 검사님은 또 왜 오셨수?"

뒤에서 갑자기 불쑥 등장한 커다란 그림자에 도리스가 깜짝 놀라 외쳤다.

"저, 저어……."

머리를 긁적이며 서 있는 것은 렌틸리히였다.

"혹시 카이트 황자가 무슨 전갈이라도 보낸 건가요?"

렌틸리히는 요즘 하루 종일 카이트 황자와 함께 시간을 보내는 사람 중 하나였다.

"네? 아, 아니요, 딱히 그런 건 아닙니다. 그냥 점심시간이기도 하고, 레위니옹도 지금 마침 휴식 중이라……."

하지만 윤수의 질문에도 렌틸리히는 그저 말을 얼버무리며 쩔쩔맬 뿐이었다.

"으흠. 흐으음."

프롤라인 황녀를 힐끔힐끔 곁눈질해가며 마치 뭐 마려운 강아지처럼 계속해서 안절부절못하는 그를 향해 도리스는 의미심장한 눈초리를 보냈다.

"검사님, 식사는 하셨어요? 안 하셨으면 여기서 우리랑 같이 드실래요?"

"그, 그래도 될까요?"

그 말에 그는 사양 한 번을 하지 않고 기다렸다는 듯 좁은 벤치에 그 커다란 체구를 밀어 넣었다.

어울리지 않게 두 뺨을 분홍빛으로 물들이면서 말이다.

'그럼 그렇지.'

도리스의 입가에 히죽거리는 웃음이 실렸다.

지금까지 살면서 저만큼 눈치 빠른 사람을 본 적이 없다는 건, 그녀의 가장 큰 자랑이었다.

이 순박한 청년은 순식간에 도리스의 호감을 샀다.

'용기 하나만큼은 가상한 검사님이구나.'

하지만 상대는 저 카이트 황자님의 여동생. 너무나도 흥미진진한 또 다른 관찰 거리를 발견한 도리스의 눈이 별처럼 반짝였다.

묘한 점심 식사 시간이었다. 모인 사람은 네 명이나 되었지만, 각자 다른 생각을 하느라 분위기는 그저 조용하기만 했다. 렌틸리히는 계속해서 프롤라인 황녀에게서 눈을 떼지 못했고, 도리스는 그런 렌틸리히를 구경하느라 정신이 없었다. 하지만 그중 가장 말이 없는 건 윤수였다.

그녀는 줄곧 라우브루스트를 생각하고 있었다. 제 팔에 잡혀 눈물을 줄줄 흘리던 그 여자를 말이다.

나름대로 주변의 정보를 슬쩍 모아본 결과, 그녀는 이미 새벽에 2황자의 성을 빠져나간 것 같았다. 카이트와 프롤라인은 물론이고 그 누구에게도 행방을 알리지 않은 채, 매우 조용히. 그저 도망치듯 허겁지겁 마차에 오르는 모습을 몇몇 하녀들이 봤을 뿐이다.

'라우가 친아들의 등에 비수를 꽂은 게 그리 놀라운 일은 아니야. 워낙 탐욕스러운 여자니 제게 좀 더 이득이 되겠다 싶은 쪽의 손을 잡았던 거겠지. 황태후가 되고야 말리라는 권력 욕심 외엔 아무것도 중요하지 않았을 테니까.'

하지만 그녀에게 누가 그런 대담한 제의를 했을까?

그건 아마도 카이트가 아직도 황제를 포기하지 않았음을 알고 있는 남자, 즉 그런 그를 눈엣가시처럼 여겼을 황자 중 한 사람이리라. 정황상 범인은 딱 한 사람뿐이었다.

아직 만나 보지 못한 1황자 오튼. 그는 라우를 직접 황궁으로 부른 장본인이니 더더욱 의심이 갔다.

하지만 정말 이렇게 1황자로 단정 지어도 되는 걸까?

너무 쉽게 유추되는 인물이라 오히려 허점을 찔리는 느낌이다.

그렇다면 2황자 바인이 이 모든 일의 주범이라고?

꿀처럼 다디단 2황자로서의 삶. 그 행운이 행여나 사라져 버릴까 늘 노심초사하는 저 예민한 남자가……? 게다가 모든 것이 바인이 꾸민 일이라면 라우는 왜 갑자기 황궁에 들어갔던 거였을까. 한 가지 분명한 건 2황자는 그 일과 아무런 접점이 없다는 거였다.

윤수의 머릿속이 점점 복잡하게 꼬여 갔다. 그리고 그러면 그럴수록 진한 아쉬움이 마음속을 가득 채웠다. 애써 잡은 라우에게서 가장 중요한 것을 캐내지 못했기 때문이었다. 하지만 이제 곧, 원래 세계로 돌아갈 수 있을 테니까.

윤수는 손에 들고 있던 샌드위치를 내려놓고는 가만히 주먹을 말아 쥐었다. 작가로 돌아갈 수만 있다면 이 손으로 반드시 쓰고야 말리라. 아름답고 올곧은 남자가 황제의 자리에 오르는 그런 이야기를.

그렇지만 두려움은 여전히 잔존해 있었다.

그녀는 가만히 고개를 들어 오른쪽을 바라보았다. 시선이 향한 곳은 성의 본채였다. 마치 위용을 뽐내듯 정중앙에 떠억 자리 잡은 저 커다란 건물의 지하에 그 통로가 있다.

내가 정말 그곳에 발을 디딜 수 있을까?

마음속에 또다시 알 수 없는 불안감이 치솟았다.

어디에 싱크홀이 생길지 이미 알고 있었고, 그 구덩이가 닫히기 전에 무엇을 어떻게 해야 하는지 모두 계획해 놓은 상태였다. 그러니 이제 남은 건 통로를 통해 원래의 세계로 건너가는 것뿐인데.

대체 무엇 때문에 이렇게 기분이 찜찜한 걸까.

사실 윤수는 여전히 바인을 신뢰하지 않고 있었다. 이 모든 불안감의 원인은 그 때문이었다.

'그렇지만 이번만큼은 바인도 어쩔 수 없을 거야. 까딱하다간 자신이 가진 모든 것을 전부 잃어버릴 수도 있다는 걸 잘 알고 있을 테니까.'

발밑을 가득 메운 마물들을 바라보던 그의 얼굴에 하얗게 서린 공포, 2황자가 되어 손에 넣을 수 있었던 이 모든 행운이 행여나 사라질까 봐 노심초사 하는 나약한 모습.

그런 바인을 떠올리며 윤수는 애써 마음을 잠재웠다.

그래, 2황자로서의 삶을 지켜내는 것은 바인에게 있어 일종의 사명감과 마찬가지였다. 적어도 이것만큼은 확실한 사실이었다. 또한 바인이 황제의 자리를 욕심낸다고 가정할 때 그에게 가장 큰 적이 되는 것은 1황자 오튼이다. 카이트가 아니라.

"……제 말이 맞죠, 바서 님?"

멍하니 생각에 빠져 있는 윤수의 팔을 누군가가 붙잡고 흔들었다. 도리스였다.

"네……?"

"카이트 황자님 말예요. 결코 아무에게나 자상하게 대해 주시는 분은 아니잖아요?"

뜬금없는 도리스의 말이 윤수의 고개가 갸우뚱 기울여졌다. 이건 또 무슨 이야기인가 궁금했지만, 그녀는 질문 대신 고개를 끄덕이는 것으로 동의를 표했다.

"네, 그건 그렇죠."

"그래요. 그러니 사실은 엄청 무서운 분이라고요. 후우, 저도 그분의 신뢰를 얻기까지 꽤 오랜 시간이 걸렸죠. 다른 사람도 아닌, 이 도리스가 말이지요!"

무척이나 과장된 몸짓과 말투. 그뿐만 아니라 도리스는 뭐가 그렇게 재미있는지 입가를 히죽이며 연신 입을 움직였다. 그리고 그녀가 그러면 그럴수록, 렌틸리히의 얼굴이 점점 창백하게 변해 갔다.

"만약 그분의 소중한 사람에게 접근하려는 자가 있다면 먼저 황자님의 마음에 들지 않고서는 어림도 없는 일이죠. 즉, 반드시 넘어야 할 산이라고나 할까."

"그게, 그러니까. 저, 저는."

도리스는 말을 더듬는 렌틸리히를 슬쩍 살펴보더니 웃음을 삼키며 말을 이었다.

"아휴, 무서워. 생각만 해도 오금이 저리네."

"그렇게…… 무서운 분입니까?"

"어머머? 검사님. 검사님은 요 며칠 줄곧 카이트 님 곁에 계시지 않았나요? 대체 뭘 보신 거예요? 우리 황자님은요, 원래 곁에 사람을 별로 많이 두는 편이 아니시거든요."

"그건…… 그렇죠."

"그래서 그런지 누구보다 본인의 사람들을 아끼신다고요. 그런데 만약 누군가 함부로 허락 없이 접근한다 싶으면, 단칼에 그냥……!"

도리스의 호들갑에 렌틸리히는 시무룩해지다 못해 숫제 눈 밑이 시커멓게 변해 있었다.

"그런데 갑자기 이 이야기는 왜요? 카이트 황자에 대해 무언가 궁금한 게 있는 건가요?"

눈치 없는 윤수의 질문에 렌틸리히가 뒤통수를 긁적였다.

"아, 아니요. 그게 아니라……."

"알고 싶은 건 카이트 황자님이 아니라 다른 분이겠죠."

도리스가 첨언하고 나서자 렌틸리히의 얼굴이 이번엔 또 이루 말할 수 없이 검붉게 달아올랐다.

고작 점심 한 끼 같이 먹는 동안, 그는 제게 이런 수난이 있을 줄은 상상도 하지 못했다.

"아, 아닙니다! 감히 제가 어찌……! 저는 그저 황자님이, 으음, 그때의 대련 이후 황자님만을 모실 것을 줄곧 다짐한 터입니다. 다른 사심은 조금도 없습니다, 믿어 주십시오!"

"검사님이 사심을 지니고 있다는 소리는 아무도 꺼낸 적이 없는데요?"

그저 덩치만 컸지 한없이 순박한 이 남자를 도리스는 거의 먹잇감 다루듯 했다. 그리고 이 시끌벅적한 상황에서 홀로 태평한 것은 오로지 프롤라인 황녀뿐이었다.

"저어, 그런데요. 정말로 제가 북쪽 성에 놀러가도 될까요……?"

그녀는 아까 검술 훈련 전에 윤수가 제게 약속했던 이야기를 떠올리고는 두 눈을 반짝였다.

"그럼요. 꼭 놀러 와요. 아니, 이 축제가 끝나면 아예 나랑 같이 가죠."

어쩌면 그때는 황제가 된 오빠를 볼 수 있을지도 모를 일이지만. 그런 생각을 하면서 윤수가 부드럽게 미소를 지었다. 하지만 그 속을 알 길이 없는 황녀는 마냥 신이 나서 외쳤다.

"이럴 줄 알았으면 선물을 더 준비할걸! 뻔뻔하게 빈손으로 가는 저를 부디 너그럽게 양해해 주셔요. 아, 참. 그렇지. 선물하니까 생각났는데요……."

그 말을 하면서 프롤라인은 발치에 놓아둔 가방을 향해 손을 뻗었다. 언제나 빼먹지 않고 늘 한 몸처럼 지니고 다니는 커다란 분홍색 가방이었다.

"검사님. 괜찮으시면 이걸 받아주시겠어요?"

프롤라인이 렌틸리히의 눈앞에 불쑥 내민 것은 카이트에게 주려다 거절당한 붉은색 털실로 짠 목도리였다.

"엇. 이걸 저에게요……?"

이미 목도리를 두르기라도 한 것처럼 그의 목 언저리가 붉게 변했다.

"네. 검사님께서는 저희 오라버니를 따라서 같이 북쪽 성으로 가실 거라고 하셨잖아요. 혹시 낯선 환경에서 감기라도 걸리실까 봐서……."

토끼처럼 귀여운 황녀는 사르르 눈웃음을 지으며 말을 이었다. 하지만 그것도 잠시.

"아, 혹시 폐가 된다면 안 받아 주셔도 괜찮아요! 그러고 보니 검을 휘두를 때는 이런 게 좀 거추장스럽긴 하죠……."

소심한 성격이 그대로 드러나는 가느다란 눈초리가 땅을 향해 시무룩하게 떨어졌다.

"무슨 말씀이십니까! 이런 귀하디귀한 선물이 거추장스럽다뇨!"

흥분한 렌틸리히가 벌떡 몸을 일으키며 외쳤다.

"그럼 받아주실 건가요?"

"받고말고요. 감사합니다, 황녀님. 사시사철 늘 목에 두르고 있을 겁니다!"

렌틸리히는 프롤라인의 손에 들린 목도리를 덥석 빼앗듯이 받아 들었다. 그러고는 비장해 보이기까지 한 표정으로 그것을 목에 감은 그때였다.

"이미 휴식시간은 끝난 지 오래인데 대체 뭘 하고 있는 거지? 내가 널 찾으러 여기까지 와야 하나?"

그의 뒤에서 얼음장처럼 차가운 목소리가 들렸다. 렌틸리히는 천천히 몸을 돌렸다. 그리고 뒤에 선 자의 얼굴을 눈에 담은 순간, 마치 사신이라도 만난 것처럼 호흡을 멈췄다.

미간을 구기고 서 있는 것은 카이트 황자였다.

"화, 황자님!"

"내 여동생의 검술 수업에 아직 볼일이 더 남아 있는 거라면 기꺼이 기다려 줄 수 있다."

그렇게 말하며 그는 느른하게 팔짱을 꼈다. 하지만 꾹 다문 입술은 조금도 웃지 않고 있었고, 눈매도 그저 날카롭기만 했다. 렌틸리히는 계속해서 마른침을 삼켰다.

"그게, 시계를 미처 못 봐서 시간이 벌써 이렇게 된 줄 모르고…… 아, 아닙니다! 죄송합니다!"

재빨리 검을 옆구리에 붙인 채 몸을 펴자 렌틸리히의 목에 걸려 있던 빨간 목도리가 부드럽게 흔들렸다. 그 모습을 바라보던 카이트가 살짝 눈을 찡그린 채 물었다.

"그건 또 뭐지? 이 따듯한 날에 설마 추워서 목도리를 찾아 두른 건가?"

남색의 빳빳한 제복 위로 살랑거리는 빨간 목도리를 두른 렌틸리히는 조금 우스꽝스러운 모습이었다.

"방금 막 선물로 받은 겁니다만……."

계속해서 무표정으로 절 살피는 카이트의 시선을 느낀 그는 커다란 덩치에 어울리지 않게 잔뜩 주눅 든 음성으로 대답했다.

"선물?"

"네."

"누구한테?"

"제가 멋대로 드린 거여요, 오라버니. 그러니 부디 검사님을 꾸짖지는 말아 주세요……!"

저 때문에 렌틸리히가 꾸중을 들을까 싶어 프롤라인이 황급히 나섰다.

"네가 준 거라고?"

"네. 검사님께서 에른테페스트 후 바로 북쪽 성으로 전출 가실 예정이라고 하셔서…… 거기서 춥지 마시라고……."

하지만 카이트가 무섭기는 프롤라인도 마찬가지였다. 잘못한 것도 없는데 마치 죄인처럼 구는 두 사람을 바라보던 도리스가 있는 힘껏 자신의 팔뚝을 꼬집었다. 감히 황녀님과 황자님 앞에서 웃음을 터뜨리는 무례를 저지르지 않기 위해서였다.

그런데 그때 평생 소중히 간직하리라 마음먹었던 그 목도리가 렌틸리히의 목에서 휘익 떨어져 나갔다.

“……어?”

“내놔.”

그걸 지체 없이 빼앗아 간 것은 카이트 황자였다.

“감히 이 색을 나 아닌 자가 두르고 다닌다고?”

“우와.”

카이트가 그걸 목에 두르자 윤수는 저도 모르게 탄성을 질렀다.

따로따로 볼 때는 몰랐는데, 저렇게 두르니 확연히 알 수 있었다. 목도리의 색깔은 카이트의 머리카락 색과 기가 막힐 정도로 똑같았다. 그러한 색의 털실을 구하기 위해 황녀는 아마 엄청난 노력을 들였을 것임이 틀림없었다.

“아니, 그게요. 오라버니는 필요 없다고 하셔서…….”

“필요 없다고 했지, 언제 가지지 않겠다고 했나?”

불쾌한 소리 하지 말라는 듯 미간을 구기는 카이트를 향해 모두가 아무 말도 못 하고 두 눈을 깜박였다. 이런 쓸데없는 건 집어 치우고 검술 연습이나 하라고 윽박지를 때는 언제고.

잔뜩 황당한 표정을 한 건 윤수도 마찬가지였다. 이 폭군과도 같은 오빠에게서 가여운 황녀를 지켜 주리라 마음먹고는 입술을 떼려는 찰나. 프롤라인이 먼저 말문을 열었다.

“저어, 오라버니…….”

감격한 듯 떨리는 가느다란 목소리가 흘러나왔다.

“왜 그러지?”

여전히 무뚝뚝한 음성. 하지만 그럼에도 불구하고 프롤라인은 카이트를 향해 조심스럽게 물었다.

"폐가 되지 않는다면…… 오라버니가 계신 북쪽 성에 가끔 놀러가도 될까요?"

파르르 떨리는 눈꺼풀에는 아직도 겁이 조금 담겨 있었다. 그도 그럴 것이 지금 프롤라인 황녀는 가지고 있던 모든 용기를 모아 짜낸 것이 틀림없으리라.

제대로 된 대화를 해본 적이 단 한 번도 없었던 오누이. 게다가 카이트와 정반대의 성격을 지닌 황녀는 늘 오빠를 동경하는 동시에 두려워했다.

그걸 윤수만큼 잘 아는 사람은 없었다.

그러나 황녀가 용기를 낼 수 있었던 것은 카이트 덕분이었다. 그는 확실히 변해 있었다. 주변을 죄다 베어 버릴 듯 날 선 기세가 많이 누그러져 있음은 물론이요, 무엇보다 자신의 선물을 받아 준 것도 처음 있는 일 아닌가.

"네가 오고 싶을 때 오고, 가고 싶을 때 가면 그만이다."

딱딱하기 그지없는 대답에 프롤라인의 어깨가 다시금 움찔거렸다. 하지만 그는 아랑곳 않고 계속해서 말을 이었다.

"……게다가 동생이 오빠의 성에 오는 일인데, 왜 허락이 필요하지?"

"혹시나 제가 폐를 끼치진 않을까 해서……."

"아니, 내가 알기론 가족은 그런 걸로 일일이 허락을 구하지 않아. 게다가 네가 오는 것을 폐라고 여긴 적은 단 한 번도 없다."

말을 마친 후 카이트는 서둘러 발걸음을 움직였다.

"가자, 렌. 지금 너 하나를 기다리느라 몇 명이 대기 중인지 알고는 있는 건가?"

애꿎은 렌틸리히를 마구 채근하면서 말이다.

"아, 네! 죄, 죄송합니다. 황자님."

그가 자신을 재촉하자, 아직도 넘어야 할 산이 수도 없이 많은 이 불쌍한 남자는 그제야 허겁지겁 카이트의 뒤를 쫓았다.

"가족……."

그들의 뒷모습을 멍하니 바라보던 프롤라인은 저도 모르게 그 단어를 소리 내어 입에 올렸다. 가녀린 어깨에 얹어진 떨림이 조금씩 거세지기 시작했다. 그 움직임은 이내 눈에 확연히 보일 정도로 점점 더 격렬해져 갔다.

그 모습을 모른 척 지켜보고 있던 윤수가 그녀의 곁에 조심스레 다가갔다.

"잘되었네요, 황녀님. 비록 축제는 끝났지만, 부디 돌아가지 말고 투루니어 경기에 출전하는 오빠를 응원해 줘요. 그리고 그 후에는…… 그래, 우리랑 함께 갈까요? 여기서 북쪽까지는 꽤나 먼 거리이긴 하지만, 다 같이 이동하는 건 틀림없이 재미있을 거야."

상냥한 목소리로 그렇게 속삭이자, 프롤라인은 기다렸다는 듯 저를 꼬옥 안아주는 따듯한 품으로 파고들었다.

"……흑, 네에. 흐……윽, 가, 감사합니다."

입고 있던 제복 상의가 후두둑 떨어지는 무언가로 인해 축축하게 젖어갔다. 안 그래도 어두운 남빛 천이 더욱 짙은 검은색으로 물들 즈음, 윤수는 한없이 떨리고 있는 부드러운 분홍색 머리카락을 가만히 쓰다듬어 주었다.

*　　*　　*

밤새 내린 거센 비가 말끔히 개인 아침, 눈앞에 펼쳐진 광경은 그야말로 장관이었다.

성벽을 따라 서 있는 커다란 말 수십 필이 잘 손질된 갈기를 뽐내며 제각기 우렁차게 울었다. 놈들은 그동안 줄곧 좁고 어두운 마구간에 갇혀 있었던 걸 보상이라도 받겠다는 듯이 발을 힘차게 구르기도 했다.

그리고 그 사이사이를 수많은 시종들이 바삐 지나갔다.

그들은 출전 선수들이 사용할 투구를 쉼 없이 나르고, 그 일이 끝나면 바쁜 손길로 마구(馬具)를 정성스레 손질했다.

성 밖에는 어느새 사람들이 길게 줄을 서 있었다.

"아이고, 올해는 대체 이게 무슨 일이야? 벌써 네 시간째 줄을 서 있는데, 취소 표가 고작 두 자리뿐이라니."

"그러게 말이오. 난 혹시 휘겔에 자리가 나진 않을까 하고 기대했었는데, 아무래도 올해는 틀렸나 봅니다!"

"휘겔은 결승점이 제일 잘 보이는 곳 아니오? 지금 일반 좌석조차 취소 표가 없는 판인데, 그쪽 자리가 날 리 만무하지."

긴 줄의 여기저기서 애달픈 탄식이 터져 나왔다. 그들은 대부분 투루니어 경기를 관람할 수 있는 표를 미처 사지 못한 자들로서, 모두가 즉석에서 취소되는 자리라도 받기 위해 안달이었다.

하지만 올해는 그 어느 때보다 취소표가 적었다.

특히 결승점이 한눈에 내려다보이는 언덕에 마련된 좌석은 단 한 명의 취소자도 나오질 않았다. 그뿐만 아니라 에른테페스트를 위해 각지에서 초청된 귀족들도 떠나는 이 없이 거의 대부분 성에 머물고 있는 상태였다.

이 모든 건 오로지 딱 한 가지 이유밖에는 없었다.

올해의 투루니어에는 저 3황자 아인젠카이트가 출전한다!

그 소식이 페어라센 전국을 들썩이게 만들었다.

과연 설욕전이 될 것인가, 아니면 수치와 모욕의 연장선상이 될 것인가?

이런 호외가 매일같이 각 도시에 뿌려졌다. 투루니어 애호가들뿐만 아니라, 평소 이 경기에 관심이 없던 여인들도 모였다 하면 어느새 3황자의 출전 소식을 중심으로 이야기꽃을 피웠다. 바인이 원하는 대로 동쪽의 이 커다란 도시가 전례 없이 붐볐다.

이쯤 되면 카이트는 바인에게 이미 제대로 된 값을 치른 거나 마찬가지였다.

하지만 그의 목표는 좀 더 크고 높았다.

우승.

바로 이것이 카이트의 진짜 참가 목적임을 아는 사람은 극히 드물었다.

다른 막사들보다 대략 세 배 정도가 더 큰 붉은 막사 앞에는 커다란 휘장이 달려 있었다. 흰색 가죽에 화려한 금박으로 수놓은 사자 문양이 햇살 아래 반짝였다.

그 앞을 지키고 있는 건 꼿꼿한 자세를 유지하고 있는 여러 명의 병사들이었는데, 모두가 자발적으로 3황자를 따르겠노라 맹세한 자들이었다.

그저 아주 작은 행동을 펼쳤을 뿐인데 황족에 대한 예우를 조금도 받지 못했던 예전과 많은 것이 달라져 있었다.

"안녕하십니까."

그들은 즉각 윤수를 알아보았다.

제게 인사를 건네는 자들에게 가볍게 화답한 뒤 휘장을 걷고 안으로 들어가자, 카이트가 신고 있는 승마용 가죽 부츠의 단추를 꼼꼼히 잠가 주고 있는 페라트가 보였다.

"오셨습니까?"

어쩐지 오랜만에 마주하는 것 같은 페라트는 평소와 다름없이 그저 차분했다.

"네에. 이제 준비는 다 끝났나요?"

"그렇습니다만."

하지만 그녀를 대하는 태도가 어쩐지 조금 달라져 있었다. 어색하게 맞물린 입술. 그것을 윤수보다 먼저 눈치챈 건 카이트 쪽이었다.

"……그럼 전 나가 보겠습니다. 밖에서 대기하고 있을 터이니 필요한 것이 있으면 언제든지 불러 주십시오."

황자가 절 뚫어져라 바라보고 있음을 눈치챈 페라트는 얼른 가볍게 목례를 건넸다. 그러고는 정말로 뒤도 돌아보지 않고 막사 밖으로 나가 버렸다. 하지만 사실 윤수는 내심 페라트가 곁에 있어주길 바라고 있었다. 왜냐하면 단둘이 마주하고 있기 어려울 만큼 카이트의 모습이 근사했기 때문이었다.

'연회복을 입고 있을 때도 그림 같았지만, 진짜 끝내주는 건 역시 이런 모습이라니까.'

그녀는 자꾸만 벌어지려는 입을 애써 막으며 카이트를 슬쩍 곁눈질했다.

탄탄한 근육질 상체를 틈 하나 없이 감싸고 있는 검은색 가죽 상의와 짙은 청색 바지는 모두 경기용 승마복으로서, 이번 투루니어 대회를 위해 특별히 맞춘 거였다. 게다가 그는 언제나처럼 검은 망토를 두르고 검은색 가죽 장갑을 낀 채였다. 그뿐만 아니라 들고 있는 채찍마저 검은색이었다. 그런 카이트는 무엇으로도 잡을 수 없는 날렵한 짐승 같은 매력을 물씬 풍기고 있었다.

그야말로 완전한 취향 저격.

'아, 심장에 안 좋아!'

"휴우."

윤수는 격렬하게 난동을 피우는 심장의 외침을 가느다란 한숨으로 위장하여 몰래 내보냈다. 그렇게 잠시 떨림을 진정시키고는, 경기 전 이 막사를 찾은 진짜 이유를 전하기 위해 그의 곁으로 한 발자국 다가갔다.

"카이트, 할 말이 있……."

그런데 그가 갑자기 허리를 끌어안고는 강하게 당겼다.

"얼굴은 왜 붉히고 서 있는 거지? 그러고 있으면 자꾸 이런 것만 하고 싶어지잖아."

품에 안기자마자 나지막한 목소리가 귓가를 희롱했다. 그것도 모자라서 귓불을 슬쩍 물었다 놓는 입술까지.

윤수의 얼굴이 막사의 천 색깔만큼이나 붉게 변했다.

대회 전에 떨리는 것은 어쩐지 저뿐인 듯하다.

"시, 신성한 경기 전에 이게 뭐하는 짓이야?"

야무지게 주먹을 말아 쥐고 제법 세게 가슴을 밀어봤지만 카이트는 꿈쩍하지 않았다.

"그러니 더더욱 행운을 빌어줘야지."

"행운? 어떻게 빌어줘야 하는데?"

"글쎄. 과연 어디까지 해 줄 수 있는지를 생각해 봐야 하는 게 먼저 아닌가?"

그의 입술이 귀에서 턱 쪽으로 옮겨지더니, 다시 목을 타고 은밀히 내려갔다. 윤수는 땀이 촉촉이 밴 손으로 주름 하나 없는 옷깃을 잔뜩 틀어쥐었다.

막사 바로 앞에서는 병사들이 여럿 모여 두런두런 이야기를 나누고 있었다. 여전히 바쁘게 왔다 갔다 하는 발걸음 소리도 벌어진 천 틈새로 고스란히 흘러 들어왔다. 그러니 누군가가 휘장을 걷고 들어올지도 모른다는 그녀의 걱정은 결코 과한 것이 아니었다. 하지만 카이트는 서로 진하게 부둥켜안고 있는 이 낯 뜨거운 장면을 들켜도 전혀 상관없다는 태세였다.

"큰일 났군. 생각만 해도 피가 마구 역류하는 것 같아."

그는 팔의 힘을 조금도 풀지 않은 채 유혹하듯 속삭였다.

"왜?"

"왜? 지금 왜라고 물었나?"

뜨거운 숨결을 여과 없이 쏟아 내며 얼굴 곳곳에 입을 맞추던 카이트가 순간 상처받은 듯한 목소리로 으르렁댔다.

"내가 우승하면 받기로 한 선물이 있었을 텐데. 잊었다고는 말하지 마라. 난 그걸 위해서라도 최선을 다할 작정이니까."

그렇게 말하는 그의 입에서 유독 낮은 웃음소리가 흘러나왔다.

"자, 잠깐만."

윤수는 가쁜 호흡을 내쉬며 빙글빙글 돌아가려는 이성을 간신히 붙잡았다.

"할 이야기가 있어서 그래. 그러니 잠깐 이것 좀 놓고……."

"이대로도 잘 들리니까 말해."

이러려고 막사에 온 건 아니었는데, 마치 저를 잡아먹을 듯 구는 카이트 때문에 도무지 정신을 차릴 수가 없었다.

그래도 이 말만큼은 꼭 전해야 했다.

"진지하게 들어줘야만 하는 이야기야."

그제야 그의 손길이 멈췄다.

여전히 저를 품에 꼭 안은 채로 살짝 상체를 떼었을 뿐이지만, 대신 눈빛만큼은 퍽이나 진중했다.

"무슨 말이기에 이렇게 뜸을 들이지?"

"만약에 말이야, 만약에 경기 중에 바인이 뭔가 이상한 수를 쓰거든……."

"이상한 수?"

"그래. 행여나 반칙을 저지른다든지, 우승을 위해 편법을 쓴다든지. 뭐 그런 것들 있잖아."

사실 윤수는 그가 갑자기 2주나 시합을 미룬 것이 몹시 찜찜하기 그지없었다. 정말로 길을 재정비하기 위한 것일 수도 있지만, 그런 게 아닐 가능성도 컸다.

언제 보아도 강렬한 붉은색 눈동자에서 시선을 피하지 않은 채 그녀는 또박또박 말을 이어 갔다.

"그런 낌새가 보인다면 무조건 웅덩이 쪽으로 방향을 틀어.

어젯밤에도 비가 많이 내렸으니까, 숲 속에는 분명 크든 작든 간에 빗물로 인한 웅덩이가 여럿 생겼을 거야."

숨길 수 없는 의아함이 카이트의 얼굴에 잔뜩 떠올랐다. 하지만 그녀는 아랑곳 않고 설명을 계속했다.

"잔뜩 썩어버린 낙엽 등으로 표면이 시커멓게 뒤덮여 있는 그런 곳이라면 더욱 좋아."

"그건 왜 그렇지?"

"왜냐하면 이게 바인의 약점이니까. 그는 시커멓게 푹 파인 웅덩이 같은 걸 절대로 뛰어넘지 못해. 제아무리 훌륭한 명마를 골라 탄다 해도 마찬가지지."

"뭐?"

반문하는 카이트에게 쉽게 설명하기 위해 윤수는 최선을 다해 천천히 단어를 골랐다.

"이건 그의 트라우마, 그러니까 바인의 마음속 깊은 곳에 잔뜩 도사리고 있는 일종의 공포심 같은 거거든."

"설마 예전의 삶에서 겪었던 일 때문인가?"

금세 눈치챈 카이트의 예리한 지적에 윤수의 입술 끝이 조용히 올라갔다.

"맞아. 사실 그는 빙의 전에 한 번 술 저장 탱크에 빠져서 그대로 죽을 뻔한 적이 있었거든. 한창 발효되고 있는 시커먼 와인이 가득 들어 차 있는, 굉장히 커다란 저장 용기였지."

"과연. 그 뒤로 지저분한 물이 잔뜩 고여 있는 커다란 웅덩이

같은 것만 보면 그때 일이 생각나 버리고 마는 거군. 그래서 제
아무리 얕은 웅덩이라 해도 넘을 수 없다, 이건가?"

"맞아."

"이 비밀을 알고 있는 자는 또 누가 있지?"

카이트의 질문에 윤수가 어깨를 으쓱 치켜세웠다.

마치 '나와 바인 말고는 또 누가 있겠어?'라고 말하듯이.

그녀를 안고 있던 손이 어느새 스르륵 풀려나갔다.

생각에 잠긴 카이트의 목에 이번엔 윤수가 팔을 둘렀다. 그대
로 살짝 힘을 주자 그가 고개를 아래로 순순히 내려주었다.

"그러니까 이번 경기는……."

거기까지 말하다 말고 그녀는 갑자기 말을 멈췄다.

그러고는 곧, 작고 따듯한 혀가 카이트의 입술을 부드럽게 훔
쳤다. 촉촉한 무언가가 살갗의 표면을 간질이듯 훑고 지나가자
머리끝까지 전율이 일었다.

"……네가 이길 거야."

믿을 수 없을 만큼 따듯하고 다정한 응원이었다.

"이건 그야말로 신의 가호로군."

카이트의 눈빛에도 숨길 수 없는 애정이 넘쳤다.

그는 다시 한 번 윤수의 허리를 거세게 껴안은 채로 그녀가 제
게 건네주는 행운을 기꺼이, 뜨겁게 받아들였다.

각자 말에 올라탄 채로 출전자들은 저마다 안전을 기원하는

의식에 한창이었다. 아내가 건네준 부적에 입을 맞추거나, 딸아이가 쓰던 머리 끈을 안장에 소중히 묶는 자도 있었다.

사실 투루니어는 꽤나 위험하다면 위험한 경기여서 아무리 주의를 기울여도 매해 부상자가 여럿 나오곤 했다. 그리고 그중 몇몇은 돌아올 수 없는 강을 건널 때도 있었다. 반신불수가 되거나, 척추를 다쳐 전신이 마비되는 그런 부상을 입는 바람에.

물론 아직까지 사망 사고는 단 한 차례도 없었다지만, 결코 살아서 다행이라고 쉽게 말할 수 없는 불운들이었다.

출발 시각이 다가오면 다가올수록 좌중은 점점 조용해져만 갔다. 옆쪽에 선 경쟁자와 두런두런 이야기를 나누던 사람들도 점차로 입을 다물었다. 그 후 남은 것은 투구에 서린 김을 타고 흐르는 팽팽한 긴장감뿐.

그리고 이윽고 마지막 출전자가 드디어 모습을 드러냈다. 이 얼어붙은 공기를 비웃기라도 하려는 듯 차분하기 그지없는 말발굽 소리와 함께 말이다.

'젠장, 심지어 말까지 검은색을 골랐어?'

'이거 원, 그야말로 지옥에서 온 악마로군.'

그 분위기에 꼼짝없이 압도당하고 만 참가자들은 치밀어 오르는 두려움을 애써 외면한 채 속으로 욕지거리를 삼켰다. 그러나 그는 자신을 좇는 수많은 시선에도 아랑곳하지 않고 그저 산보를 나온 듯 유유자적하게 말을 몰았다.

그 발걸음이 멈추어 선 곳은 바인 황자의 바로 오른쪽 옆이었다. 그곳이 그의 지정 자리였다.

제 곁으로 조용히 말머리를 돌린 남자를 바라보던 바인이 한쪽 입술 끝을 위로 삐뚜름하게 올렸다.

'온몸에 검은색을 두르니 확실히 저 붉은 머리가 더욱 튀는군.'

누가 봐도 시선을 빼앗길 만한 모습이다. 저도 모르게 이런 생각을 했을 정도로 그의 외양은 매우 강렬했다.

'그렇지만 저런 모습으로 진창을 구르는 것도 좋겠지. 그래야만 그 꼴이 더더욱 우스울 테니까.'

그런 생각을 하던 바인은 저도 모르게 어깨를 들썩였다. 이유 모를 자신만만함이 그의 전신에 흘렀다.

'여기는 내 성이고, 경기가 열리는 숲도 나의 것이지. 멍청한 놈. 내가 널 그냥 경기에 초대했을 것 같으냐.'

"어이, 카이트. 그간 준비는 잘했느냐?"

짜릿한 속내를 숨긴 채 바인이 천연덕스럽게 묻자 카이트의 고개가 천천히 그를 향했다.

"뭐, 그런대로."

"요 며칠 쉬지 않고 비가 내리는 바람에 길이 무척이나 미끄럽다는구나. 부디 다치지 않도록 조심해라."

얼핏 들으면 동생을 걱정하는 형의 다정함이라고 착각할 만도 하지만 사실은 비아냥이 잔뜩 실려 있는 목소리였다.

차분하기 그지없는 그 얼굴이 언제까지 갈 것 같으냐?

바인은 마지막까지 그런 의도를 담은 웃음을 입가에 잔뜩 머금었다.

그리고 그 순간.

삐이익―!

드디어 날카로운 호각 소리가 온 사방에 울려 퍼졌다.

경기를 알리는 신호였다.

＊　　＊　　＊

"죄송합니다, 앞으로 좀 지나갈 수 있을까요?"

그렇게 말하자마자 앞에 서 있던 사람들이 뒤를 돌아보았다.

"아이쿠, 거기 아가씨가 있는 줄 몰랐네. 자, 지나가시구려."

"감사합니다."

비켜줄 수 있을 만큼 비켜 주었을 테지만, 그 사이는 여전히 좁았다. 그도 그럴 것이 그들의 양옆으로도 사람들이 빽빽하게 들어차 있었기 때문이었다.

"휴우……."

그 틈을 헤치며 앞으로 나가는 윤수의 입에서도 계속해서 힘겨운 한숨이 흘러나왔다.

카이트의 막사에서 빠져나와 페라트가 미리 마련해 놓은 좌석으로 가기까지. 빨리 뛰어가면 십 분도 채 안 걸릴 거리였지만, 그녀는 벌써 몇십 분째 고군분투하고 있었다.

특히 중앙 좌석 쪽은 그야말로 인산인해였다.

그뿐만 아니라 아직도 취소 표를 기다리는 사람들이 계속해서 몰려들어 회장 주변은 발 디딜 틈조차 없었다.

"이러다 경기 끝나겠네."

급한 마음에 윤수의 입에서는 연신 투덜거림이 흘러나왔다. 온 몸이 땀으로 흠뻑 젖었다. 그러나 쉬지 않고 사람들 사이를 비집고 나온 결과 그녀는 결국 커다랗게 휘날리는 오렌지 색 깃발 아래에 당도할 수 있었다.

바로 여기서부터가 휘겔이라는 표시였다. 페라트가 미리 구해 놓은, 그녀의 자리가 있는 곳이었다.

경사진 언덕을 따라 꽤나 폭신해 보이는 의자들이 안정감 있게 쭈욱 늘어서 있었다. 페라트의 이야기에 따르면 이곳이 바로 결승 지점이 가장 잘 보이는 특등석인 모양이었다. 물론 그는 휘겔의 표는 아무나 구할 수 있는 게 아니라는 말도 잊지 않고 덧붙였다. 그 증거로 거기 모여 있는 건 모두 지체 높으신 귀족들이었다.

"쳇, 저 여자도 있었네."

행여나 아는 얼굴이 있을까 싶어 구석구석을 살피던 윤수의 눈에 익숙한 여자가 들어왔다. 화려한 드레스를 차려입고 햇살 아래에서 더욱 예쁘게 반짝이는 금발머리를 우아하게 틀어 올린 그녀는 바로 슈타티스트 공주였다.

그 외에 도른이라든지, 유모 우르덴 같은 자들은 아직 보이지 않았다.

"바인을 응원해 줄 셈인가 봐?"

슈타티스트를 바라보며 윤수는 못마땅하다는 듯 연신 혀를 찼다. 하지만 공주가 바인을 응원하든 말든 더 이상 제 알 바 아니었다. 다행히 그녀의 자리는 공주가 있는 곳에서 꽤나 멀리 떨어져 있었다.

"그래. 웬만하면 마주치지 말자."

그렇게 결심한 윤수는 잽싸게 몸을 돌렸다. 그러나 미처 앞을 보지 못하고 발부터 내민 게 화근이었을까. 그녀는 뒤에서 다가오던 누군가와 퍽 소리 나게 부딪치고 말았다.

"앗, 죄송합……."

살짝 흔들리는 몸을 바로 잡으며 황급히 사과를 건네려던 그때였다.

"윽……!"

순간 이루 말할 수 없는 고통이 윤수의 명치를 관통했다.

이게 대체 무슨 일이지?

그녀는 하얗게 번져가는 눈앞을 바로잡으려고 온갖 애를 썼다.

'갑자기 내 몸이 왜 이러는 거야?!'

이루 말할 수 없는 통증이 계속해서 몸 전체를 빠짐없이 강타했다. 그야말로 둔탁한 몽둥이에 마구 얻어맞는 것 같은 착각이 일 정도다. 양 무릎이 덜덜 떨리고 손끝이 새하얗게 변했다.

“……흐윽.”

결국 입에서 또 한 차례 신음이 쏟아져 나옴과 동시에 허리가 저절로 꺾였다. 목 뒤에서 식은땀이 솟았다.

“어이쿠.”

남자들의 입에서도 당황한 신음이 흘렀다.

그들은 모두 똑같은 차림새를 하고 있었다.

온몸을 감싼 보라색 망토와 허리에 두른 갈색 가죽 띠, 그리고 한 올도 남김없이 죄다 밀어버린 머리. 마치 수사(修士)처럼 보이기도 하고, 아니기도 한 묘한 차림새였다.

일행은 총 두 명이었는데 한 명은 제법 젊은 축에 속했고, 한 명은 하얀 눈썹을 달고 있는 것으로 보아 꽤나 나이가 있는 듯했다.

“이런, 미, 미안합니다! 혹시 어디 다치신 건가요?!”

창백한 얼굴로 마치 오한에 걸린 사람처럼 몸을 덜덜 떨고 있는 윤수를 향해 젊은 남자 쪽이 걱정스러운 목소리로 물었다.

사실 가볍다고 하면 굉장히 가벼운 충돌이었다.

발을 밟히지도 않았고, 어딘가 머리를 세게 부딪친 것도 아니었다. 하지만 왜인지 여자의 상태가 심상치 않았다.

“아가씨, 어디 다친 것 아니오?”

이번에는 나이 든 쪽이 재차 물어 왔다.

흐음. 차림새를 보아하니 이 여자는 페어라센의 병사인가? 동시에 날카로운 눈초리가 그녀의 전신을 훑고 지나갔다.

"괜찮……아요."

그 낌새를 눈치챈 윤수가 억지로 몸을 바로 했다. 하지만 이마를 따라 송골송골 배어나오는 땀방울은 숨길 수가 없었다.

"다친 건 아닌데 하필 급소를 부딪쳤나 봐요."

그녀는 그렇게 말하며 자신의 명치 부근을 가리켰다.

그것은 사실이었다. 아직도 그 부근이 불에 덴 것처럼 화끈거리고 있었으니까.

"죄, 죄송합니다. 제가 서두르다가 그만."

젊은 남자가 당황스러운 목소리로 다시 한 번 사과했다.

"아뇨. 미처 뒤를 보지 못한 제 탓도 있는걸요."

아직 몸속에 잔존해 있는 고통을 들키지 않으려 애쓰며 윤수가 태연스럽게 말을 이었다.

"이제 괜찮으니 너무 마음 쓰지 마세요. 그럼 전 이만……."

"예에. 죄송합니다. 어서 지나가시죠."

남자 둘이 스르륵 길을 터주었다.

그녀는 그런 그들에게 가볍게 목례를 건네며 재빨리 그 자리를 빠져나갔다.

"휴우. 큰일 날 뻔했네."

점점 멀어지는 여자의 뒷모습에서 줄곧 눈을 떼지 못하고 있던 젊은 남자가 안도의 숨을 토해 냈다.

"너 이 자식! 정말 정신 똑바로 안 차릴 거냐!!"

그리고 그런 그를 나이 든 쪽이 거칠게 채근했다.

"아무래도 네놈에게 그걸 맡기는 건 안 되겠다. 너무 위험해! 그러니 내게 다오."

"하지만 스승님은 의뢰에 대비해 체력을 아끼셔야 하지 않습니까. 이걸 줄곧 목에 걸고 계시면 아무래도 기력을 빼앗겨 힘드실 텐데요."

"물론 그거야 그렇지. 하지만 네 녀석이 또 어리석은 실수를 저지르는 걸 지켜보느니 차라리 그편이 더 낫지 않겠느냐!"

그러면서 노인은 다시 한 번 손을 내밀었다.

정말로 '그것'을 거둬가겠다는 무언의 압력이었다.

그 의도를 눈치챈 젊은 남자의 눈썹이 시무룩하게 처졌다.

"여기 있습니다."

그는 주위를 조심스럽게 살피며 가슴 쪽 주머니에서 무언가 동그란 것을 꺼내 들었다. 가죽 끈에 매달린 그것은 작고 투박하게 생긴 돌멩이였다.

"쯧."

노인은 여전히 미간을 구긴 채 그 돌을 받아 들었다.

그러자 갑자기 그의 손 주변으로 검은 파장이 일렁였다.

아니, 그것은 단순히 검다고 하기에는 좀 더 오묘했고, 또 매우 신비로웠다. 중심은 확실히 먹물처럼 새까맸지만, 밖으로 새어 나올수록 짙은 남색과 선연한 보라색이 마구 혼재된 기괴한 빛이 마치 기지개를 켜듯 쭉쭉 늘어났다.

돌을 쥐고 있는 손 안에서 시작된 파장은 어느새 팔꿈치까지 번져 있었다.

"와아!"

마치 살아 있는 생물처럼 제멋대로 몸집을 부풀리는 빛을 지켜보던 젊은이가 저도 모르게 탄성을 내질렀다.

"역시 스승님은 대단하십니다. 저는 아직까지도 그저 손끝에 얹는 게 다인데, 이걸 이토록 자유자재로 다루시다니……! 역시 왕립원의 수장이라 불리는 분다우십니다."

"쉿, 조용히 하지 못해?!"

아이처럼 박수를 치며 마냥 좋아하는 남자를 향해 노인이 눈을 부라렸다.

"넌 정말 경솔하기 짝이 없구나! 감히 이런 공공장소에서 그 이름을 입에 담다니. 이건 아직까지 그 누구도 알아선 안 되는 극비다. 입학할 때 작성했던 비밀 서약서를 그새 잊은 거냐, 이 멍청한 녀석아!?"

"이, 잊을 리가 있겠습니까. 스승님. 하지만 여기는 페어라센 이고, 또 오늘은 마침 그 유명한 투루니어 경기가 열리는 날 아닙니까. 그러니 조금은 즐겨도 되지 않을……."

"이 정신 나간 놈이 그래도! 내 말 똑똑히 들어. 우리가 페어라센에 온 건 전부 공주님을 위해서다. 그러니 그분이 내리신 명을 똑바로 받드는 것만 생각하란 말이다!"

그 말에 젊은 남자의 입에서 얕은 한숨이 새어 나왔다.

그는 자신의 스승을 누구보다 존경하고 있지만, 이 노인은 가끔 너무 완고한 면이 없잖아 있었다. 게다가 스승은 왕가의 부탁이라면 언제나 만사를 제치고 매달렸다. 물론 그 왕실 덕분에 자신의 딸과 손녀까지 평생 호화로운 생활을 보장받게 되었으니 그러한 충성심을 지닌 것도 무리는 아니었지만.

젊은 남자는 저를 두고 성큼성큼 발걸음을 옮기는 노인의 뒤를 따르면서도 열심히 입을 움직이는 걸 포기하지 않았다.

"하지만요, 스승님. 정말 이상하지 않습니까?"

"또 뭐가?"

"아까 그 여자 말입니다. 참으로 수상하단 말입니다."

"수상해?"

"네에. 특히 갑자기 내뱉은 그 고통스러운 비명이 말입니다. 사실 지니고 계신 그 돌은…… 마물들에게만 반응하는 마석이잖아요? 애초에 놈들을 쓸어버릴 용도로 개발된 거니까……."

"흐음."

그의 말에 노인의 발걸음이 눈에 띄게 느려졌다. 녀석은 어벙한 듯 보여도 가끔 이렇게 날카로운 지적을 할 때가 있었다.

'하긴 그저 멍청하기만 한 놈이었다면 나의 제자가 될 리도 만무했겠지.'

줄곧 노기를 지니고 있었던 흰 눈썹이 누그러졌다.

노인은 천천히 몸을 돌리며 청년을 향해 고개를 끄덕였다.

"그건 네 말이 맞는 것 같구나."

"그렇죠? 보통 사람이라면 아무것도 느끼지 못해야 정상인데."

"그것도 그렇지."

"옷은 평범한 병사 복장이었는데, 대체 뭐하는 여자일까요? 제 특유의 감으로 감히 말씀드리자면, 뭔가 뒷골이 서늘한 느낌이 듭니다."

제자의 말에 노인은 다시 한 번 여자의 모습을 머릿속으로 상기시켜 보았다. 통증으로 심하게 일그러진 얼굴과 주르륵 흘러내리던 땀방울.

그래, 그것은 확실히 묘한 반응이었다. 노인의 주름진 입가가 점점 딱딱하게 굳어졌다.

"우리는 페어라센의 일에 아무것도 관여하지 않을 거고, 그럴 수도 없다. 명령을 내릴 수 있는 것은 오로지 여왕님과 그녀의 후계자뿐이시지. 하지만……."

그는 잠시 크게 심호흡하더니 다시 차분한 목소리로 말을 이어 갔다.

"이런 힘을 지닌 건 오직 우리들뿐이다. 그건 변하지 않는 진리야. 그러니 의문 가질 필요는 없다. 결코 두려워하지도 말거라. 우리보다 강한 자들은 이 세계에 없으니까."

*　　　*　　　*

우웅, 하는 바람 소리와 함께 헐떡이는 말의 호흡 소리가 귓전을 때렸다. 길게 늘어진 나뭇가지가 얼굴에 닿을 때면 뺨이나 턱 부근에 어김없이 실 같은 상처가 생겼다.

"이럇!"

하지만 그는 속도를 줄이지 않았다. 아니, 줄일 수 없었다. 저 멀리 앞서가던 바인의 뒷모습이 어느새 바로 지척이었다. 이건 틀림없이 그도 지쳤다는 증거였다. 뒤에서 쫓아오는 저를 의식한 나머지 초반에 너무 무리한 게 원인이리라. 하지만 눈에 띄게 느려진 바인과는 달리, 카이트는 되레 힘이 넘쳤다.

물론 거칠게 숨을 몰아쉬고 있는 폐는 똑같이 고통스러웠다. 격렬하게 달리는 말 위에서 버텨야 하는 허리의 통증을 참는 것도 별반 다르지 않았다. 그렇지만 마음을 울리는 커다란 희열에 그는 오히려 기뻐하는 중이었다.

'일부러 찾아오는 불행 같은 건 이제 없다. 왜냐하면 나는 더 이상 소설 속 악역이 아니니까……!'

그 사실은 그에게 큰 활력을 불어 넣어 주었다.

일이 어그러질까 봐 걱정할 필요도 없고, 남들에게 일어나지 않는 불운이 자신에게 찾아올까 노심초사하지 않아도 되는 것이다.

덕분에 몸은 이미 정신에 지배당한 지 오래였다.

'우승하고야 말겠다.'

보이는 건 오로지 그것 하나뿐이었다.

“그러니 너도 조금만 더 힘내다오.”

단단히 고삐를 틀어쥔 그는 말에게 다정한 목소리로 속삭이고는 또다시 크게 박차를 가했다.

“……이럇!”

그러자 녀석은 고맙게도 더욱 힘차게 발을 움직여주었다. 젖어 있지도 않은 땅이 푹푹 파여 나가자, 그 안에 숨어 있던 자갈이나 나무뿌리 따위가 마치 물방울처럼 튀어 올랐다.

함께 출발했던 자들은 이제 아예 보이지도 않았다. 그만큼 압도적인 두 명의 황자. 따라서 올해 투루니어의 우승자는 그중 한 명이 될 거라는 게 이미 정해진 결과였다.

“후우, 헉.”

바인은 연신 뒤를 돌아보며 불안정하게 호흡을 이어 나갔다.

“젠장.”

또다시 거리가 좁혀져 있었다.

일부러 따라오기 힘든 울퉁불퉁한 지면만을 골라서 발을 내딛고 있는데도 카이트는 아랑곳하지 않는 듯 보였다.

“지독한 놈.”

이러다 보이지 않는 나무뿌리에 걸리기라도 하면 그대로 끝이었다. 특히 이 정도로 빠른 속도는 그 위험성을 더욱 높이는 요인이 될 것이다. 아마도 말은 최소한 다리가 부러질 것이고, 기수는 앞으로 튕겨져 그대로 땅에 처박히리라. 그렇게 해서 크게 다치는 자들을 바인은 다년간 여럿 봐 왔다.

"그래도 상관없다는 건가?"

그는 턱에 맺힌 땀방울을 훔쳐 내며 음험하게 웃었다.

이 정도로 맹렬한 추격을 당할 줄은 상상도 하지 못한 일이었다. 게다가 자신의 체력이 순식간에 바닥난 것은 바인에게도 조금 당황스러운 일이 아닐 수 없었다. 사실 그 역시 자신이 눈에 띄게 느려졌다는 걸 느끼고 있었다.

갑자기 이게 무슨 일인가?

왜 예전과는 다른 거 같지?

'늘 고만고만한 기병대 참가자들과 시합을 해 왔던 탓일 거야. 게다가 뒤에 따라오는 자가 저 3황자 카이트이니 평소보다 더 신경 쓰일 수밖에.'

바인은 마음속으로 그렇게 단정 지었다. 그리하지 않으면 이 상황을 도무지 이해할 수가 없기 때문이었다.

하지만 그건 그의 오판이었다.

그동안 바인이 빛날 수 있었던 건 모두 윤수 덕분이었다.

설령 처음에 실패한다 하더라도, 끝에 가서는 반드시 달콤한 성공을 맛볼 수 있었던 것도 모두 다 소설의 주인공이었기 때문에 가능했던 일. 하지만 지금은 아니었다.

숨이 턱까지 차오르자 그저 포기하고만 싶었다. 손발이 저려서 자꾸만 겁이 났다. 굳이 힘들여 마음먹지 않아도 제게 저절로 주어졌던 용기와 끈기는 모두 어디로 사라진 걸까? 마치 세상이

통째로 뒤집힌 듯, 그동안 당연하게 생각했던 것들이 모두 달라져 있었다.

거기에서 오는 묘한 위화감을 바인도 용케 느끼고 있었다.

"흐음, 좋아, 그럼……."

하지만 그는 여전히 태연자약했다. 마침 눈에 무성한 덤불들이 들어왔다. 그저 드문드문 커다란 나무들이 세워져 있었을 뿐인 지금까지와는 달리, 이제부터는 정말 울창한 삼림의 초입이었다.

게다가 아까부터 눈에 띄게 바람의 방향이 바뀌어 있었다. 그뿐만 아니라 아무도 건드리지 않았는데도 땅에 있는 자갈들이 제멋대로 슬쩍슬쩍 튀어 오르기 시작했다.

만약 이 상황을 모르는 자가 봤더라면 저기 유령이 있다며 혼비백산했을지도 모른다. 하지만 바인은 아니었다. 손수 이 모든 일을 꾸민 그에게는 그야말로 지금이 적기(適期)였다.

"그 멍청한 공주님께서 날 위해 이렇게까지 해 주실 줄이야."

바인은 결국 소리 내서 웃고 말았다.

그러던 차에, 다른 것들과는 달리 조금 더 삐죽 튀어나온 커다란 나뭇가지 하나가 보였다.

"그럼 이것들도 내 지시대로 잘해 놨는지 어디 시험 한번 해 볼까?"

바인은 그쪽을 향해 말머리를 틀었다. 그러고는 일부러 그 가지를 슬쩍 스치듯 건드리고 지나갔다.

쿠웅!

그러자 믿을 수 없게도 제법 두꺼운 가지 하나가 요란한 소리를 내며 땅 위를 굴렀다.

"좋아. 솜씨 하나는 확실한 자들이라고 하더니만 그 말이 맞았군그래."

그걸 확인한 바인의 입가에 만족했다는 듯 호선이 그려졌다.

이 2주간 아무도 모르게 성을 찾은 이들은 바로 이어가르텐 장인(匠人)들이었다. 미로를 만드는 데 이골이 나 있는 기술자들은 나무를 교묘하게 접붙이고 자르는 데 누구보다도 능한 자들이었다. 그들은 줄곧 출입금지였던 이 숲 속을 누구보다 자유롭게 드나들었다. 그리고 그걸 가능하게끔 허락해 준 이가 누구였는지는 굳이 말하지 않아도 너무나 명확했다.

"크큭……."

비열한 웃음소리가 바람 속에 퍼졌다.

"이런……!"

아슬아슬한 상황을 맞닥뜨린 카이트의 등에서 식은땀이 주륵 흘러내렸다. 방금 제 앞으로 굴러 떨어진 장애물을 간발의 차로 간신히 피한 터였다.

'큰일 날 뻔했군. 조금만 늦었더라도 분명 말에서 떨어지고 말았을 거다.'

그는 안도의 한숨을 내쉬었다. 하지만 곧바로 이루 말할 수 없는 허탈감이 물밀듯이 밀려들었다.

"……제아무리 배다른 형이라지만, 정말 이렇게까지 했어야
했나?"

카이트의 입에서 분노가 잔뜩 담긴 목소리가 흘러나왔다.

바인의 몸에 살짝 스치기만 했는데 기다렸다는 듯 나뭇가지
가 굴러 떨어지던 그 장면을 그는 방금 전 제 눈으로 똑똑히 보
았다.

물론 그런 건 투루니어 경기 때 흔히 일어나는 일이긴 했다.
나무가 부러지거나, 낙석이 굴러 떨어진다거나 하는 것들 말이
다. 하지만 어디까지나 직접적인 충돌에 의한 물리적인 훼손이
있어야만 가능한 일이다. 그리고 방금 전의 그 나뭇가지는 거의
어린아이 팔뚝만 하지 않았나.

"그런 것이 하필이면 내 눈앞에서 마침맞게 부러졌다니."

카이트는 거세게 혀를 찼다. 이것이 우연이었을 리가 없다.

게다가 마치 인위적으로 해 놓은 듯 깨끗하게 잘려 있던 절단
면. 찰나의 순간이었지만 그는 그것을 놓치지 않았다.

아무래도 여긴 바인의 함정으로 가득 차 있는 숲임에 틀림없
으리라. 하지만 그의 놀람은 불행하게도 조금 더 길게 지속되었
다. 땅 위의 자갈들이 일제히 공중에 스르륵 떠오르는 것이 보였
다.

"……저게 대체 뭐지?"

지면에서부터 한 뼘 정도 위로, 그다지 높지는 않았다. 하지만

떠있는 뾰족한 돌 수십 개는 충분히 위협적으로 보였다.

혹시 바람?

카이트는 재빨리 하늘을 살폈다. 그리고 그 순간 어리석었던 자신을 깨달았다. 아니다. 제아무리 거센 바람이 불어온다 해도 저런 건 절대로 불가능한 일이었다.

누군가가 마법이라도 부리지 않는 이상 말이다.

경악을 가득 담은 붉은 눈동자가 더욱 커졌다. 그리고 바로 그때, 그 돌멩이들이 일순 그를 향해 날아들었다.

*　　*　　*

"몸이 많이 아프면 차라리 편안한 침대에 눕는 게 어때요? 저 언덕 아래 작은 막사 보이나요? 저곳이 바로 경기 중 발생하는 부상자들을 위해 기사단이 마련해 놓은 의무대라고 하더군요. 거기 가면 의사를 만날 수 있을 거예요."

나이 든 부인이 연신 걱정스러운 표정으로 윤수를 살폈다. 하지만 그녀는 고집스럽게 고개를 가로저었다.

"아니요. 괜찮아요. 아까보다 훨씬 나아졌는걸요. 걱정해 주셔서 감사합니다."

그러면서도 윤수는 이 자상한 여인에게 빌린 손수건으로 연신 이마의 땀을 닦았다.

부인은 그런 그녀를 걱정스러운 눈으로 한참 살폈다.

여전히 파리한 입술과 송골송골 맺혀 있는 땀. 하지만 적어도 아까보다 나아졌다는 그 말이 거짓은 아닌 듯 보였다.

그 증거로 뺨에 발그스레한 혈색이 돌고 있었으니까.

이 아가씨는 투루니어 경기가 그리 좋은가? 잠시도 자리를 뜨기 싫을 만큼? 그렇게 생각하던 부인의 입에서 이내 아, 하는 감탄사가 흘러나왔다.

'아니야, 필시 남편이나 사랑하는 애인이 선수로 출전한 것일 테지. 암, 그렇다면 끝까지 지켜봐줘야 하고말고.'

부인은 윤수를 의무대로 보내려던 마음을 고쳐먹었다. 대신 뒤에 서 있던 시종을 불러 무언가를 가져오게 했다.

"그래요. 좀 나아졌다니 다행이네요. 괜찮다면 이거 한 잔 마셔 봐요."

그녀가 손에 쥐어 준 것은 길고 늘씬한 모양의 유리잔 이었다. 그 속에 든 것이 뭔지도 묻지 않고 단숨에 들이키자, 꿀처럼 달콤한 음료가 윤수의 입속을 가득 채웠다.

"맛있죠? 우리 고향 특산품인데, 얼린 포도로 빚은 달콤한 와인이랍니다."

"와아, 정말 맛있어요. 감사합니다."

윤수는 친절한 부인을 향해 예의 바르게 인사를 건넸다.

아닌 게 아니라 적당한 도수의 술이 들어가자 정말로 몸에 활력이 돌았다.

통증이 진정되고 얼굴에 기분 좋은 열이 퍼졌다.

아까보다는 훨씬 맑아진 정신으로 그녀는 알쏭달쏭한 물음에 답을 내렸다.

'저들은 분명 미틀러렌의 마법사들이야. 틀림없어.'

이건 슈타티스트 공주의 입을 통해 직접 들은 비밀이었다. 미틀러렌 왕실이 총력을 기울여 세웠다던 마법 왕립원. 그 증거로 저와 부딪혔던 남자 둘은 즉시 공주가 앉아 있는 자리로 가지 않았던가. 그리고 저 나이 든 노인이 손수 허리를 숙여 공주에게 먼저 인사를 건넸고 말이다. 물론 자신의 좌석과 제법 멀리 떨어져 있긴 하지만, 그래도 무엇을 하는지 정도는 분간할 수 있었다.

"하지만 그저 가벼운 부딪힘일 뿐이었는데 왜 나는 그렇게 커다란 고통을 느꼈던 거지……?"

"네? 아직도 어디가 아픈가요?"

혼잣말을 중얼거리던 윤수에게 부인이 걱정스러운 목소리로 되물었다.

"아, 아니에요."

그녀는 화들짝 놀라 재빨리 손사래를 쳤다.

여전히 의구심을 가득 담은 눈초리를 거두지 않는 부인을 애써 외면하며 윤수는 또다시 생각에 빠져들었다.

"숲의 저주가 점점 더 커진다지요? 그에 따라 신의 저주를 받은 괴물들도 자꾸만 늘어가고요."

그녀의 머릿속을 가득 메운 건 페어라센에 도착한 첫날, 카이트 황자의 성에서 공주가 털어놓은 정보였다.

"미틀러렌은 드디어 그 어떤 나라도 해내지 못한 위대한 인적 자원을 양성해 낼 수 있게 되었습니다. 바로 마법사들입니다. 숲의 슈냅판들에게 지지 않을 정도의 마력, 아니, 마음만 먹으면 저 골치 아픈 검은 숲을 하루아침에 날려 버릴 수도 있어요."

그 순간, 윤수의 입에서 날카로운 탄성이 터졌다.
"……아!"
그런 그녀를 부인이 또다시 불안한 눈길로 흘끔거렸다. 하지만 윤수는 아랑곳하지 않았다.
"그래. 검은 숲의 마력에 대항하는 마법. 그들이 개발한 건 틀림없이 그걸 거야……!"
무릎을 틀어 쥔 손에 힘이 실렸다.
애초에 검은 숲에 저주를 건 것은 작가인 자신.
그 증거로 저는 어느새 마물의 주인이 되지 않았던가.
그러므로 미틀러렌의 마법은 이런 제게 반대되는 성질의 것이 틀림없으리라. 따라서 부딪혔을 때 그 마법에 저도 모르게 공격당했던 거다.

"하……."

입에서 연신 한숨이 흘러나왔다.

생각지도 못한 선전포고를 당했다. 그것도 저 한심한 슈타티스트 공주에 의해서. 거기까지 생각하자 조금 더 근원적인 의문이 윤수의 머리끝을 쿡쿡 찔렀다.

'잠깐. 그런데 마법사들이 갑자기 여긴 왜 온 거지?'

확실히 그들은 사절단에서 보지 못한 얼굴들이었다. 그러므로 최근에 페어라센으로 넘어온 사람들임에 틀림없었다.

설마 투루니어 경기를 참관하려고?

아니, 그럴 리가 없지.

윤수는 미간을 찡그렸다.

'공주가 아직도 페어라센에 남아 있는 이유가 뭔지 생각해 보자. 그건 아마 바인을 응원하기 위해서일 거야. 어쨌든 그는 투루니어의 유력한 우승 후보니까. 게다가 그 둘은 지금까지 내내 꼴사납게 붙어 다녔잖아.'

그렇다면 정황상 바인도 미틀러렌의 비밀을 알고 있을 가능성이 컸다.

그들이 마법사를 양성하고 있다는 그 사실 말이다.

공주는 워낙 야심이 많은 인물이고, 바인은 그런 그녀를 위해 마치 입안의 혀처럼 굴었을 것이다. 그녀의 야심을 충족시켜줄 충성스러운 남자는 오로지 2황자뿐이라는 걸 믿게 하기 위해서. 거기에 홀딱 넘어간 그녀는 또 나라의 비밀을 미주알고주알 가져다 바쳤겠지. 그렇다면 지금 마법사들을 부른 건 무엇보다 저 바인을 위해서라는 명제가 성립된다…….

'잠깐. 바인을 위해서라고?'

순간 윤수의 두 눈이 반짝였다.

바인을 위해 마법사들이 도울 일이 뭐가 있지? 지금 한창 경기 중일 바인이 가장 바라는 일. 그건 바로…….

설마.

윤수의 얼굴이 투명하리만치 창백해져 갔다.

"카이트!"

파르르 떨리는 입술로 그의 이름을 내뱉으며 그녀는 자리를 박차고 일어섰다.

＊　　＊　　＊

"히이힝!"

말이 고통스러운 듯 울부짖었다. 한참 속도를 내어 달리고 있는 와중에 갑자기 고삐가 당겨졌기 때문이었다. 커다란 짐승이 앞발을 힘껏 치켜들자 몸이 뒤로 주르륵 밀렸다.

"……빌어먹을!"

줄 끝을 잡고 있는 힘을 다해 버티던 카이트의 손등에도 푸른 힘줄이 솟았다. 자칫 잘못하면 그대로 낙마할 수도 있는 상황. 하지만 지금은 그런 것을 따질 여유가 없었다.

퍼억!

말 머리를 틀자마자, 조그마한 자갈들이 날아와서 팔과 어깨에 부딪혔다. 크기는 작아도 워낙 빠르게 날아오니 그 위력이 대단했다.

'만약 이것이 말의 다리에 맞는다면 경기는 그대로 포기할 수밖에 없다.'

카이트는 다급하게 검을 꺼내 들었다. 그러고는 돌팔매질하듯 계속해서 날아오는 그것들을 남김없이 쳐냈다.

챙! 하는 소리와 함께 검날에 작은 불꽃이 튀었다.

손끝에 저릿한 통증이 번졌다.

"하아, 하."

아까 날아온 돌에 어딘가 상처를 입었는지 어느새 손목을 따라 피가 흘렀다.

"후우, 다행히 뼈는 부러지지 않은 것 같군."

검날을 몇 차례 더 휘둘러본 카이트는 그제야 안도의 한숨을 내쉬었다.

'하지만 땅 위에 얌전히 놓여 있던 돌들이 갑자기 날아오다니. 대체 이게 무슨 일이지?'

난생처음 겪어보는 기묘한 일에 두 눈썹이 격렬하게 꿈틀거렸다. 하지만 그것도 잠시.

"가자!"

그는 날렵하게 다시 박차를 가했다.

지금은 아직 경기 중이었고, 자신은 여전히 우승을 포기하지 않았다. 아니, 이왕 이렇게 된 거 무슨 일이 있더라도 바인을 이길 셈이었다. 그 마음을 알아주듯 말은 아까보다 더 힘차게 달려가기 시작했다.

검은색 망토가 바람을 갈랐다.

*   *   *

"스승님."

그의 이마에 흐르는 땀을 닦아 주며 청년이 조심스레 입을 열었다.

"잠시 쉬셔야 합니다. 계속 그러다간 쓰러지실 거라고요."

"휴우."

결국 노인은 가슴을 들썩이며 격하게 호흡했다.

짙게 파인 주름 위로 뜨거운 땀이 흘러내렸다.

그의 망토 안에서 맹렬히 빛나고 있던 보랏빛이 서서히 줄어들었다.

"이제 거의 완성했다고 믿었건만. 쯧, 아직도 멀었군. 왕실은 우리를 위해 모든 지원을 아끼지 않았는데 이래서야 영 체면이 서질 않는구나."

노인이 실망한 빛이 역력한 얼굴로 중얼거리자, 청년이 그를 의젓하게 달랬다.

"뭐 어떻습니까? 이 정도만 되어도 엄청난 진보인 거죠. 땅에 있는 사물을 움직이고, 바람을 조종하고. 결국 그걸로 마물이 아닌 다른 사람을 겨냥할 수도 있게 되지 않았습니까."

그 말에 노인의 고개가 앞뒤로 힘없이 끄덕여졌다.

마력을 부리는 데 온 기운을 빼앗긴 탓이었다.

"그런데요, 스승님."

잠시 주위를 살피던 청년이 조심스럽게 입을 열었다.

"왜 그러느냐?"

"그런데 정말 이래도 될까요? 마물이 아닌, 사람을 상대로 마력을 시험해 보는 건 처음 아닙니까. 그것도 일국의 황자에게 과연 이런 짓을 해도 되는 건지……."

"쉿!"

순간 노인은 검지를 펴 재빨리 자신의 입술에 가져다 댔다.

그는 황급히 앞줄에 앉아 있는 슈타티스트 공주의 눈치를 살폈다. 여전히 우아한 표정을 유지하고는 있지만, 아마도 자신들의 이야기를 빠짐없이 엿듣고 있으리라. 만약 놓친 게 있다 하더라도 주변의 신하들에 의해 낱낱이 보고될 것이고 말이다.

"그런 건 생각하지 말거라. 우린 그저 공주님이 시키신 일을 무사히 마무리 지으면 그만이니까. 게다가……."

노인의 목소리 역시 점점 음험하게 잦아들었다.

"마침맞게 찾아온 이 기회를 놓칠 수야 없지. 마력을 개발하긴 했지만 우리가 어디 가서 이런 실험을 할 수 있겠느냐? 특히

자국민을 상대로는 더더욱 불가능한 일이다.”

“아아, 그러니까…….”

스승의 의도를 대번에 눈치챈 남자의 입가에도 야릇한 미소가 지어졌다.

“뒤끝 없게 하려면 타국 사람을 골라야 한다 이 말씀이군요. 하긴, 저 3황자는 어차피 페어라센에서도 내놓은 남자니까요. 이러다 일이 잘못된다 해도 누구도 상관하지 않겠죠. 실험체로는 그야말로 적임자네요.”

“눈치 빠른 녀석.”

노인은 입술을 오물거리며 웃었다. 사실 그는 페어라센의 투루니어 우승자가 누가 될지 따위엔 아무 관심도 없었다. 그저 공주님이 명령한 일을 무사히 처리하는 게 제일 중요할 뿐이다. 게다가 마물이 아닌 실제 사람을 상대로 마력을 펼치는 것은 자신이 가장 해 보고 싶었던 일 중 하나였으니, 마다할 이유가 어디 있겠는가?

그는 마석을 꺼내어 다시 손에 쥐었다.

그러고는 그대로 정신을 집중하려는 찰나.

“으앗!”

머리카락 한 올 남기지 않고 싹 밀어버린 정수리 위로 갑자기 차가운 것이 쏟아졌다.

“윽, 차가워.”

봉변을 당한 건 노인의 옆에 앉아 있던 청년도 마찬가지였다.

순식간에 두 사람의 얼굴과 목이 끈끈한 액체로 뒤범벅되었다.

"어머, 손이 미끄러졌네요. 죄송합니다."

뒤에서 들려온 것은 젊은 여자의 태연자약한 목소리였다.

"이걸 어쩌죠. 하필이면 단 술을 쏟아서…… 아, 이리 주세요. 제가 직접 닦아 드릴 거니까요."

미틀러렌의 하녀들이 허둥지둥 내민 손수건을 윤수가 대신 받아 들었다.

"아휴, 죄송해요. 음료수가 끈끈해서 무척이나 찝찝하시죠? 이 와인은 페어라센의 특산품이래요. 으음, 지역이 어디라더라…… 아무튼 얼린 포도로 만들어서 굉장히 달고 맛있는 술……."

"윽, 이제 그, 그만하시오!"

노인이 두 팔을 버둥거리며 그녀를 만류했다. 얼굴과 머리를 벅벅 닦아주는 손길이 거칠기 짝이 없었다.

그 힘이 얼마나 센가 하면, 피부가 붉어질 정도였다.

"어머, 그래요? 그럼 이쪽 분을 닦아드리죠."

"아, 아얏! 아파!"

젊은 남자의 입에서도 비명이 터졌다. 머리 가죽을 벗겨낼 수도 있을 것 같은 힘에 눈물까지 글썽이면서 말이다.

"이게 대체 무슨 난리죠!"

이 난데 없는 소동에 공주가 앙칼지게 외쳤다.

"어머, 공주니임……."

제게 납죽 인사하는 여자를 한눈에 알아본 슈타티스트가 미간을 구겼다.

"당신은 그때 북쪽 성에서 만난 3황자의 병사군요. 감히 허락도 받지 않고 미틀러렌의 자리에 난입하다니, 이런 무례가……
잠깐, 이 여자 설마 취했어?"

비틀거리는 발걸음과 실없는 미소를 눈치챈 공주가 눈살을 찌푸렸다. 그녀는 윤수가 지금 연기를 펼쳐 보이고 있다는 건 꿈에도 모르고 있었다.

"공주님! 오랜만입니다아. 절 기억해 주셨군요……."

윤수는 계속해서 고개를 꾸벅거리며 주변에 모여 있던 사람들 사이를 마구 헤집고 돌아다녔다.

"어멋!"

술잔이 넘어지고, 쟁반에 쌓아 두었던 쿠키나 과자 따위가 데굴데굴 굴러갔다. 여인들의 치맛자락에 보랏빛 와인이 번졌다.

"난 몰라, 드레스가……!"

오늘을 위해 한껏 치장했던 미틀러렌의 귀족 부인들이 울상을 지으며 몸을 일으켰다.

"엇!"

계속해서 비틀거리던 윤수가 마석을 지닌 노인의 등 쪽으로 쓰러지듯 엎어졌다.

"아가씨, 이게 무슨 짓이오?"

"어머, 할아버지…… 죄송해요오!"

“커윽! 이, 이 손 놓아!”

젊은 여자의 것이라고는 상상도 할 수 없을 만큼 강한 악력이 자신의 어깨를 쥐자 하얀 눈썹이 엉망으로 일그러졌다.

어찌나 세게 짓누르는지 차마 뿌리칠 힘도 없었다.

‘방금 전 마력을 하도 많이 써서 기운이 죄다 소모된 탓이겠지.’

그때까지도 노인은 그렇게 믿고 있었다.

“누가 저 여자 좀 쫓아내!!”

참다못한 슈타티스트가 빼액 소리를 질렀다.

“여, 여기서 이러시면 안 됩니다. 어서 나가시죠. 네?”

결국 슈타티스트 공주의 수행원들이 우르르 달려들었다. 그들은 땀을 뻘뻘 흘리며 막무가내로 구는 윤수를 말렸다.

“왜요! 오랜만에 공주님을 뵈어서 무척이나 반가운데⋯⋯!”

“술에 취해 이러는 건 공주님께 크나큰 결례입니다!”

소동은 곧 진정되었다.

“참, 나.”

하인들에 의해 질질 끌려가는 윤수를 바라보던 젊은 마법사가 한심하다는 듯 혀를 찼다.

“아까 저희랑 부딪친 그 아가씨네요. 그새 어디서 그렇게 술을 퍼마시고 왔는지, 쯧. 그나저나 끈끈해 죽겠네. 스승님, 물에 적신 수건이라도 좀 가져다 달라고 부탁할까요?”

하지만 노인은 아무런 말이 없었다.

그 침묵을 이상하게 여긴 청년이 그의 앞으로 고개를 불쑥 들이밀었다.

"엇? 스승님?!"

남자의 입에서 외마디 비명이 터짐과 동시에, 부들부들 떨리는 무릎 위로 돌덩이 하나가 투욱 떨어졌다. 방금 전까지 그것을 쥐고 있었던 두 손은 그저 새하얗기만 했다.

"어, 어떻게 이런 일이……!"

"아니, 아니다. 이건 그저 일시적인 현상일 거다!"

다급히 외친 노인은 얼른 마석을 주워 들었다. 그러고는 사력을 다해 온 정신을 집중시켰다. 하지만 제아무리 용을 써 봐도 손 안에는 여전히 아무런 변화가 없었다.

"설마 마력이, 마력이 전부 사라진 건가요? 어째서 이렇게 갑자기……!?"

그 말대로 손에 모였던 신성한 파장이 조금도 보이질 않았다. 아름답게 넘실거리던 보랏빛을 죄다 잃어버린 마석은 그냥 길가에 굴러다니는 돌멩이 따위와 별 다를 바가 없었다.

"저어, 괜찮으세요?"

여전히 비틀대는 윤수를 바라보던 여자가 걱정스러운 목소리로 그렇게 물었다. 조심스레 뒤를 따라온 건 미틀러렌의 한 젊은 하녀였다. 그녀는 윤수가 카이트의 소중한 사람이라는 것을 도리스로부터 들어 잘 알고 있었다.

"……네. 괜찮……아요."

하지만 괜찮다는 그 말이 무색할 정도로 발은 점점 더 휘청거릴 뿐이었다. '대체 어디서 술을 이렇게 드셨어요?'라고 물어보려던 하녀가 순간 입술을 닫았다. 물론 술 냄새는 났지만, 윤수는 도통 취한 사람처럼은 보이지 않았기 때문이었다. 어딘가 괴로운 듯 일그러진 저 얼굴은 취했다기보단 마치…….

"혹시 아프신 거 아녜요? 의사를 불러올까요?"

심상치 않은 상태를 눈치챈 하녀가 황급히 그녀를 부축했다.

"……괜찮아요."

하지만 고통으로 눈도 제대로 뜨지 못하면서도 윤수는 비척거리는 다리를 열심히 움직였다.

"난 괜찮으니 신경 쓰지 마세요."

"하지만……."

"어서 공주님께 가 보셔야죠."

머뭇거리는 등을 떠밀기라도 하는 듯 차가운 목소리.

하녀의 어깨가 움찔거렸다.

"어, 주머니에서 뭐가 빠져나오려고 해요."

하지만 그녀는 마지막까지 윤수를 다정히 챙겨 주었다.

표면이 가죽으로 되어 있는 소지품을 주머니 안으로 쏘옥 밀어 넣어주자 화들짝 놀란 손이 그 위를 다급히 덮었다.

"고맙습니다."

윤수는 떨리는 목소리로 인사를 건넸다.

방금 전, 그 속에 급히 쓴 한 줄의 문장 덕분에 온몸이 마치 날카로운 바늘로 콕콕 찔리듯 아파왔다. 그건 바로 '이 세계에 존재하는 모든 마력을 제게로 흡수한다'는 소원이었다.

"그럼 전 이만 가 볼게요. 다음에 또 뵈어요."

윤수는 얼른 몸을 돌렸다. 그러고는 여전히 미심쩍은 눈길을 거두지 못하고 있는 하녀를 등진 채 빠르게 걸었다.

각오는 했지만 마력을 흡수하는 건 생각보다 고통스러운 일이었다.

그 마력이 마물에 대항하는 힘이라 더욱 그러했다.

정신을 잃지 않으려고 온 힘을 다해 깨문 입술 안쪽으로 피의 비릿한 맛이 느껴졌다. 주먹을 말아 쥔 손은 어느새 괴이한 보랏빛으로 물들어 있었다.

*　　*　　*

무차별적으로 날아오던 돌이나 나뭇조각들이 갑자기 멈췄다. 동시에 이상한 바람도 거짓말처럼 가라앉았다.

"후우."

카이트의 입에서 안도의 한숨이 새어 나왔다. 물론 길 중간중간에는 바인이 떨어뜨려 놓은 온갖 방해물이 있었지만, 이제 그런 것으로는 절 더 이상 막지 못할 것이다.

"이럇!"

우렁찬 외침과 함께 말이 쏜살같이 달려 나갔다.

아.

차라리 뒤를 돌아보지 말 것을.

바인의 옅은 갈색 눈동자에 후회와 공포가 역력했다.

"허억. 헉."

그는 터질 것 같은 호흡을 다스리며 애써 두려움을 눌렀다.

'젠장.'

말발굽 소리가 점점 더 가까워졌다.

"앗……!"

그리고 이내, 눈 옆으로 그림자 같은 무언가가 휘익 지나갔다.

바인은 저도 모르게 손으로 공중을 휘저으며 소리쳤다.

"거기 멈춰!"

하지만 아무런 의미도 없는 몸짓이었다.

검은 바람처럼 날렵한 남자는 어느새 자신을 추월해 옆으로 재빠르게 달려 나갔다.

"네놈이, 감히!"

생전 처음으로 당해 보는 치욕. 으득 소리가 날 정도로 이가 갈렸다. 바인도 지지 않고 미친 듯이 카이트의 뒤를 추격했다. 하지만 둘의 격차는 점점 더 벌어져, 저 앞에 흔들리는 검은 얼룩이 말의 꼬리인지 아니면 그가 두른 망토인지 분간할 수 없을 지경에까지 이르고 말았다.

정말 이대로 카이트가 우승을 하고 마는 걸까?

떨쳐 버릴 수 없는 무거운 불안감과 날카로운 초조함.

바인은 무언가에 홀린 사람처럼 등에 매달린 긴 창을 스르륵 꺼내어들었다. 카이트가 검을 지니고 출전한 것처럼 그에게도 무기가 있었다. 물론 위급한 사태가 아닌, 다른 사람을 해하기 위해 무기를 쓰는 것은 엄격히 금지되는 일이지만 그는 이미 이성을 잃은 상태였다.

"절대로 그렇게 둘 순 없지."

바인의 입에서 음산한 목소리가 새어 나왔다.

날카로운 창끝은 커다란 말의 몸통을 향해 있었다.

그대로 있는 힘껏 팔을 휘두르려는데, 갑자기 검은색 말이 무언가를 보란 듯이 뛰어넘었다. 하늘은 나는 것은 아닌가 착각할 정도로 우아한 움직임에 잠시 넋을 놓은 사이.

"으, 으아악!"

시커먼 웅덩이를 뒤늦게 발견한 바인이 온 숲이 떠나가라 비명을 내질렀다. 그리고 그는 풍덩! 하는 소리와 함께 그대로 그 지옥에 처박히고 말았다.

*　　　*　　　*

"어엇?!"

저 멀리서 그가 모습을 드러냈을 때, 제일 먼저 감탄을 쏟아낸 것은 결승점에 대기하고 있던 기병대 병사들이었다.

혹시라도 있을지 모를 안전사고에 대비하여 사람들이 필요 이상으로 가까이 다가오지 않도록 주의를 기울여야 하는 순간이었지만, 지금은 그들도 그 임무를 잊고 말았다.

"허어……."

물론 이렇게 탄식하며 유독 어두워진 낯빛을 숨김없이 드러내는 자들도 있었다. 그들은 대부분 바인의 사람들이었다.

"이렇게 빨리 결승점에 도달했다고? 정말 믿을 수가 없군!"

"서, 설마 이대로 우승이 결정 나는 걸까?! 더 이상의 이변은 없는 거냐고!"

"허, 이변? 지금 이 사실 자체가 이변 아닌가!"

병사들의 흥분은 점점 더 거세어져만 갔다.

"오, 온다! 곧 우승자의 탄생이야!"

그들이 타고 있던 말들도 이 소란에 적극 동참했다.

안장 위의 주인이 그렇게 소리치자 육중한 짐승들이 푸르르, 하고 거센 콧김을 내뿜으며 일제히 발을 굴렀다.

이 진동은 저 멀리 휘겔에 앉아 있던 귀족들에게까지 고스란히 전달되었다.

"아래가 소란스럽군."

"드디어 누군가가 모습을 나타낸 모양인데?"

"아아, 궁금해!"

분위기는 금세 전염되었다. 좌중에 격한 설렘이 넘실거렸다.

참을 수 없는 궁금증에 발을 동동 구르던 사이, 맹렬히 말을 모는 한 남자가 눈에 들어왔다.

"오오, 저자는……?!"

예상했던 것과 전혀 다른 결과였다. 그들은 품위도, 체면도 모두 잊은 채 몸을 벌떡 일으켰다.

찬 공기가 불어닥친 것도 아닌데 살갗이 서늘했다.

소름이 돋은 팔을 마구 문지르는 자, 목덜미를 따라 타고 흐르는 땀방울을 훔치는 자도 있었다. 그러다 결승점을 상징하는 빨간색 띠가 검은색 망토 안으로 빨려가듯 사라진 순간이었다.

"……!"

고요함이 일순 사방을 잠식했다.

마치 유명한 예술가가 그린 그림처럼 아름다운 모습.

그것이 거기 있는 모두의 시선에 생생히 각인된 그 순간.

"와아아아아!"

둑이 터지듯 거센 함성이 터져 나왔다.

"대단해, 믿을 수가 없군!"

"올해의 우승자는 3황자 아인젠카이트다!"

"투루니어 경기에 드디어 새 우승자가 탄생했어!"

모두가 크게 환호하는 새, 언덕 아래로 구르듯 뛰어 내려가는 사람들이 여럿 생겨났다. 아직 결과를 알지 못하는 일반 좌석에어서 이 소식을 전하려는 발 빠른 정보꾼들이었다. 이마에 맺힌 땀방울을 아무렇지도 않게 스윽 훔치며 가볍게 말에서 내리는 그의 곁으로 병사들과 귀족들이 우르르 몰려들었다.

"황자님, 카이트 황자님!"

"우승하셨습니다! 바로 황자님이 올해 영광의 얼굴이 되신 겁니다!"

"게다가 신기록이 거의 확실시되고 있습니다. 대체 얼마나 빠르게 주파하신 건지 믿을 수 없을 정도예요!"

사람들이 점점 더 몰려들었다. 덕분에 카이트는 인파에 겹겹이 포위된 것처럼 보였다. 하지만 그의 얼굴은 여전히 평온했다. 아니, 평온했다고 하기보다는 몰려든 자들에게 별반 관심을 두지 않았다고 함이 옳았다.

끊임없이 두리번거리는 고갯짓과 바삐 움직이는 눈동자.

그는 함께 기쁨을 나누고 싶은 누군가가 따로 있음이 틀림없었다.

"황자님."

흥분한 병사들 사이를 힘겹게 비집고 다가온 것은 익숙한 얼굴이었다.

"페라트."

굳게 닫혀 있었던 카이트의 입술이 그제야 열렸다.

그런데 어찌 된 셈인지 페라트의 얼굴색이 무척이나 어두웠다.

그는 특히 누구보다도 우승을 바랐던 심복 중 하나.

그러므로 지금 이 순간이 기쁘지 않을 리 없을 텐데.

무언가가 이상했다.

"그녀는 어디에 있지?"

묘한 두려움을 느낀 카이트는 우선 윤수의 안부부터 물었다.

"지금 속히 가보셔야 할 곳이 있습니다."

그러나 페라트는 대답 대신 엉뚱한 말로 자신을 채근할 따름이었다. 그러고 보니 도리스도, 미쉘도, 렌틸리히도 보이질 않았다.

"대체 다들 어디에 있는 건가?"

불안감을 가득 담은 카이트의 눈썹이 더더욱 날카롭게 치켜올라갔다.

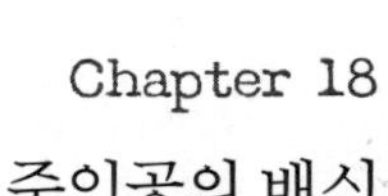

Chapter 18
주인공의 배신

단숨에 도착한 곳은 경기 시작 전 대기실로 쓰던 막사였다.

"황자님!"

그 앞을 물샐 틈 없이 지키고 있던 건 렌틸리히와 미쉘이었다.

"우승을 축하드립니다."

그들은 기사단의 예법대로 검을 높이 빼어든 채 카이트에게 축하 인사를 건넸다. 하지만 두 사람 역시 표정이 그리 밝지 못했다. 특히 미쉘은 눈가에 물기가 맺혀 있을 정도였다. 카이트의 심장이 그 어느 때보다도 불안하게 뛰었다.

"대체 무슨 일이야!"

막사의 휘장을 거칠게 걷어내며 그렇게 소리칠 때였다.

눈앞에 펼쳐진 광경에 그는 그만 할 말을 잃고 말았다.

"카이트 님."

파리해진 입술을 덜덜 떨면서 도리스가 천천히 몸을 일으켰다. 하지만 그 곁에 쓰러지듯 누워 있는 여자는 자신을 보고서도 미동도 하지 않았다.

"으……."

고통을 호소하듯 헐떡거리는 호흡을 따라 가늘게 새어 나오는 신음, 핏기라고는 하나도 없는 그저 새하얗기만 한 얼굴.

바로 윤수였다.

그녀는 온통 보라색을 띤 기묘한 빛에 휩싸여 있었다.

그리고 그 뒤쪽으로 산처럼 쌓인 것은 다름 아닌 마물들의 사체(死體)였다.

페라트에게서 자초지종을 듣고 난 뒤에야 비로소 카이트의 입술이 열렸다.

"……그래서 미틀러렌의 마법사들이 멋대로 부리던 힘을 그녀가 죄다 거둬들였고, 그 때문에 이런 고통이 생긴 거라고?"

"그렇습니다. 물론 목숨에는 지장이 없습니다만……."

"……."

하지만 카이트는 더 이상 아무런 말이 없었다. 그의 기분을 달래주기라도 하려는 듯 페라트가 얼른 말을 덧붙였다.

"서로 상극하는 힘이 충돌하다 보니 이런 부작용이 생긴 게 아닐까 합니다. 시간이 지나면 곧 씻은 듯이 나아지실 테니 염려하지 마십시오. 보라색 파장도 처음에 비하면 점점 옅어지고 있고요."

"페라트 님의 말씀이 맞습니다. 바서 님 상태는 아까보다 훨씬 더 좋아지고 있는 게 분명해요."

도리스도 페라트의 말을 거들고 나섰다. 하지만 그런 위로는 카이트에게 아무런 도움이 되질 않는 듯했다.

윤수는 베개가 축축해질 정도로 식은땀을 쏟아 내고 있었다. 가끔가다 눈을 깜박이긴 했지만, 초점을 잃은 두 눈동자는 여전히 고통으로 혼탁했다.

아까보다 훨씬 더 좋아진 상태라고?

어느새 그의 관자놀이에 퍼런 핏줄이 돋았다.

"마물들이 계속해서 막사 안팎을 들락날락거렸어요. 물론 이 요상한 빛에 찍소리도 못 하고 줄줄이 죽어나가긴 했지만…… 그래도 그 덕분에 다행히 혈색이 돌아올 수 있었답니다."

"그들은 바서 님을 고통스럽게 만드는 이 힘을 대신 흡수하려는 것 같더군요. 하지만 난데없는 마물의 등장에 행여나 소동이 일어날까 봐 렌틸리히와 미쉘이 주변을 단단히 경계하는 중입니다."

눈물을 찍어내는 도리스와 아직도 굳은 표정을 한 페라트가 번갈아가며 사이좋게 설명을 덧붙였다. 막사 안에 왜 저리 마물들이 죽어 있는지에 대한 그들 나름의 보고였으리라. 하지만 카이트는 여전히 말이 없었다.

보이지 않는 칼처럼 새파랗게 날이 서 있는 침묵.

도리스는 점점 겁이 나기 시작했다. 이 하녀는 황자가 윤수를 얼마나 아끼는지를 누구보다 잘 알고 있었다.

"이, 이렇게 물을 좀 흘려 넣어드리면 좀 낫답니다. 근데 바서 님을 만지기만 해도 손이 너무 아파서…… 흐윽."

윤수의 턱을 잡고 물을 먹여주던 도리스가 흐느끼듯 신음 했다. 그러고는 얼마 버티지 못하고 이내 손을 거둬들여 마구 주물 렀다. 그 모습에 카이트의 눈이 또다시 번쩍 뜨였다.

"만지기만 해도 아프다고?"

그러자 페라트가 조심스레 대답했다.

"물론 이 마력은 마물에게만 해를 끼치는 것임에 틀림없습니 다만, 지금은 일반 사람인 저희들도 고통을 느낍니다. 특히 그 파장에 직접 접촉할 때 그렇습니다."

"왜 그렇지? 우리도 마물과 같은 대상으로 여겨지기 때문인 가?"

"그건 아닌 것 같습니다. 다만 워낙 엄청난 힘이 한꺼번에 흡 수된 탓이 아닌가 하고 그저 추측할 따름입니다만……."

일반인도 느낄 정도로 거센 파장이라.

마물이나 마력과는 아무 상관없는 도리스가 저토록 고통스러 워하는 걸 보니 페라트의 말은 사실인 것 같았다.

하지만 그럼에도 불구하고 도리스는 끈질겼다.

그녀는 따갑고 쓰라린 고통을 참아가며 윤수의 팔과 다리를 연신 문질러 주었다. 눈물을 줄줄 흘리면서도 포기하지 않고 어떻게든 입에 물을 흘려 넣어주려 안간힘을 썼다. 그리고 그럴 때마다 격하게 들썩이던 윤수의 호흡이 조금씩 편하게 돌아오고 있었다. 그 모습을 바라보던 카이트의 입에서 깊고 무거운 한숨이 흘러나왔다.

"후우."

그는 거친 손길로 두르고 있던 망토를 그대로 내팽개치듯 벗어 던졌다. 자신의 상체를 답답하게 옥죄고 있던 승마복 단추 역시 툭툭 풀어내려갔다.

어느새 편안한 셔츠 차림이 된 카이트는 침대 옆에 비스듬히 앉아 보랏빛으로 물든 윤수의 어깨를 그대로 감싸 안았다.

"카이트 님!"

페라트가 놀란 음성으로 소리치자마자 그의 입에서도 기다렸다는 듯 신음이 흘러나왔다.

"으윽……."

산산이 부서져 내린 유리 조각으로 가득 찬 땅 위를 손바닥으로 꾸욱 짚은 것 같았다.

그 정도로 쓰라린 통증이 손끝 가득히 박혀들었다.

하지만 카이트는 아랑곳하지 않고 목 아래쪽의 단추를 두어 개 더 풀며 낮은 목소리로 명령했다.

"모두 나가."

물론 정말로 모두가 자리를 피했는지 아닌지는 그다지 중요한 문제가 아니었다. 도리스의 손에서 물병을 받아 든 카이트는 맑고 깨끗한 물을 입 안 가득히 머금었다. 그러고는 그녀의 입술에 자신의 입술을 지체 없이 맞붙였다.

그대로 물을 조심스럽게 흘려 넣자, 모두가 숨죽인 방 안에 꼴깍거리는 소리가 울려 퍼졌다. 그 모습을 멍하니 바라보던 도리스의 두 눈에 또다시 눈물이 차올랐다.

'바서 님과 살짝 닿기만 해도 아파서 견딜 수가 없는데, 저리 꽉 껴안고 계시다니.'

혹시 황자님은 전혀 고통스럽지 않은 걸까?

그녀는 잠시 그런 생각을 해 보다 조용히 고개를 도리질 쳤다. 왜냐하면 어느새 그의 미간에도 숨길 수 없는 주름 몇 개가 짙게 그어져 있었기 때문이었다. 그뿐만 아니라 이마 위로도 어느새 땀이 송송 돋아나 있지 않은가.

카이트 황자도 엄청난 고통을 느끼는 게 분명했다.

'하지만 바서 님은 우리들이 느끼는 것보다 훨씬 더 큰 고통에 몸부림 치고 계실거야. 그걸 알기에 본인의 아픔 따위는 아무렇지 않게 여길 수 있는 거겠지.'

얕은 자신의 머리로는 상상조차 할 수 없을 정도로 크고 깊은 사랑. 그 마음이 다시금 도리스의 심금을 울렸다.

카이트는 또다시 팔을 뻗어 탁자 위에 놓여 있는 새 물병을 손에 쥐었다. 누가 있건 말건 그는 계속해서 그녀의 갈증을 해소시켜 주는 것에만 집중할 뿐이었다.

그때마다 심장을 쥐어짜는 아픔이 카이트의 몸속에 흘러들어왔다. 하지만 그 무엇으로도 그녀를 안은 넓은 가슴을 위축시킬 수는 없었다. 뜨거운 땀이 굳게 다물린 턱을 따라 쉴 새 없이 흘러내렸다.

그저 새파랗게 질려 있기만 하던 윤수의 입술에도 어느새 새근거리는 호흡이 돌아오기 시작했다.

*　　*　　*

"어쩜, 이 상처 좀 봐……! 괜찮으세요, 황자님?"

여자는 금발 머리를 수선스럽게 흔들며 계속해서 그의 얼굴을 매만졌다.

'쯧.'

그럴 때마다 남자는 스윽 고개를 돌린 채 그 시선을 피했다. 가증스러운 눈물을 머금은 호박색 눈동자가 그저 귀찮기 짝이 없었다. 게다가 지금은 그 어떤 것으로도 이 상처받은 자존심을 위로받지 못하리라.

"저 두 사람이 정말로 미틀러렌 왕국에서 가장 뛰어난 실력을 지닌 자들이 맞습니까?"

찢어진 입술 끝에 맺힌 피를 조심히 닦아주는 그녀의 손을 매정하게 뿌리치며 바인이 차가운 음성으로 물었다.

"물론이죠. 제가 설마 그저 그런 자들을 소개시켰을까 봐서요? 게다가 왕립원에는 이와 비슷한 실력을 가진 마법사들이 수

십 명도 넘게 있다고요!"

바인의 불퉁한 어조에 공주가 항의하듯 목소리를 높였다. 그리고 그들이 그럴 때마다 보랏빛 망토를 입고 선 남자들의 고개가 점점 죄인처럼 숙여졌다.

"도련님, 일단은 얼굴에 묻은 진흙부터 얼른 닦으세요. 그러고 나서 옷도 좀 갈아입으시고요."

아까부터 몇 번이고 같은 대화를 반복하는 바인과 슈타티스트 사이에 유모 우르덴이 끼어들었다.

"자아, 이 지저분한 겉옷부터 어서 벗으셔요."

유모는 점점 격해지는 두 사람의 분위기를 잠재우려 무척이나 노력하고 있었다.

"젠장."

바인이 노기 어린 음성으로 욕설을 내뱉었다.

아닌 게 아니라 온몸이 찐득거리는 진흙으로 엉망이었다. 게다가 하필이면 빠진 곳이 썩은 물이 잔뜩 고인 오래된 웅덩이인 탓에 몸에서는 무언가 지독한 냄새까지 났다.

"빌어먹을!"

순순히 유모의 손길에 몸을 맡기는 듯하던 바인의 마음속에 또다시 거센 분노가 차올랐다.

"내가 알아서 할 테니 이 손 놔!"

팔에서 떨어져 나가고 있던 승마복을 바닥으로 거칠게 집어던지며 소리치자, 우르덴이 화들짝 놀라 한 발자국 뒤로 물러섰다. 그런데 그때, 갑자기 막사의 휘장을 걷고 누군가가 성큼성큼 걸어 들어왔다.

"앗. 왜, 왜 이러시는 겁니까?"

"비켜, 이 안에 있는 자에게 용무가 있으니까."

"하지만 아무도 들이지 말라고 바인 황자님께서……."

문 앞에 대기하고 있던 병사들의 다급한 외침이 들려왔다.

"누구냐! 어떤 놈이 허락도 없이 감히 내 막사에 발을 들이는 거냐……!"

안 그래도 잔뜩 불편한 심기였던 바인의 입에서 기다렸다는 듯 호통이 터졌다.

"꺄아악!"

동시에 공주의 날카로운 비명이 그의 귓전을 강타했다.

"슈타티스트 공주와 남몰래 국경을 넘은 미틀러렌의 마법사들을 지금 당장 체포하라!"

쩌렁쩌렁 울리는 누군가의 음성과 함께 빛나는 은색 검날 여러 개가 어두컴컴한 막사 안을 밝혔다.

"감히 왕족인 내게 칼날을 들이밀다니. 이 무례한 놈들!"

슈타티스트는 자신을 에워싼 병사들을 쏘아보며 근엄하게 소리쳤다. 그녀의 눈빛은 여전히 기세등등했다.

"고, 공주님! 부디 저희들을 지켜주세요!"

잔뜩 겁을 먹은 마법사들이 엉금엉금 바닥을 기었다. 그들은 어느새 공주의 옆에 찰싹 붙어 사지(四肢)를 달달 떨어댔다.

"양국의 평화를 위해 사절단의 대표를 자처한 내게 이런 짓을 저질러?!"

그 말이 끝나자마자 미틀러렌의 기사들이 기다렸다는 듯 검을 뽑아 들었다.

"당장 공주님에게서 떨어지시오! 미틀러렌의 여왕님이 이 일을 알게 되면 얼마나 진노하실지, 두렵지도 않습니까?"

하지만 병사들은 요지부동이었다.

"그래도 상관없다고 하십니다."

"뭐?"

미틀러렌 사람들의 얼굴이 새하얗게 질려갔다.

비록 직접 모시는 주인은 아니라 해도 어쨌든 미틀러렌 여왕은 이웃나라의 군주이시다. 그러므로 일개 병사와는 그 위치가 하늘과 땅 차이일 텐데 그래도 상관없다니.

이게 무슨 소리인가? 대체 이자들은 누구의 명령을 받드는 거야?!

기가 찬 나머지 모두가 입을 벙긋거리고 있는데 뒤에서 나지막한 목소리가 들려왔다.

"미틀러렌의 여왕님이 얼마나 진노하실지 두려워해야 하는 사람은 정작 따로 있지."

그렇게 말한 남자는 슈타티스트의 곁으로 성큼성큼 다가와서 검을 거침없이 빼어 들었다.

"아악!"

병사들이 쥐고 있는 것과는 차원이 다른 날카로움.

그것이 자신의 목 아래를 아프게 파고들자 공주의 입에서 공포에 질린 비명이 터져 나왔다.

"······카이트. 너, 미쳤냐?"

어두운 막사 안을 밝힐 기세로 타오르는 붉은색 머리카락.

바인이 얼빠진 표정으로 중얼거렸다. 하지만 그 목소리를 듣자마자 검을 쥔 카이트의 손끝에 거센 힘이 실렸다. 이루 말할 수 없는 분노가 치솟았기 때문이었다.

투루니어 경기에서 마법사들이 그런 수작을 부렸던 건 틀림없이 바인이 손을 쓴 결과였으리라. 슈타티스트 공주가 어떤 열등감을 지니고 있는 자인지 카이트도 모르지 않았다. 바인은 아마도 그런 공주를 달콤한 말로 꾀어냈을 것이다. 그리고 공주 입장에서도 3황자보다는 2황자의 손을 잡는 게 훨씬 더 가능성이 커 보였을 테고 말이다.

즉, 서로 모종의 거래를 하기에 부족함이 없는 상황이었다.

"이게 무슨 짓이에요!"

정말로 저를 찌를 것만 같은 카이트의 날 선 기세에 슈타티스트가 눈물을 글썽이며 외쳤다. 하지만 카이트는 그 듣기 싫은 목소리를 무심히 한 귀로 흘렸다. 지금은 그저 스스로를 다독이는 것에만 집중해야 했다.

'마음 같아서는 바인을 같이 엮어 넘기고 싶지만 지금은 그럴 수 없다. 아니, 그러면 안 된다.'

자신은 아직 그와 못다 한 이야기가 남아 있었다.

이 음흉한 남자의 요구대로 투루니어 경기에 참가해 주었고, 더불어 우승까지 따냈다.

그러니 이제는 바인이 약속한 대가를 치를 차례다.

입안에 쓴 물이 감돌았으나 카이트는 그것을 애써 삼켰다.

"어서 슈타티스트 공주와 저 두 명의 마법사들을 끌어내! 이자들은 감히 내 측근을 해하려 했다. 그건 곧 페어라센의 황자인 나를 위협한 것과 마찬가지. 그러므로 그 죄를 엄중히 물을 것이다!"

그 말에 바인의 입꼬리가 위로 슬쩍 들렸다.

'페어라센의 황족을 위협한 죄라고? 어차피 누구도 따르는 자가 없는데 그런 놈이 내리는 명령 따위가 얼마나 먹힐 거라고 생각하냐. 이 어리석은 놈아.'

물론 바인에게도 아직 알쏭달쏭한 점은 많았다.

공주를 통해 은밀하게 불러들인 자들이 바로 저 미틀러렌의 마법사들이었다는 것, 그리고 그들이 경기 중인 카이트를 상대로 여러 가지 마력을 실험해 보려 했다는 건 그야말로 극소수만이 아는 사실이었다.

하지만 놈이 이런 걸 어떻게 알았을까?

게다가 본인이 아닌 측근을 해하려 했다니, 그건 무슨 소리지?

물론 미틀러렌에 마법사가 있다는 것쯤은 카이트도 알고 있을 거라 생각했다. 그 출처도 짐작할 수 있었다.

'저 입 싼 여자는 거래를 제시할 때 자신이 가진 강한 패를 먼저 까 보이는 게 가장 좋다고 믿는 멍청이니까.'

제게 먼저 마법사 이야기를 꺼낸 것도 공주였다.

그러한 사실로 보았을 때 그녀는 카이트에게도 같은 협상을 시도했음이 틀림없었다.

"꺄악! 이거 놔!"

하지만 바인에게 오래 생각할 틈 같은 건 주어지지 않았다. 몇몇 병사들 손에 의해 막사 밖으로 끌려 나가고 있는 공주의 모습이 눈에 들어왔다.

"젠장."

그는 다시 한 번 땅이 꺼져라 한숨을 내쉬었다.

슈타티스트 공주의 환심을 사기 위해 노력한 건 전부 원하는 바가 있어 거짓으로 꾸며낸 행동이었지만, 그래도 그녀가 벼랑 끝에 몰리는 건 결코 바라지 않았다.

아직 들킬 수 없는 비밀이 하나 더 있었기 때문이었다.

카이트의 측근이라고는 저 허약해빠진 페라트뿐이었다. 군사는커녕 그 흔한 호위 병사조차 가지지 못한 남자.

'내 성에 머무는 기간이 꽤 길었으니, 병사 한둘쯤 꼬여낸 거겠지. 어쨌든 검을 쥐는 자들 중에는 카이트에게 흥미를 느끼는 놈들이 있었을 테니까.'

바인은 그렇게 생각하며 느긋한 손길로 휘장을 들췄다.

하지만 그 기대는 곧 산산조각이 나고 말았다.

"이, 이게 대체……."

막사 밖에 반듯하게 도열해 있는 건 상당한 수의 병사들이었다. 3황자의 밑에 들어갈 자들은 많아야 고작 열 명 정도라고 생각했는데, 이건 어림잡아도 예닐곱 배는 넘어 보였다.

이게 다 카이트를 따르는 자들이라고?

어느새 이런 일을 저지른 거지.

그의 눈가가 이루 말할 수 없이 딱딱하게 굳어갔다.

'아차, 내가 저놈을 너무 얕잡아 봤구나. 게다가 지금까지 비밀스러운 힘…… 그 계약을 성사시키는 데에만 온통 정신을 팔고 말았어.'

하지만 그리 후회한들 이미 늦어 버린 일이었다.

"바, 바인 황자님. 도와주세요."

땅 위에 주저앉은 슈타티스트가 눈물로 호소했다. 어느새 모든 무기를 빼앗긴 미틀러렌의 기사들은 마치 얌전한 아이와도 같았다.

그런 그들의 곁에 누군가가 다가와 우뚝 섰다.

"페어라센의 3황자 아인젠카이트 님이 제시한 대로, 미틀러렌의 슈타티스트 공주가 그의 측근을 해하려 했다는 것이 정황상 확인되었습니다. 증인 역시 확보된 상태이므로 이 사건은 정식으로 양국에 보고될 것입니다. 따라서 공주는 지금 이 순간부터 모든 자유를 박탈당할 것을 알립니다. 이것은 또한 별도의 합의

나 판결이 있을 때까지 유효합니다.”

엄격한 목소리로 두루마리에 써진 처벌 조항을 읊은 그 남자는 다름 아닌 황궁에서 파견된 제2 호위대장이었다. 언젠가 숲에서 마주친 저와 카이트의 싸움을 중재하고 나선 자, 바로 오튼의 측근이었다.

바인의 얼굴이 엉망으로 구겨졌다.

‘저자가 아직도 내 성에 있었어? 아니, 그보다 1황자가 지금 카이트를 돕는 거야? 어째서?’

1황자 오튼은 누구보다 카이트를 싫어하는 남자였다.

바인이 아는 한 그것은 변함없는 사실이었다.

차기 황제 자리를 두고 다툼하는 세 명의 형제들.

그중에서도 바인은 ‘경쟁자’라는 건 자신과 경쟁할 수준이 되는 자를 일컫는 단어라며 늘 카이트를 업신여기곤 했다. 그러므로 자동적으로 바인의 가장 큰 경쟁자는 1황자 오튼이 되었다.

하지만 오튼은 다른 모양이었다.

‘3황자의 항소 따위 그대로 무시해도 누구 하나 신경 쓰지 않을 텐데 오튼은 왜 은연중에 그의 편을 드는 거지? 설마 1황자도 다른 꿍꿍이가 있는 걸까?’

그 순간 울부짖는 공주의 목소리가 바인의 상념을 방해했다.

“감히 왕족인 나를 죄인으로 몰다니! 이 무례한 놈! 네 녀석의 목이 얼마나 오래 남아 있을 것 같은가!?”

저주의 대상이 된 자는 호위대장이었다. 하지만 그는 그러거나 말거나 관심 없다는 듯 그저 공주를 싸늘히 내려다볼 뿐이었다.

"그럼 페어라센의 기사단은 어서 이대로 명을 받들라! 별도의 지시가 있을 때까지 슈타티스트 공주를 격리시키고, 나머지 미틀러렌의 사절단들에게는 감시자를 붙이도록 해라."

여전히 무표정인 호위대장의 입에서 차가운 지시가 떨어졌다. 그러고는 그대로 걸음을 바삐 재촉했다. 이제부터 할 일이 많았다. 이 모든 일을 1황자에게 정식으로 보고해야 하고, 또 미틀러렌에 보내야 할 문서를 작성하는 것에도 명을 내린 자로서 직접 관여하지 않으면 안 된다.

"우리 어머니가 너희들을 가만둘 것 같아?!"

제게서 멀어지는 남자를 돌려세우지 못한다는 사실이 분한지 그녀는 머리를 마구 쥐어뜯으며 패악을 부렸다.

하지만 카이트는 여전히 눈썹 하나 꿈적하지 않았다.

아니, 좀 더 솔직히 말하면, 그 어느 때보다 온화한 얼굴이라고 해야 함이 옳았다.

그는 지금 머릿속으로 이런 생각을 하고 있는 중이었다.

'아마 미틀러렌의 여왕이 가만두지 않으려 할 사람은 바로 슈타티스트일 것이다'라고.

외국에 축하 사절단으로 보내났더니 훌륭하게 직무를 수행하긴커녕 나라의 극비를 멋대로 떠들어 댄 공주다. 그뿐만 아니라 공주라는 지위를 이용해 마법사들을 몰래 부리고 말이다.

'아마 왕실에서 쫓겨나지나 않으면 다행이겠지.'

그렇게 결론을 내리던 순간, 바인 황자와 두 눈이 딱 마주쳤다.

"윽."

바인은 저도 모르게 뒷걸음질 쳤다.

"바인 황자님!"

여전히 말이 없는 그를 향해 슈타티스트가 크게 울부짖었다.

"페어라센의 기사단이 감히 저를 가두려 하나 봅니다!"

마치 고자질하는 것 같은 공주의 말에 손톱자국이 날 정도로 세게 주먹을 쥐고 있던 바인이 스르르 힘을 풀었다.

그래, 어차피 이곳은 나의 성이지.

심각하게 내려와 있던 그의 입술 끝도 어느새 위로 삐쭉 들려 있었다.

"걱정하지 마십시오, 슈타티스트 공주! 억울함을 벗으실 때까지 결코 험한 대우는 하지 않을 것을 약속드립니다."

마치 카이트보고 들으라는 듯 바인은 의기양양한 목소리로 크게 외쳤다.

'이 멍청한 놈!'

하지만 속으로는 저급한 욕설을 내뱉으며 낄낄거렸다.

투루니어 경기에서 패배했을 뿐 아니라 마법사들을 끌어들인 걸 들켰다는 사실에 혼란이 와 잠시 잊고 말았다.

자신은 페어라센의 기사단을 움직일 수 있는 남자라는 것을.

그러므로 공주를 구금시킨다 해도 그녀는 여전히 자신의 관할하에 있게 된다. 미틀러렌의 여왕은 어차피 원만한 해결을 원할 것이니, 그때까지 그저 더 이상 외부로 새어 나가는 이야기가 없도록 그녀를 잘 보살펴 주면 그만이었다. 소위 그 '계약'건에 대해 공주와 미리 말을 맞춰두는 것도 어렵지 않으리라. 게다가 이번 사건으로 나중에 미틀러렌에 크게 생색을 낼 수도 있고 말이다.

바인은 그런 꿍꿍이로 가득한 가슴을 한껏 피며 말했다.

"좋아. 그럼 어서 내 기사단들을 불러와. 그리고 그들에게 일러라. 미틀러렌 왕실의 공주님에게 무례하게 구는 자는 내가 절대로 용서치 않겠……."

그런데 그 순간, 누군가가 그의 말을 싹둑 잘랐다.

"내 기사단이라니? 여기에 당신 기사단이 있었나?"

비록 여성의 것이지만 무척이나 강인한 이 음성은 바인의 귀에도 매우 익숙했다. 그는 황망히 벌어진 입술을 다물지 못한 채 천천히 고개를 돌렸다.

"그동안 임시 기사 단장 역할을 해 주어서 고마웠어. 이제부터는 내가 다시 잘 맡을 테니, 당신은 아무 걱정 말고 푹 쉬지그래."

그곳에 서 있는 건 주름 하나 없는 제복 차림의 도른이었다.

"기사단에서 손 떼게 되었으니 당신에게도 앞으로 휴가가 많이 주어질 거야."

그녀는 품 안쪽에서 작은 두루마리 하나를 꺼냈다.

그건 사실 이미 꽤 오래전에 받아 놓은 승인서였다.

다만 받아 놓기만 하고 쓰지 않았던 것은 아직 마음의 준비가 되질 않았기 때문이었다. 제게 주어진 이 모든 상처들을 인정하고 깨끗이 회복시킨 후에, 다시 앞으로 나아갈 준비가.

하지만 이제는 다시 한 번 더 발걸음을 떼어보려 한다.

페어라센에서 가장 용맹스러운 기사단장에게 이런 용기와 위안을 준 것은 놀랍게도 이름 모를 여검사 한 명이었다. 유독 키가 작고, 짧은 단발머리를 한 그녀.

도른은 두루마리를 펴서 바인의 눈앞에 보란 듯이 흔들며 이렇게 말을 덧붙였다.

"뭐, 이 기회에 좋아하는 연애라도 마음껏 하든가."

그곳에 찍혀 있는 것은 에어리베 도른의 기사 단장 복귀를 승인하는 황제의 도장이었다.

*　　　*　　　*

잠시 눈을 떴을 때, 가장 먼저 보인 것은 막사를 밝히고 있는 은은한 불빛이었다. 하지만 그조차도 눈이 부셔서 윤수는 곧바로 눈꺼풀을 꾸욱 닫았다.

'내가 도대체 얼마나 잔 거지?'

한참의 시간이 흐른 뒤 다시 한 번 조심스레 눈을 뜨자 벽과 천장에 왔다 갔다 하는 사람들의 그림자가 비춰졌다.

벌써 밤이었다. 천천히 열린 귀에도 서성이는 발걸음 소리라든지 '여기 깨끗한 찬물을 더 떠왔다'고 말하는 목소리 등, 소란스러운 인기척이 들려왔다.

"으, 으……."

윤수는 신음하며 손을 앞으로 휘저었다. 원래는 몸을 일으키려는 의도였으나, 팔다리에 도무지 힘이 들어가지 않았다.

"바서 님!"

그 미세한 기척을 눈치챈 누군가가 호들갑스럽게 외쳤다. 도리스였다.

그녀는 기껏 떠온 깨끗한 물을 바닥에 내팽개치고는 나는 듯 침대 곁으로 다가와 무릎을 꿇고 앉았다.

"흐흑, 바서 님……! 정신을 차리셨군요! 아아, 다행이야. 정말로 다행이야!"

도리스는 윤수의 손을 잡고 눈물을 펑펑 쏟아 냈다.

"언니!"

그리고 그 옆으로 또 하나의 익숙한 얼굴이 보였다. 윤수를 언니라고 칭할 사람은 프롤라인 황녀밖에는 없었다.

"바서 님, 몸은 좀 어떠십니까?"

"정신을 차리셨으니 이제 정말 괜찮은 것 맞죠?"

"하루 종일 주무셨으니 배가 엄청 고프실 텐데!"

'차분한 음성은 페라트고, 그 옆에서 말을 주거니 받거니 하는

자들은 렌틸리히와 미쉘이구나.'

아직 정신이 멍한 와중에도 윤수는 모두를 용케 알아보았다.

"으, 여기가 어디예요……?"

"막사 안이에요! 바서 님. 줄곧 사경을 헤매셨다고요!"

마치 죽었다 살아 돌아온 사람을 본 것처럼 도리스는 윤수의 손을 힘주어 잡았다. 그러고는 연신 신이시여, 라는 단어를 중얼거리며 눈물을 훔쳤다. 프롤라인 황녀도 그녀의 목에 매달려 옷이 다 축축해지도록 엉엉 울었다.

"저는 다른 분들과 달리 손을 잡아드리지도 못해서 얼마나 죄송했는지 몰라요……! 그 파장에 슬쩍 닿기만 해도 기절을 하다니, 정말 나약하기 짝이 없어요."

"파장? 기절……?"

"너무나 부끄럽습니다! 앞으로 정말 열심히 훈련해서 더욱 강한 기를 키우겠어요!"

황녀가 분한 목소리로 계속해서 외쳤다. 하지만 윤수는 그저 어리둥절하기만 했다.

"저기…… 지금 이게 대체 무슨 상황인 거죠?"

마치 방망이에 마구 두들겨 맞은 것처럼 희한하게 온몸이 욱신거렸다. 아직 잔존해 있는 통증에 눈썹을 찡그린 채 그녀는 머릿속을 열심히 더듬었다.

그러니까 나는, 미틀러렌 마법사들의 힘을 죄다 빼앗았고, 지독한 고통에 다리를 비틀대며 내려오다가 페라트를 만났지. 놀라서 묻는 그에게 자초지종을 설명한 다음에, 그다음에는…….

기억이 없었다. 마지막으로 떠오르는 것은 사색이 된 채 제 이름을 외치는 페라트의 얼굴뿐이었다.

"많은 분들이 보살펴 주셨는데 저 혼자만 언니에게 아무런 도움이 되질 못했어요. 정말…… 죄송해요."

프롤라인은 계속해서 목을 끌어안고 어리광을 피우듯 종알거렸다. 자신만이 곁에 다가가지 못했다는 사실이 못내 분했는지 황녀는 드물게 말이 많았다.

"마력 때문에 거의 하루 종일 정신을 잃으신 상태였어요. 그야말로 엄청난 파장이었거든요. 처음에는 절 그대로 기절시킬 정도로 시커먼 보랏빛이 언니의 온몸을 물들여서…… 앗?"

쉴 새 없이 재잘대는 입술을 다물게 한 건 그들 사이로 불쑥 들어온 커다란 손이었다.

"그만 떠들고 비켜."

"아, 알았어요. 오라버니."

뒷덜미 쪽의 옷깃을 잡힌 채 프롤라인이 버둥댔다. 하지만 그는 아랑곳 않고 제 여동생을 침대 밖으로 밀어냈다.

"아휴우. 난 몰라."

드레스가 엉망으로 구겨지자 프롤라인이 속상한 목소리로 작게 중얼거렸다. 그건 그녀가 가장 아끼는 옷으로 윤수가 정신을 차릴 때를 고대하며 일부러 꺼내 입은 거였다.

도리스가 얼른 달려와 황녀의 주름진 옷깃을 탁탁 정리해 주는 새 카이트가 윤수의 옆에 털썩 소리가 나도록 거칠게 앉았다.

"네가 무슨 일을 했는지, 대강의 이야기는 페라트로부터 들었다."

그의 입에서 딱딱하기 그지없는 음성이 흘러나왔다.

"아. 그, 그래?"

그뿐만 아니라 팔짱을 낀 채 절 내려다보고 있는 그 얼굴이 매우 싸늘해서 윤수는 저도 모르게 말을 더듬기 시작했다.

"내가 언젠가 분명히 말했던 거 같은데."

"……뭘?"

"다시 한 번만 더 위험한 짓을 하면 감금시켜 버릴 거라고."

그의 목소리가 한도 끝도 없이 낮게 내려갔다.

"그게 그렇게 위험한 일은 아니라고 생각했……."

윤수의 음성도 꾸물꾸물 잦아들었다.

"마력을 흡수시켜 정신을 잃은 것도 모자라, 그 파장에 주위 사람들마저 아픔을 느꼈는데 전혀 위험한 일이 아니다?"

카이트가 즉시 말을 잘랐다. 눈썹을 날카롭게 치켜들면서.

"그게, 나, 나는……."

"말해."

그는 정말로 화가 난 것 같았다. 그야말로 얼음 같은 분노였다. 차갑고, 고요했다. 덕분에 어떻게든 변명해 보려던 마음이 찔끔 들어가고야 말았다.

"……마력을 흡수하는 것만 생각했을 뿐 내게 어떤 일이 벌어질지는 솔직히 잘 몰랐어.”

결국 윤수는 사실만을 말하기로 했다. 그러고는 황급히 이렇게 덧붙였다.

“걱정을 끼쳐서 미안해요, 여러분.”

물론 아직 자세한 설명을 듣기 전이었지만 프롤라인이 기절할 정도였다니 느낌상 확실했다. 제가 몸에 담고도 수그러들지 않던 마력이 아마 주변의 사람들에게도 고통을 준 게 틀림없었다.

“후우.”

푹 숙인 고개 위로 카이트의 낮은 한숨이 쏟아졌다.

그 소리에 윤수의 어깨가 더더욱 옹송그려졌다.

그래, 뭐니 뭐니 해도 가장 마음 고생했을 사람은 카이트였을 것이다. 입장 바꿔서 본인이 카이트의 그런 모습을 봤더라면 어땠을까?

그리 생각하자마자 윤수의 눈초리가 더욱 아래로 떨어졌다. 상상만으로도 가슴이 미어지기 때문이었다.

“……미안.”

그녀는 줄곧 그의 눈치를 살피며 조심스럽게 사과했다.

“……”

하지만 카이트는 여전히 묵묵부답이었다.

“이제 다시는 위험한 일 하지 않을…… 흐, 읍!”

갑자기 커다란 호수에 빠진 듯 말문이 잠겼다.

거센 물결처럼 그녀의 입술을 덮친 건 그의 입술이었다.

"……!"

아무 생각도 하지 못하게 만들 정도로 거칠게 호흡을 빼앗은 것도 모자라, 그는 윤수의 입 안쪽을 순식간에 점령했다. 동시에 윤수의 까만 눈동자가 만월처럼 커졌다. 거기 비춰진 것은 뒤에 선 사람들이었다. 입술을 다물지 못한 채로 돌처럼 굳어 있는 프롤라인부터 손에 들고 있던 물병을 다시 한 번 툭 떨어뜨린 도리스, 그리고 목 언저리가 새빨개지다 못해 아예 검붉게 변해 버린 렌틸리히까지.

나머지 사람들 표정은 차마 확인할 용기가 없었던 윤수는 결국 두 눈을 질끈 감았다.

"자, 잠깐. 카이……!"

온 힘을 다해 가슴팍을 밀어보기도 하고, 또 어깨를 마구 비틀어 보기도 했지만 소용없었다. 카이트는 여전히 아무것도 상관없다는 듯 여린 입술 위와, 또 그 안쪽의 촉촉한 살갗을 탐하는 것에만 집중할 뿐이었다.

안 그래도 가쁜 호흡이 점점 부족해져만 갔다.

내달리는 심장에서 뿜어지는 붉은 기운이 머리끝에 차오를 때면, 허리를 강하게 안은 팔에도 아플 정도로 힘이 고이는 것이 느껴진다.

"……흐으."

혀끝에 걸렸던 생생한 신음도 새어 나올 틈 없이 그의 입술 안으로 죄다 사라졌다.

"어, 어서 나가죠!"

그저 돌처럼 서 있기만 하던 사람들 중 가장 먼저 깨어난 건 역시 도리스였다.

"자, 자. 바서 님이 무사히 정신을 차리셨으니 우리들도 이만 쉬자고요!"

그녀는 마치 양을 몰듯 사람들을 밖으로 재빠르게 내보내면서도, 막사의 입구가 벌어지지 않게 꼼꼼히 닫아주는 것을 잊지 않았다.

푹신한 침대에 등이 닿았다.

"……하."

위에서 누르고 있는 커다란 힘에 꼼작하지 못하면서도 시원한 숨이 터져 나온 건, 어느새 활짝 풀어헤쳐진 셔츠 덕분이었다. 드러난 살갗에 닿는 서늘한 공기가 느껴진 순간, 뜨겁게 달궈진 돌에 짓눌린 것 같은 음성이 흘러나왔다.

"그렇게 정신을 잃고 누워 있던 네 모습을 보는 동안, 내가 무슨 생각을 했는지 알고 있나?"

지금은 많이 사라지고 없는 고통은 아마도 모두 그에게로 흘러들어간 것이 틀림없었다.

염려와 두려움, 그리고 아픔이 가득한 목소리.

괜스레 눈물이 차올랐다. 붉어진 눈가를 하얀 소맷자락으로 가리며 윤수는 고개를 끄덕였다.

"……차라리 이곳을 갈라서 네게 보여주면 조금 나아질까."

카이트는 그녀의 손을 끌어다 자신의 심장 부근으로 가져다 댔다. 단단하고 따듯한 곳 아래에서 거칠게 뛰는 박동이 작은 손바닥 가득히 느껴졌다.

"많이 걱정했지? 정말 미안……해."

사실은 그의 심장이 이토록 힘차게 뛴 지도 얼마 되지 않은 터였다. 그래도 까맣게 타들어갔던 그 마음을 전부 다 알 수는 없을 테지만.

"어쩔 수 없지. 이제는 정말로 내 곁에 묶어둘 수밖에."

그렇게 말하는 카이트의 입술 끝에 겨우 실낱같은 미소가 돌아와 있었다.

행복, 즐거움, 기쁨.

그 어떤 것도 이제는 그녀 없이는 불가능했다.

자신은 이미 조종당하는 인형처럼 몸과 마음을 모두 빼앗겨버렸으니까. 그러므로 이 여자에게는 모든 걸 다 주어도 아깝지 않았다. 언젠가 설령 목숨을 바쳐야 할 날이 온다 하더라도 기꺼이 받아들일 것이다.

그러한 다짐을 담아 그는 입술을 아래로 미끄러뜨리듯 내렸다. 유리처럼 깨끗한 피부 위에 가벼운 입맞춤을 퍼부었다. 하지만 곧, 버티기 어려운 격렬한 애정이 그를 짓눌렀다. 격정은 무르익어만 갔다.

"흐읏."

오르락내리락하는 호흡을 따라 가볍게 들썩이는 부드럽고도
풍만한 살결을 거머쥐자 그녀의 입에서도 달콤한 신음이 새어
나왔다.

마치 미약에 취한 것 같은 행복감. 그것을 만끽하며 웃는데,
갑자기 윤수가 바짝 고개를 들고 다급히 물어 왔다.

"맞다! 너 경기는?"

"뭐?"

"투루니어 경기 말이야. 결과는 어떻게 됐어?"

윤수의 질문에 카이트의 미소가 점점 더 짙어졌다.

대답 대신 긴 손가락이 보드라운 피부를 더듬어 나갔다. 그리
고 그것은 이내 그녀의 등 뒤에 안착했다.

"물론."

그곳을 가로지르는 가느다란 끈을 몇 차례의 시도 끝에 결국
풀어 내리며 그가 말을 이었다.

"……우승했지."

"정말!?"

환호로 가득한 탄성과 함께 그는 그녀의 상체를 가리고 있던
마지막 천을 끌어내 바닥에 집어던졌다.

"으응……."

그러자 윤수가 양 뺨을 붉히며 어리광을 부렸다. 가슴을 팔로
슬쩍 가리는 그녀의 몸짓은 그 어떤 것보다 유혹적이었다. 그의
몸 한군데에 숨길 수 없는 커다란 힘이 실렸다. 아찔하게 드러난

아름다움을 미처 감상할 틈도 없이 유독 말캉거리는 그곳에 거친 숨을 남김없이 묻으려는 순간.

"하."

갑자기 그의 입에서 탄식 어린 신음이 새어 나왔다.

"……젠장, 아직 마력이 다 나은 게 아니군."

불만이 노골적으로 섞인 목소리. 게다가 실망감을 이기지 못해 튀어나온 욕설까지. 그럼에도 불구하고 카이트는 다 사라져 버린 인내를 다시 끌어모으기 위해 죄 없는 침구를 거칠게 틀어쥐었다.

"뭐, 뭐라고? 어라, 내 몸이 왜 이래?"

고개를 바짝 든 채로 자신의 몸을 살피던 윤수의 두 눈도 휘둥그레 떠졌다. 마치 어디에서 잔뜩 두들겨 맞은 것처럼 드러난 피부가 온통 얼룩덜룩했다. 게다가 군데군데 옅은 보랏빛이 신기루처럼 나타났다가, 또 사라졌다를 반복하고 있었다.

"그래, 아직은 환자니까. 내가 조금만 더…… 참아 보겠다."

그렇게 말하며 카이트는 이불을 끌어다 억지로 윤수의 몸을 덮어주었다. 흠잡을 데 없는 자상한 손길이었으나, 손등에는 굵은 핏줄이 불거져 있었다.

"아냐, 이제는 하나도 아프지 않은걸."

그걸 보던 윤수가 다급하게 만류했다. 사실 만류라기보다는 부추기려는 의도 쪽에 가까웠지만 말이다.

"생각해 보면 정신이 든 지도 얼마 되지 않았는데, 그런 네게 무리를 시킬 수는 없어.”

“아니, 글쎄 내가 아무렇지도 않다니까?”

하지만 카이트는 고집스럽게 몸을 일으켰다. 그는 지나치게 자신을 염려하는 게 틀림없었다.

“잠깐 밖에 있다가 올게. 시간이 걸릴지도 모르니 먼저 자라.”

그 후 그는 정말로 휙 하니 나가 버리는 게 아닌가.

“어어?”

순식간에 홀로 남은 윤수는 한동안 문 쪽을 향해 멍하니 시선을 고정시켰다. 그러다가 이내, 이렇게 외쳤다.

“대체 무슨 남자가 저렇게 참을성이 좋아?!”

그녀는 결국 퉁명스러운 손길로 이불을 푹 뒤집어쓰고 누웠다.

“……덮칠 거야, 다음번에는 꼭 내가 먼저 덮치고 말 거야.”

그 속에서 가느다랗게 흘러나온 건, 아직도 부아가 채 가라앉지 않은 목소리였다.

카이트는 쉬라고 말했지만, 잠이 올 리 없었다.

주섬주섬 옷을 걸쳐 입고 밖으로 나오니 정수리 바로 위에 하얀 반달이 떠 있었다. 주위에는 그녀가 머물렀던 곳과 매우 비슷하게 생긴 또 다른 막사들이 여럿 늘어서 있었다. 따라서 윤수는 행여나 나중에 막사를 잘못 찾는 일이 없도록 입구에 걸린 휘장의 무늬를 하나하나 기억해가며 길을 따라 걸었다.

지나가는 병사 한둘쯤 있을 법도 한데 인기척이라고는 정말 조금도 느껴지지 않는 밤이었다.

투루니어 경기 후에 열리는 연회는 병사들을 위한 또 다른 축제였다. 따라서 그들은 이미 술과 음식이 잔뜩 차려져 있는 회장으로 몰려가고 난 후였다.

눈이 어둠에 막 익을 무렵.

서성이고 있는 발걸음 소리가 윤수의 귀에 들어왔다.

"카이트!"

이제는 그 소리의 주인이 누군지 굳이 확인할 필요도 없었다. 윤수는 반가운 목소리로 그의 이름을 부르고는 냅다 곁으로 뛰어갔다. 하지만 카이트는 그녀의 등장이 별로 달갑지 않은 게 틀림없었다.

"또 왜 나왔지?"

미간을 찡그린 채 이렇게 되묻는 것을 보면 말이다.

"왜라니?"

"그토록 엄격했던 내 어렸을 적 검술 선생도 대련 후에는 반드시 이틀을 쉬게 해 줬다. 제아무리 강인한 검사라 해도 체력을 맹신해서는 안 된다는 말과 함께. 하물며 넌 거의 꼬박 하루 동안 정신을 잃었지 않은가? 전부터 생각한 건데 너는 너 자신을 돌보는 일에 너무나 소홀한 면이 있……."

쉴 새 없이 입술을 움직이는 카이트를 바라보던 윤수의 미간에도 어느새 작은 주름 하나가 그어졌다.

"하아, 3황자 카이트에게 이런 숨겨진 면모가 있을 줄이야."

그녀는 작게 한숨을 쉬며 그의 말을 싹둑 잘랐다.

"……뭐?"

"나도 이제 와서 알게 된 건데 말이야, 너 진짜 잔소리가 심하구나."

생각지도 못한 윤수의 말에 카이트가 황망한 표정으로 관자놀이 부근을 긁적였다.

"그건 또 무슨 의미지?"

"동생인 프롤라인 황녀한테도 그러더니만, 이제 보니 넌 아주 타고난 잔소리꾼이었어."

"잠깐, 널 진심으로 걱정하는 사람을 그렇게 매도하다니……!"

정말로 억울한지 카이트는 눈살을 살풋 찌푸리며 항변했다. 그런 그를 바라보던 윤수는 속으로 웃음을 삼켰다.

이 사람이 바로 제가 좋아하게 된 남자였다.

세상에서 가장 진실 되고, 또 놀라울 정도로 순수한.

"그럼 역시 오늘 밤은 푹 쉬어야겠네?"

따라서 그녀는 그를 좀 더 곤란에 빠뜨리기로 마음먹었다.

"당연한 소리를 하는군. 게다가 아직도 몸에 마력이 남아 있는 걸 너도 보지 않았나? 하룻밤 푹 자고 나면 좀 나을 거다."

"그럼 네가 재워 줘."

물론 이것이 아까 일에 대한 복수냐고 누군가가 묻는다면, 딱히 부정할 말은 없지만.

"뭐?"

순간 카이트의 동공이 어지러이 흔들렸다.

"내가 좀 더 쉬기를 바라는 거잖아. 그러니까 저번처럼 같이 자자, 응? 네가 손을 잡아 주니까 잠이 어찌나 잘 오는지 몰라."

그의 허리를 끌어안은 채 윤수는 고개를 삐뚜름히 들었다.

"그리고 막사에 혼자 있으면 무섭단 말이야아."

눈을 빤히 맞추고는 눈꺼풀을 두어 번 천천히 감았다 뜨자, 그 새 그의 얼굴이 새빨개지는 게 보였다.

"그, 그게 그러니까…… 이제 그건 조금 힘들 것 같은데……."

"왜?"

왜라니.

천연덕스러운 물음에 카이트의 목울대가 위아래로 쉼 없이 움직였다.

정말 몰라서 묻는 건가?

그녀의 몸에 걸쳐진 셔츠 속으로, 아까 마주했던 눈부신 나신 이 고스란히 비춰지는 것만 같았다.

염려스러울 정도로 작고 가녀린 어깨, 그리고 손 안에 뿌듯하 게 들어찼던, 유독 부풀어 올라 몹시 탱글탱글하면서도 부드럽 기 그지없었던 그 예쁜 가슴…….

"아."

순간 카이트의 입에서 당혹스러운 신음이 흘러나왔다. 정수 리에서 치솟은 열기가 온몸을 빠르게 돌아 단전 아래에 가득 모여들었기 때문이었다. 아주 찰나의 상상만으로도 이렇게까지 될 수 있다는 것을 그도 처음으로 깨달았다.

"이, 이 손을 좀."

서로의 몸이 너무 가깝게 밀착된 상태인지라 더욱 곤란했다. 그녀도 틀림없이 눈치챘을 거란 생각에 당황한 나머지 목 언저리가 뻣뻣하게 굳어갔다.

물론 그 변화를 느낀 건 윤수도 마찬가지였다.

"……푸훗."

그녀는 작게 웃으며 뒤로 한 발자국 물러섰다.

"역시 조금 떨어져 있는 편이 낫겠지? 내가 먼저 가고 있을게."

"잠깐. 너, 설마……."

그제야 윤수가 저를 놀렸음을 인지한 카이트의 얼굴은 이제 폭발한다 해도 이상하지 않을 정도로 붉어졌다.

"그럼 진정되면 천천히 와."

게다가 그녀는 이렇게 말한 뒤 정말 몸을 휙 돌려버리는 것이 아닌가! 따박따박 잘도 걸어가는 야속한 뒷모습을 바라보며 카이트는 입술을 힘주어 깨물었다.

이대로라면 정말 비어 있는 아무 막사에나 그녀를 끌고 들어가버릴 것만 같아서 말이다.

＊　　＊　　＊

"······페라트 님?"

"네?"

누군가가 자신을 부르는 소리에 퍼뜩 고개를 들자 그 앞에는 프롤라인의 얼굴이 있었다. 도리스에 의해 막사에서 거의 떠밀리듯 나간 후, 모두가 함께 향한 곳은 성에 있는 커다란 식당이었다. 원래는 왕족이나 귀족들만이 이용할 수 있는 곳이지만, 도리스는 물론이고 미쉘까지 사이좋게 옹기종기 모여 앉을 수 있었던 건 황녀 덕분이었다.

"왜 멍하니 계세요? 어서 이것 좀 드셔보세요. 오늘 하루 종일 여러 가지를 신경 쓰셨던 터라 분명 시장하실 테죠."

언제나 상냥한 미소를 잃지 않는 프롤라인이 그에게 다정스레 음식을 권했다. 아닌 게 아니라 그들에게는 이것이 오늘 처음으로 하는 식사였다. 지금까지 줄곧 윤수를 보살피느라 밥 같은 걸 먹을 새가 없었던 것이다.

"그나저나 아까는 정말 대단했어요, 페라트 님. 세상에, 그토록 강력한 마력에 휩싸인 바서 님을 그대로 안고서 멀리 떨어진 막사까지 오시다니! 그야말로 대단한 정신력이라고 생각해요."

갑자기 생각났다는 듯 도리스가 고개를 격렬히 흔들며 페라트를 칭송했다.

"그러게 말입니다. 마력을 막 흡수한 직후라 그 고통이 엄청났을 텐데, 어떻게 그러실 수가 있죠? 저라면 절대 못 했을 겁니다."

그뿐만 아니라 렌틸리히까지 혀를 내두르며 거들었다.

커다란 테이블에 모여 앉은 모든 사람들의 눈동자가 순식간에 그에게로 쏠렸다.

그 시선이 부담스러웠던 페라트는 작게 자른 채소나 고기 따위로 속을 채운 빵을 집어 들며 황급히 대답했다.

"별것 아닙니다. 한창 경기 중이셨던 카이트 황자님께 누를 끼쳐드릴 수는 없는 일이니까요."

하지만 그 말과는 달리 그의 새하얀 손끝이 덜덜 떨리고 있었다. 아직도 그때를 생각하면 저절로 호흡이 멈춰질 정도였다.

그 정도로 괴로웠던 고통.

믿을 수 없을 만큼 커다란 충격이 몸속에 고스란히 흘러들어오던 순간, 그도 정신을 잃을 뻔했다. 하지만 끝까지 버티게 해준 것은 카이트 황자만큼이나 윤수를 소중히 여기는 마음이 있었기 때문이었다. 게다가 그녀는 자신을 있게 해준, 이 세계를 만든 장본인 아닌가.

윤수가 자신을 카이트 황자의 가장 가까운 심복으로 만들어준 것에 딱히 불만은 없었다. 언제나 그의 안위를 살펴왔다는 것은 페라트의 유일한 자부심이고, 그런 3황자가 황제가 되는 것을 보는 것이 삶의 이유였으니까 말이다.

황자는 그야말로 하나의 가족 같은 존재였다.

그 때문에 자신을 포함한 모든 것이 사실은 누군가의 소설 속이야기였음을 알았을 때도, 그리 충격받지 않을 수 있었다. 이것이 가상의 세계이든 그렇지 않든 간에 카이트 황자와 함께했던 나날들은 그 정도로 귀중한 기억이었다.

따라서 그가 가장 좋아하는 두 사람이 서로를 마음에 품게 되었다는 것은 실로 다행스러운 일이다. 축복해 주고 싶은 마음도 가득했다.

'그런데 이 공허한 감정은 대체 뭐지?'

페라트는 손에 쥔 빵을 내려놓고, 대신 눈앞에 가득 채워진 와인을 벌컥 들이켰다. 예전의 둘은 저 없이는 별다른 대화가 진전되질 못하던 사이였다. 왜냐하면 틈만 나면 서로 으르렁댔기 때문이었다. 하지만 지금은 달랐다.

그들은 누가 봐도 너무나 정다운 한 쌍의 연인이었고, 또한 힘을 합하면 그 누구도 대적할 수 없을 만큼 강했다.

그럼에도 페라트는 묘한 불안감을 떨쳐버릴 수가 없었다.

카이트 황자님은 정말로 황제가 될 수 있을까?

황제란 선택받은 자만이 꿈꿀 수 있는 일. 많은 것을 포기해야만 오를 수 있는 자리다. 여러 가지 소중한 것을 지닌 사람은 상대적으로 불리하다는 건 누구나 알고 있는 사실이었다. 하지만 그러한 의심을 절대 입 밖으로 꺼낼 수는 없었다. 왜냐하면 이제 모두의 발목을 잡는 건, 그녀를 민폐 끼치는 마녀라고 업신여겼던 저였으니까.

그런 생각으로 머리가 가득 차 있던 페라트는 힘겹게 침을 삼켰다. 입 안이 매우 썼다.

"나 원 참. 우승자가 빠진 경기 뒤풀이라니. 이게 뭔 우스운 상황이야. 하여튼 웃긴 놈들이군요."

하지만 이런 페라트의 심정을 알길 없는 렌틸리히가 옆에서 조소 띤 얼굴로 비아냥거렸다.

"뭐 어쩔 수 없는 일이죠. 왜냐하면 황자님은 지금쯤 바서 님과 한창……."

수다쟁이 도리스가 얼른 그 뒷말을 받았으나 이번엔 그녀도 꼼짝없이 입을 다물어야만 했다.

"……어흠, 음."

도리스의 겸연쩍은 헛기침 소리만이 조용한 실내를 맴돌았다.

"아, 저, 저는 음료수를 더 마셔야겠습니다!"

"아, 미쉘! 그렇다면 가는 김에 나도 한잔 다오!"

"네, 넵! 렌틸리히 검사님!"

미쉘과 렌이 이 민망한 분위기를 깨기 위해 최선을 다했다.

"저, 그, 그러면 내일은 이곳을 떠나게 되는 건가요? 그렇다면 저도 이제 슬슬 짐을 꾸려야겠어요. 북쪽 성에 함께 가자고 여러 분들이 초대해 주셔서 얼마나 감사한지 몰라요."

아직도 복숭아처럼 새빨개진 뺨에 파닥파닥 손부채질을 해가며 프롤라인 황녀가 애써 웃었다.

"그렇죠, 황녀님! 집에 간다고 생각하니 저도 참 좋아요. 휴우,

올해는 정말이지 많은 일이 있었던 에른테페스트였어요. 가만있어 보자, 페라트 님. 출발 날짜가 내일 맞나요?”

“…….”

도리스가 해맑은 음성으로 물었으나 페라트는 어찌 된 일인지 아무런 대답이 없었다.

“페라트 님?”

또 한 차례 그의 이름을 불러보아도 여전히 묵묵부답이었다.

‘바인 황자가 약속대로 통로를 무사히 열어 준다면 출발이야 내일 밤에라도 가능하겠지만…….’

카이트와 윤수에 얽힌 비밀 역시도 오로지 페라트만이 알고 있었다. 그리고 그들이 바인과 무엇을 두고 거래했는지도.

제 대답을 기다리고 있는 도리스의 시선을 외면한 채, 페라트는 줄곧 침묵을 지켰다. 그 후로도 그의 입술이 열리는 건 오로지 손에 들고 있던 술을 마실 때뿐이었다.

밤의 어둠 속에서 슬쩍 흘러가던 커다란 구름이 달을 뒤덮는가 싶더니 어느새 굵은 빗방울이 후두둑 떨어지기 시작했다.

*　　*　　*

밤새 물기를 머금은 푸른빛 잎사귀들이 더할 나위 없이 촉촉했다. 아침 공기에 차가워진 잎사귀 표면을 손으로 쓸어내리자, 뒷면에 고여 있던 물방울들이 떨어졌다.

"아까도 이야기했지만 무리할 생각은 눈곱만큼도 없으니까."

그러니 그런 표정은 그만 짓도록 해.

정원을 가로지르는 내내 제게서 줄곧 시선을 떼지 못하고 있는 카이트를 바라보며, 윤수는 못다 한 말을 속으로 마무리 지었다.

잠시 후면 바인을 만날 수 있다. 그가 한 약속을 받아야 할 순간이 드디어 돌아온 것이다.

그리 생각하자 저절로 흥분이 차올랐다.

어젯밤 윤수는 카이트를 통해 그간 일어난 모든 일을 전해 들었다.

슈타티스트 공주와 바인이 손을 잡고 마법사들을 몰래 잠입시킨 것과 짐작한 대로 그들이 카이트에게 마법을 걸어 경기를 방해한 것, 그 후 공주는 결국 체포되었고 단장 직에 복귀한 도른에 의해 바인도 크게 한 방 먹었다는 소식 등등을 말이다.

"생각하면 생각할수록 믿을 수가 없어."

그것들을 떠올린 윤수가 눈살을 찌푸리며 중얼거렸다.

"뭐가?"

"아니, 바인 말이야. 얼마나 자신이 없었으면 우승을 위해 남의 나라 마법사들 손을 다 빌릴 생각을 했을까."

윤수의 투덜거림에 카이트가 작게 웃었다. 그러고는 청명한 바람에 흩날리는 그녀의 머리카락을 살며시 넘겨주며 물었다.

"그러고 보니 나도 궁금한 게 있다."

"뭔데?"

"너는 왜 마법을 흡수하는 걸 택한 거지? 만약 나라면 더욱 강력한 무언가를 원했을 텐데."

"강력한 무언가?"

"그 마법을 누르는 더 강한 힘이라든지."

"아아."

윤수는 고개를 가볍게 끄덕이고는 길을 따라 나 있는 정원수들을 손으로 쓰다듬었다.

"자꾸 이상한 힘들을 만들어내다 보면 그게 또 어떤 위험 요소가 될지 모르잖아. 여긴 내게 있어서 이런 이파리 하나하나까지 죄다 소중한 곳인데."

"소중한 곳이라면 설마…… 이 세계를 말하는 건가?"

"그래. 페어라센은 내가 만들어 낸 세계야. 일부러 의도한 것뿐만이 아니라 무의식의 신념도 들어가 있는. 물론 이건 미틀러렌 공주 덕분에 깨우친 사실이긴 하지만……."

"그래서 새로운 힘을 만들어 내기보단 차라리 흡수하고 싶었다고?"

"그래. 더 강하고 위험한 힘으로 마력을 누르기보다는 차라리 그편이 더 낫다고 생각했어. 마물과 내가 서로 공존할 수 있었던 것처럼 말이야."

"……그렇군."

카이트는 가만히 고개를 끄덕였다.

물론 완벽하게는 아니지만, 저도 이제는 어느 정도 윤수의 마음을 알 것 같았다. 그녀는 아마도 누구보다 강한 자가 되고 싶다는 욕망보다는, 자신에게 있어 가장 소중한 것을 지켜내고 싶은 마음이 더욱 큰 사람이리라.

그래, 그런 여자이기에 좋아하게 되었다.

게다가 그녀의 그런 신념은 자신이 황제가 되어서 하고 싶었던 것과 매우 일맥상통하는 면이 있었다.

그러니 윤수와 사랑에 빠졌던 건 우연이 아니라 숙명과도 같은 게 아닐까?

그 생각을 하니 카이트의 마음이 더더욱 뜨겁게 요동쳤다. 이제는 정말 둘만 있을 수 있는 곳으로 어서 빨리 가고 싶을 따름이었다.

이윽고 두 사람은 커다란 문 앞에 당도했다.

"……시간을 딱 맞춰 왔군."

그곳에 미리 나와 있던 것은 바인이었다.

눈 밑에는 거무스름한 그림자가 져 있었지만, 쫙 편 어깨만큼은 여전히 당당했다.

"대체 어디까지 따라올 셈이냐!"

성채 안의 깊은 곳. 햇빛이 들지 않아 낮에도 밤에도 어두운 문 앞에 서서 바인이 불쾌한 목소리로 외쳤다.

줄곧 윤수의 곁을 떠나지 않는 카이트에게 한 말이었다.

"당연히 끝까지 같이 가야죠."

그 물음에 대신 대답한 건 윤수였다.

"끝까지?"

"카이트 황자도 지하 카브가 통로라는 사실을 알고 있거든
요."

"뭐야?!"

순간 그의 입에서 뿌드득 하고 이 가는 소리가 흘러나왔다.

물론 이건 일부러 한 이야기였다.

그는 남몰래 마법까지 부려서 카이트의 경기를 방해한 자다.
그러니 지금은 자신의 약점을 많은 자가 쥐고 있다는 사실을 잊
지 않게끔 하는 편이 더 좋으리라.

카이트는 아무런 말없이 묵묵히 바인을 쏘아보고 있었다.

"빌어먹을……!"

그는 분하다는 듯이 욕설을 내뱉었다.

"빨리 안내해 주시죠."

그런 그를 윤수가 재촉했다.

뻔뻔한 계집애.

그러한 독기를 담아 윤수를 노려보긴 했지만 결국은 그게 전
부였다. 바인은 더 이상 아무 말 하지 못하고 무거운 발걸음을
천천히 옮겼다. 어둠 속에서 그의 눈이 번뜩였다.

낡고 습한 계단을 따라 지하로 끝도 없이 내려갔다. 그리고

세 사람은 마침내 벽처럼 커다란 철문을 마주했다.

예전에 윤수가 스스로 몸을 작아지게 만들었을 때 가장 마지막으로 도달한 곳이 바로 여기였다. 하지만 당시 문 앞을 지키고 있던 병사들은 죄다 어디로 갔는지 단 한 명도 보이질 않았다.

"내가 누군가를 데리고 이곳에 온 적은 처음이야. 그래서 그런지, 열쇠가 자꾸…… 미끄러지는데."

최후로 남은 작은 문 앞에서 바인이 묘하게 늦장을 피웠다.

"쓸데없는 수작 부리지 마."

줄곧 말이 없던 카이트가 처음으로 나지막이 경고했다. 그러자 그가 기다렸다는 듯 뒤돌아 항변했다.

"하지만 나도 이 안으로는 발을 들인 지 굉장히 오래되어서……."

이마에서 흘러내리는 땀과 계속해서 불안하게 흔들리는 두 눈동자.

거짓말이었다.

"두 번 말하지 않겠다."

어느새 카이트는 커다란 장검으로 바인의 가슴께를 똑바로 겨누고 있었다. 그 누구도 그가 검을 뽑는 것을 보지 못했을 정도로 재빠른 솜씨였다.

"……으."

짧게 신음한 바인은 처연한 몸짓으로 다시 문 쪽을 향해 상체를 살짝 숙였다. 그리고 채 일 분도 지나지 않아.

철컥!

쇠붙이들끼리 꼭 맞물리는 소리가 났다.

윤수는 저도 모르게 옆에 선 카이트의 손을 꽉 잡았다.

그런 그녀의 손등을 그가 다정히 쓸어주었지만, 그의 손에서도 숨길 수 없는 촉촉한 땀이 배어 나와 있었다.

삐그덕—

음울한 소리를 내며 육중한 철문이 열렸다.

"아……!"

그 순간 탄성인지 신음인지 모를 묘한 음성이 윤수의 입에서 쏟아졌다.

챙그랑!

동시에 카이트의 손에서 달아난 검이 바닥을 굴렀다.

"어째서……?"

윤수는 겨우겨우 힘을 쥐어짜 내어 이 한마디를 던졌다.

하지만 이후에는 그야말로 모든 것이 암흑이었다.

눈을 뜨고는 있지만, 아무것도 보이지가 않았다.

마치 전구가 나가듯 머릿속이 깜박깜박하더니 이내 그곳에도 훅, 하고 어둠이 몰려왔다.

하얗게 굳은 손끝은 곧 모래가 되어 흩날릴 것만 같다.

"……."

그녀는 아무 말도 하지 못한 채 입술을 물었다. 어찌나 세게 깨물었는지, 여린 살 안쪽이 터져 타액 속으로 피가 비쳤다. 그러나 느낄 수 있는 모든 감각은 이미 무너진 기대와 함께 소멸한 뒤였다.

눈앞에 드러난 광경은 상상했던 것과는 전혀 달랐다.

마구 무너진 채 엉망으로 뒤엉켜 있는 커다란 돌 사이사이에 흘러 들어간 쇳물 자국. 통로를 무너뜨린 것도 모자라 그 누구도 다시 파낼 수 없게 철광석을 녹여 아교처럼 부어 버린 것은 누군가의 악의적이고도 인위적인 파손이었다.

그 앞에서 계속 무너지지 않고 버텼던 그녀의 희망이 잔인하게 살해당했다.

"왜…… 이랬어?"

엉망으로 부서진 채 뒤섞여 쌓여 있는 지하 통로의 잔해들은, 마치 하나의 거대한 무덤과도 같았다.

"……분명 말한 것 같은데……."

윤수의 두 눈에 뜨거운 분노가 어렸다. 마치 심장이 여러 조각으로 쪼개지는 것처럼 아팠다.

"내가, 내가 돌아가지 못하면……."

아무 말도 하지 못하고 덜덜 떨고 있는 바인 앞으로 그녀의 발이 스윽 움직였다.

"이곳은 마물들로 엉망이 될 거라고, 분명히…… 경고했잖아."

결국 눈동자 가득 차올랐던 눈물이 뚝, 떨어졌다.

"그런데도, 이런 짓을 저지른 거야……? 대체, 어째서?"

절망으로 절여진 새까만 눈동자. 그곳에서 뿜어지는 흉흉한 눈빛에 바인의 몸이 두려움으로 한없이 위축되었다.

그는 감히 뭐라고 입도 벙긋하지 못했다.

그대로 몸에 꽂혀도 이상하지 않은 날 선 공기가 바인을 에워 쌌다. 그리고 곧, 목을 갈기갈기 찢고 튀어나온 듯한 벼락같은 음성이 윤수에게서 튀어나왔다.

"네가 그토록 애지중지해 왔던 모든 부와 명예를 한순간에 엉망으로 만들어 버리겠어!"

"으아앗!"

그의 입에서도 두려움에 가득한 비명이 터졌다.

"머, 멈춰라!"

하지만 바인은 여전히 명령을 그만두지 않았다. 그가 허겁지겁 품에서 꺼낸 것은 무언가 시커먼 것이 일렁이고 있는 두루마리였다. 그 불길한 빛은, 문서 제일 맨 하단에 찍혀 있는 인장으로부터 흘러나오고 있었다.

"마물? 그래, 좋다. 어디 한번 마음대로 해 봐! 나 역시 그에 대비해 이런 수단을 마련해 놨으니까!"

그는 윤수의 눈앞에서 그것을 마구 흔들어 보이며 다급하게 말을 이었다.

"이건 미틀러렌 마법사들의 힘을 전부 모아 놓은 마력서다! 제아무리 마물이 침범해 와 봤자, 이 두루마리 한 장이면 꼼짝할 수 없겠지. 미리 몇 마리 잡아다 실험도 해 봤는데, 아주 효력이 그만이더군! 게다가 이건 불에 타거나 찢기지도 않아.”

그 말이 끝남과 동시에 이루 말할 수 없는 고통이 윤수의 전신을 강타했다.

“으윽……!”

갑자기 허리가 뒤틀리고 무릎이 덜덜 떨렸다.

양피지에서 선명한 보랏빛이 마치 밧줄처럼 쭈욱 뽑히더니, 그녀의 안으로 흡수되기 시작했다.

“어라? 이, 이게 뭐야?! 마력이 왜 저 계집애에게 흘러들고 있지?”

무언가 예상과는 다른 상황에 바인이 크게 동요하기 시작했다.

“안 돼!”

무섭도록 얼굴을 굳힌 카이트가 소리쳤다. 하지만 윤수는 거센 거부가 느껴지는 손길로 그를 막았다.

‘아직 캐내야만 할 것이 남아 있어.’

소리 없는 간절한 외침이 담겨있는 눈빛이 그를 향했다.

결국 카이트는 그 자리에 멈춰 설 수밖에 없었다.

격분에 가득 차 덜덜 떨리는 주먹을 더욱 힘주어 쥔 채.

“흐윽!”

하지만 윤수도 아무렇지 않은 척할 수는 없었다. 버틸 수 없는 극렬한 고통에 그녀의 무릎이 기어코 땅에 닿았다. 아마도 이것은 일전에 수첩에 써 놓은 한 줄의 문장 탓이리라. 미틀러렌의 마력을 흡수한다는 그 소원 말이다.

그런데 이상한 일이 벌어졌다.

윤수에게 끊임없이 빨려 들어가던 빛이 어느 순간 멈추더니 다시 두루마리로 되돌아가는 게 아닌가.

"어엇!"

바인이 놀란 나머지 외마디 비명을 질렀다. 그 와중에 빛줄기에서 이탈한 마력들이 갈 곳을 잃고 사방팔방 흩어져 내렸다.

"하아, 하아."

겨우 힘겹게 호흡을 이어 나가던 윤수의 눈에도 그것이 똑똑히 보였다. 자신이 마력을 흡수할 수 있는 건 사실이지만, 아마도 저 두루마리에 담긴 모든 힘을 한 번에 담을 수는 없는 모양이었다.

'고작 마법사 두 명 분의 힘을 전부 빼앗은 것만으로도 꼬박 하루를…… 혼수상태로 앓았다고 했지.'

흐린 정신으로도 윤수는 용케 그것을 생각해 냈다.

따라서 왕립원에 존재하는 모든 마법사들의 힘을 한순간에 흡수시키기란 무리인 듯싶었다. 점점 눈앞이 흐려졌다.

"오? 이것 봐라, 설마 너도 뭔가 느끼는 거냐? 과연……! 이 힘은 마물에 대항하는 힘이라고 하더니만 그 괴물들을 부리는 계집에게도 영향을 주는 게 틀림없어."

발밑에 고이는―그러나 자신에게는 아무런 영향이 없는―보라색 파장을 바라보던 바인의 입에서 의기양양한 목소리가 흘러나왔다.

"어째서, 어째서 이렇게까지, 했던 거야……? 그저 나를 원래 세계로 보내주면…… 끝나는 일이잖아!"

잠시 고통이 잦아든 틈을 타 윤수가 부르짖었다.

이 세계를 만들고, 나아가 바인이라는 캐릭터를 창조한 그녀로서도 이것은 도저히 이해할 수 없는 부분이었다. 하지만 그 말이 끝나자마자 마법은 또다시 윤수에게로 흘러들었다. 몸에 어느 정도 흡수가 되고나면, 또다시 기다렸다는 듯 날아드는 힘.

"흐으윽!"

마치 끊어질 듯하면서 결코 끊어지지 않는 실이 그녀와 마력서 사이를 잇고 있는 것만 같았다.

"그래, 사실은 나 역시 이웃 나라의 이런 위험한 힘까지 빌리고 싶진 않았다만."

바인의 이죽거림을 들으며 윤수는 또다시 고개를 바짝 치켜들었다.

고통 같은 것으로는 그녀를 멈추게 할 수 없었다.

"대체 무슨 거래를 한 거지? 그 두루마리를 얻는 대가로 뭘 주겠다고 했느냔 말이야!"

"뭐긴 뭐야. 페어라센이지."

그는 너무도 쉽게 대답했다.

"뭐라고……?"

"정확히 말하면 미틀러렌이 이곳을 통치하도록 허락하겠다는 약속이다. 물론 그러기 위해서는 내가 권력을 잡아야겠지. 하지만 그건 문제없을 거다. 이 마력을 가져가면 황제도 날 인정할 테지."

윤수의 두 눈이 이루 말할 수 없이 크게 뜨였다.

"하지만 당신은, 페어라센의 2황자잖아……! 그렇게 멋지게 부활했는데, 그래선 안 되는 거잖아!"

"이 나라 따위 어찌 되든 상관없어. 어차피 나는 미틀러렌에 협력한 대가로 달콤한 보상을 받게 될 테니까."

마력으로 인한 통증이나, 지하 카브를 다 부숴 버린 것에 대한 분노보다 더 큰 실망이 그녀를 고문하기 시작했다. 또다시 눈물이 고였다.

"……다른 사람으로 다시 태어날 수 있었다는 게 얼마나 큰 행운인지, 그리고 그 행운으로 인해 얼마나 많은 것을 누렸는지, 전부 다…… 잊은 거야……?"

"잊기는커녕 누구보다 잘 알고 있다! 그래서 난 다른 세계 사람인 네가 나타났을 때 사실 너무나 두려웠어. 알겠나? 너는 내 공포의 근원이라고!"

바인도 점점 흥분 상태에 빠져들었다. 그는 격양된 목소리로 계속해서 외쳤다.

"내게 중요한 건 앞으로 너 같은 자가 또 있어선 안 된다는 것 뿐이다! 언젠가 누군가가 다시 나타날지 몰라. 내 몸을, 내 인생을 빼앗으려고 말이지……! 젠장, 여기가 어찌 되든 그게 무슨 상관이야?! 그땐 이미 가진 걸 다 잃고 난 뒤일 텐데!"

그가 손을 흔들 때마다 마력이 계속해서 뿜어져 나왔다. 윤수의 입술이 시체처럼 새파랗게 질려갔다.

"네 덕분에 이 세계에는 지하 카브뿐만이 아닌 또 다른 통로가 생길 수도 있다는 사실을 알게 되었다……! 만약 그자들이 지하에 대한 비밀을 듣고 죄다 여기로 몰려오면 어쩌지? 아니, 행여나 내 카브를 통해 올라오는 놈들이 있을 수도 있어. 아, 차라리 진즉 없애버릴 것을!"

자신이 가장 두려워하던 것을 남김없이 꺼내 보인 바인은, 실로 제정신이 아닌 것처럼 보였다. 가혹할 정도로 거센 몸의 고통과 심장을 다 태우고 하얀 재만 남은 것 같은 상실감. 그것을 버티지 못하고 바닥에 양 무릎을 전부 꿇은 윤수의 가느다란 손이, 이끼 낀 축축한 바닥을 헤집었다.

바인은 그녀가 다른 세계에서부터 건너온 사람이라는 걸 안 순간, 카브를 무너뜨린 게 틀림없었다.

그것은 윤수가 스스로 정체를 밝히리라 마음먹기 전에 일어난 일일 것이리라. 왜냐하면 그는 애초에 그녀가 이 세계 사람이 아니란 걸 눈치채고 있었으니까. 그러고 나서 거짓 약속을 한 거다. 지하를 열어주겠노라고 선심 쓴 것은 그저 카이트를 이용하기 위한 미끼였다. 그러니 카브가 없어진 건 비교적 최근의 일. 아니, 사실 최근이든 아니든 그런 건 더 이상 아무 상관없었다. 중요한 건 이제 더 이상 지하에 통로는 존재치 않는다는 사실이다.

시야가 계속해서 뿌옇다. 손등 위로 산산이 부서지는 뜨거운 눈물에, 또 한 차례 심장이 옥죄어 오는 그 순간.

"……미친 자식!"

"으, 으윽!"

더 이상 참을 수 없었던 카이트가 바인의 멱살을 거칠게 잡아 올렸다. 숨이 막힌 바인이 마구 발버둥 쳤지만 소용없었다. 동시에 육중한 그의 몸이 퍽, 소리를 내며 날아갔다.

"억!"

그러나 카이트는 무자비하게 그를 일으켜 세우더니, 다시 얼굴을 가격했다.

"……죽여 버리겠어!"

격노한 목소리가 쩌렁쩌렁 울려 퍼졌다.

윤수가 지닌 수첩으로는 이 세계의 물건을 아무것도 건드리지 못했다. 따라서 무너진 카브를 원상 복구시킬 수도, 새로운 통로를 만들 수도 없다. 가능한 것은 오로지 그녀 스스로의 능력치를 향상시킬 수 있는 힘을 만들어 내는 것뿐. 그 사실을 너무나도 잘 알고 있는 카이트에게 남은 것은 오로지 분노밖에 없었다. 사랑하는 여자의 노력이 좌절된 것을 지켜보는 건, 그 어떤 것보다도 큰 아픔이었다. 자기 자신의 좌절보다도 더.

터진 입술에서 흐르는 피를 닦으며 바인이 비틀비틀 몸을 일으켰다.

"자, 잠깐……! 카이트, 내 말을 좀 들어 봐라, 응? 물론 네겐 아무런 피해도 없을 거다. 노르덴 숲에 있는 마물들은 내가 이 마력서로 죄다 없애 줄 테니……!"

그 말은 진심이었다. 황제에게 마력서의 힘을 제대로 보여 주려면 마물을 죄다 전멸시키는 것만큼 효과적인 게 없었으니까. 하지만 그 말을 듣는 순간 카이트의 눈동자 속에서는 더욱 거센 화가 불길처럼 타 올랐다.

"닥쳐!"

"윽!"

퍽! 소리와 함께 또다시 입가에서 주르륵 피가 흘렀다.

바인은 그저 어리둥절했다. 그는 카이트가 이토록 분노하는 이유를 도무지 이해할 수가 없었다.

"커윽! 그, 그만……!"

바닥을 구르는 바인의 입에서 애처로운 신음이 쉴 새 없이 새어 나왔다. 그는 애초에 카이트의 상대가 되질 않았다. 게다가 분노로 거의 이성을 잃은 카이트는 그 어떤 것으로도 말릴 수 없는 상태였다.

"이 쓰레기 같은 자식!"

덕분에 바인은 말 그대로 흠씬 두들겨 맞고 말았다. 사지에 힘이 쭉 빠지고, 턱을 따라 짙은 피가 쉴 새 없이 흘러내렸다.

"으, 윽……."

바닥에 엎어진 채 헐떡대고 있는 바인을 바라보는 카이트의 표정은 여전히 소름이 돋을 정도로 싸늘했다.

주위를 살피던 붉은색 눈동자에 들어온 것은 저 멀리 떨어져 있는 커다란 장검이었다. 카이트는 지체 없이 그쪽으로 몸을 돌렸다. 성큼성큼 내딛는 발걸음을 따라 검은 망토가 어둠 속에서 펄럭였다.

"으, 아……!"

그 모습을 본 바인이 마치 사신이라도 본 것처럼 공포에 질린 비명을 내질렀다. 허공에다 대고 손발을 마구 허우적거려 보았지만, 카이트는 그저 차분하게 검을 집어 들었을 뿐이었다.

그 장면에 두 눈이 휘둥그레진 것은 윤수도 마찬가지였다.

'아, 안 돼. 말려야 해!'

그녀는 젖 먹던 힘을 전부 짜내어 겨우겨우 몸을 일으켰다. 그러고는 벽을 짚고서 바인의 곁으로 천천히 한 발자국씩 다가갔다. 그러다 카이트가 검을 쥐고 재빠르게 발자국을 옮긴 그 순간.

"악!"

단말마의 비명을 내지르며 윤수는 또다시 그 자리에서 정신을 잃었다. 발버둥 치던 바인의 품에서 두루마리가 툭, 하고 떨어졌다. 기다렸다는 듯 뻗쳐나간 마력이 날카로운 창처럼 그녀의 심장을 꿰뚫었다.

*　　　*　　　*

눈을 뜨자 익숙한 통증이 윤수를 반겼다.

머리가 깨질듯이 아팠고, 손발이 몹시 차가웠다.

"바서 님!"

그녀의 얼굴에서 줄곧 시선을 떼지 않고 있었던 도리스가 울음을 터뜨렸다.

"드디어 정신을 차리셨군요! 자, 여기 깨끗한 물이랍니다, 얼른 한 모금 드세요!"

"으……."

하지만 상체가 온통 뻣뻣하게 굳어 고개를 제대로 들 수가 없었다. 그럼에도 불구하고 윤수는 도리스가 건네는 물을 열심히 받아마셨다. 턱을 타고 흘러내린 물방울로 인해 목 주변이 온통 축축하게 젖어갔지만, 그 덕분에 혼미했던 정신이 금세 돌아왔다. 동시에 기절하기 전 마지막으로 본모습이 번개처럼 뇌리를 스쳤다.

윤수의 목에서 저도 모르게 다급한 외침이 튀어나왔다.

"아, 안 돼! 카이트……!"

무작정 침대에서 뛰쳐나가려는 윤수를 도리스가 매달리듯 붙잡았다.

"바서 님, 진정하세요! 마력은 거의 빠졌지만 아직도 얼굴이 죽은 사람처럼 새파랗다고요!"

하지만 지금 그녀를 막을 수 있는 것은 아무것도 없었다.

“카이트는 어디 있어요? 바인 황자는 어떻게 되었죠?!”

“바인 황자님은 현재 치료를 받고 계십니다. 누군지 알아볼 수 없을 정도로 얼굴이 엉망이고, 갈비뼈 몇 개가 금이 간 모양이지만 그 외에 다른 부상은 없으니 안심하십시오.”

뒤에서 조용한 음성이 들려왔다. 평소처럼 차분한 어투이기는 하지만 어딘가 비통함이 느껴지는 그 목소리의 주인공은 페라트였다.

“그럼 카이트는, 카이트는요?”

아무리 고개를 이리저리 돌려 보아도 그가 보이질 않았다. 윤수의 두 눈에 눈물이 그렁그렁 차올랐다.

“걱정 마세요. 그분은 이틀 내내 한숨도 주무시지 않고 바서 님 곁을 지키셨으니까요……! 마력에서 뿜어져 나오는 그 엄청난 고통을 홀로 다 감내하시면서…… 흐흑! 오늘 아침 바서 님의 정신이 조금씩 돌아오는 걸 확인하시고서야 비로소 자리를 뜨셨답니다. 저희들에게 뒷일을 맡긴다는 말씀을, 흑, 남기신 채…….”

도리스가 연신 흐느끼며 대답했다.

벌써 기절한 지 이틀이 넘은 모양이었다. 하지만 뒷일을 맡긴다니?

영 꺼림칙한 그 말에 윤수가 또다시 이불을 걷어찼다.

“당장 카이트를 만나야겠어요.”

“…….”

하지만 도리스는 더 이상 말을 잇지 못한 채 그저 입술을 꽉 깨물고 있을 뿐이었다. 이유를 알 수 없는 의아한 침묵. 윤수는 다시금 그녀를 채근했다.

"대체 카이트는 어디 있는 거예요?"

"도리스, 잠시 자리를 좀 비켜줄 수 있을까?"

난처한 기색의 도리스를 구해 준 건 페라트였다.

"물이 좀 더 필요하겠어."

그는 그녀의 손에 빈 물병을 쥐어 주며 그렇게 말했다.

그러자 도리스는 그것을 품에 소중히 안은 채 허겁지겁 밖으로 나가 버렸다.

"바서 님. 원래 세계로 돌아갈 수 없게 되셨다고요."

이윽고 둘만 남게 되자 페라트가 곁에 앉아 침통한 어조로 입을 열었다.

"네, 결국 바인 황자가 통로를……."

거기까지 말하는데 페라트가 재빠르게 그녀의 말을 이어받았다.

"전부 없애 버렸다고 들었습니다."

괴로운 이야기를 다시금 입에 담을 필요 없다는 그만의 배려였다.

"모두를 감쪽같이 속인 거예요. 그 개자식이!"

치가 떨리는 목소리로 윤수가 욕설을 내뱉었다.

"무어라 말씀을 드려야 할지……. 그 사실을 알았을 때는 저도…… 믿기지 않았습니다.”

하지만 윤수는 의연한 눈빛으로 담담히 말을 받았다.

“물론 우리는 각자 할 수 있는 모든 최선을 다했지만, 그렇다고 해서 결과가…… 늘 좋으리란 법은 없으니까요. 당장 지금 돌아갈 수는 없게 되었지만 전 괜찮아요. 이게 아니라면, 또 다른 방법을 강구하면 그만이라고 생각해요.”

그녀는 꽃의 기사를 위해 페라트가 얼마나 열심히 노력했는지 누구보다 잘 알고 있었다. 그렇기에 그런 그의 심정 역시 헤아려 주고 싶었다. 덕분에 페라트는 하마터면 윤수의 손을 맞잡을 뻔했다. 되레 저를 위로해 주는 꿋꿋한 모습에 속으로 감탄을 멈출 수가 없어서 말이다.

“그러니 우리 다시 한 번 기운을 내 봐요! 카이트에게 나 완전히 정신 차렸다고 좀 전해 주실래요? 아, 아니면 우리가 그의 방으로 갈까요?”

누구보다 씩씩한 윤수를 바라보던 그가 조심스레 입술을 움직였다.

“이제 괜찮아지신 것 같으니, 그럼 황자님의 전갈을 대신 말씀 드리겠습니다.”

“전갈?”

영문 모를 말에 윤수의 눈썹이 위로 슬쩍 치켜 올라갔다.

“네. 바서 님께서 정신이 드시고, 체력에 무리가 없다고 판단되면 다 같이 먼저 북쪽 성으로 출발하라는 지시가 있었습니다.”

"……그럼 카이트 황자는요? 같이 안 간다는 이야기예요?"

"지금은 당분간 아무도 곁에 들이지 말라고 하셨습니다."

"뭐라고요?"

점점 더 이해가 가지 않아 윤수는 저도 모르게 목소리를 높였다.

"혼자 삭이고 싶으신 것이 있으신 거겠죠. 혹시 잊으셨습니까? 모친이신 라우 여사님께서 북쪽 성을 떠나 황궁에 들어가셨을 때도……."

"홀로 대련장에 틀어박혀 일주일 동안 검을 휘둘렀다면서요."

"네. 그분은 줄곧 그런 식으로 마음을 다스렸던 분입니다. 이건 저보다 바서 님께서 더 잘 아시겠지요? 그러니 애가 타시겠지만, 지금만큼은 모두가 황자님을 잠시 모른 척해 드리는 게 좋을 것 같습니다."

물론 윤수도 잘 알고 있었다. 고비가 있을 때마다 누구에게도 곁을 주지 않은 채, 혼자서 격한 감정을 견디던 모습은 소설 속에서도 종종 등장하던 장면이었으니까.

"……."

하지만 그녀는 아무 대답도 하지 않은 채 창백한 얼굴로 이불을 꼭 쥐었다.

"이 상황에 황자님 역시 아마 바서 님만큼이나 실망하셨을 겁니다. 물론 좌절에 쉽사리 꺾이지 않는 분이긴 하지만, 지금은 그 상실감이 얼마나 크실지 저로서도 감히 짐작하기 힘듭니다."

페라트는 마치 아이를 타이르듯 윤수를 부드럽게 달랬다.

"……누구보다 혼자 있는 것에 익숙한 분이니 곧 괜찮아지실 거라 생각합니다. 그러니 부디 저희와 함께 가시죠. 프롤라인 황녀님과 병사들도 계속 기다리고 있을뿐더러, 어차피 이 성에는 더 이상 볼일도 없지 않습니까."

가만히 그의 말을 듣고만 있던 윤수는 여전히 아무 말도 하지 않은 채로 옆 탁자 위에 놓여 있던 물병을 손에 들었다. 반 이상 남아 있는 물을 벌컥 들이켰지만, 잔뜩 타는 속이 진정될 기미는 조금도 보이질 않았다.

＊　　＊　　＊

다그닥거리는 말발굽 소리와 덜컹거리는 바퀴 소리가 사이좋게 어우러져 조용한 숲 속에 울려 퍼졌다.

선두에 선 것은 페라트와 렌틸리히, 그리고 한 대의 마차. 그 뒤를 가만히 따르고 있는 것은 미쉘을 포함한 수십 명의 병사들이었다. 꽃의 기사로서 처음 2황자의 성에 왔을 때에 비해 행렬의 인원은 몇 곱절이나 더 늘어나 있었다. 하지만 다들 쥐죽은 듯 조용하기만 했다.

"……에이, 분위기가 뭐 이러냐."

렌틸리히는 제가 호위하고 있는 마차를 바라보며 다시 한 번 한숨을 폭폭 쉬었다.

"이게 투루니어 우승자의 귀환이라니, 믿을 수가 없어. 차라리 장송곡이라도 연주하는 편이 훨씬 경쾌하겠다."

그도 그럴 것이 그에게 있어 카이트 황자가 빠진 행렬은 마치 김빠진 맥주만큼이나 시시했다. 게다가 특정인들 사이에 이유를 알 수 없는 묘한 우울감이 감돌았는데, 특히 마차 안에 앉아 있는 윤수가 가장 그랬다. 따라서 뒤에 따라오는 병사들도 그저 꾸욱 입을 닫은 채 서로 눈치만을 보고 있을 뿐이었다.

창문으로 언뜻 보이는 그녀는 팔짱을 낀 채 조용히 눈을 감고 있었다. 렌틸리히는 또다시 고개를 갸우뚱 기울이며 혼잣말을 이어 나갔다.

"그래. 아마 입도 뻥긋할 수 없을 정도로 지친 게 틀림없어. 그 요사스러운 마력을 벌써 두 차례나 뒤집어썼으니 말이야. 몸이 만신창이가 되었을 거라고."

윤수의 옆모습을 슬쩍슬쩍 곁눈질하던 렌은 나름대로 그렇게 진단을 내렸다. 물론 카이트 황자가 함께 가지 않는 것에 대한 의문은 여전히 남아 있었지만, 이 음울한 분위기에 그런 건 감히 대놓고 물을 수가 없었다.

어색한 시간을 보내고 있는 것은 프롤라인과 도리스도 마찬가지였다. 쉬이 발걸음을 떼지 못하다가 결국 페라트에 의해 반강제적으로 마차에 올라탄 윤수는 지금까지 단 한 마디도 하지 않았다.

"어머, 맞다! 그러고 보니 황녀님은 카이트 님의 성이 처음이

시죠?!"

도리스는 맞은편에 앉아 있는 프롤라인을 향해 일부러 호들 갑스럽게 입을 열었다.

"네, 그렇죠!"

"함께 모시고 갈 수 있어 참 영광이어요! 그나저나 이 많은 병사들이 들이닥치면 우리 시녀장님이 엄청 놀라실 텐데. '도리스, 이게 대체 무슨 일이니? 설마 너 무슨 죄를 지은 건 아니겠지?!' 라고 하시는 거 아닐지 몰라요. 후, 후후. 하하……하."

시녀장의 말투를 흉내 내며 의미 없는 웃음을 흘리던 도리스가 다시 한 번 윤수를 보았다. 하지만 그녀는 여전히 요지부동이었다. 감은 눈을 뜨지도, 입술 끝을 올려주지도 않았다.

"우리 오라버니는 정말 괜찮으신 거…… 맞겠죠?"

그런데 프롤라인이 하필이면 또 카이트 이야기를 꺼냈다. 그것도 잔뜩 울먹이는 목소리로. 눈을 감고는 있지만 잠들긴커녕 모든 이야기를 전부 듣고 있던 윤수의 손끝이 살짝 움찔거렸다.

안 그래도 저 역시 계속 그걸 고민하고 있었다.

줄곧 말이 없었던 건 그 때문이었다.

고요한 눈으로 창밖을 바라보자 렌틸리히가 타고 있는 커다란 말이 눈에 들어왔다.

황녀는 아직 어려서 조금 눈치가 없었다.

안 그래도 숨 막히는 이 분위기가 더 엉망이 될까 염려된 도리스는 황급히 자리를 옮겼다.

"그, 그럼요! 괜찮으실 테니 걱정하지 마세요. 게다가 황자님은 원래부터 혼자 있는 걸 좋아하시는 분⋯⋯."

울먹울먹하는 프롤라인의 등을 다정스레 쓰다듬어주며 그리 이야기하는데, 누군가가 툭 끼어들었다.

"아니에요. 황자는 혼자가 편한 게 아니라 그럴 수밖에 없었던 거 아닐까요? 왜냐하면 어릴 때부터 줄곧 혼자였잖아요. 소통을 가르쳐 준 사람도 없었고, 마음의 괴로움이나 슬픔 같은 걸 어떻게 나누면 되는지 알려 주는 사람도 없었죠."

어느새 두 눈을 뜬 윤수가 나지막이 첨언했다.

"아, 그, 그래요?"

도리스는 가만히 생각에 잠겼다. 사실 전부터 느끼고 있었던 건데, 자신이 아는 카이트 황자와 윤수의 입을 통해 듣는 카이트 황자 사이에는 굉장히 큰 괴리가 있었다.

카이트 황자는 수발도 원치 않으니 하인들도 가까이 오지 말라고 명령할 때가 많았다. 그게 이틀을 넘어 사흘, 심지어는 일주일씩 이어진 때도 종종 있었는데, 그럴 때면 늘 가장 먼저 발을 동동 구른 것은 도리스였다. 그가 걱정이 되어서 말이다. 음식을 남몰래 넣어봤지만 조금도 드시질 않았다.

그런 그녀를 만류하는 건 언제나 시녀장님과 페라트 님이었다. 페라트 님이야 카이트 황자님과 동고동락하는 사이고 시녀장님도 황자님 밑에서 일한 지 벌써 십 년이 넘었으니, 더 이상 말해 무엇 할까.

그렇지만 도리스는 윤수의 말에 더욱더 큰 신뢰를 느끼고 있었다.

사실 윤수에게는 참 묘한 구석이 있었다.

그녀는 황자와 만난 지 얼마 되지 않았는데도 불구하고 카이트에 대해 너무나 잘 알고 있었다. 처음에는 그저 좋아하는 남자의 일거수일투족을 유심히 살피는 세심함이겠거니 생각했었다. 그런데 시간이 지나면 지날수록 무언가 이상한 것을 깨달았다.

카이트뿐만이 아니라 이곳의 모든 것을 능숙하게 줄줄 꿰고 있는 놀라운 모습. 게다가 하는 행동을 보면 페어라센에 처음 온 것이 분명한데도 그녀는 여러 가지 것들을 너무 잘 알았다. 성과 영토, 노르덴 숲, 그리고 황제와 황실 사람들에 대한 부분 역시도.

대체 그녀의 정체는 무엇일까?

정말 마녀일지도 모른다고 생각한 적도 있었지만, 그리 단순하게 치부하기엔 분명 무언가가 더 있었다. 하지만 이 영리하고 머리 좋은 하녀는 그저 아무 말 않고 고개를 끄덕였다. 지금은 윤수가 말문을 열었다는 사실이 무엇보다 중요했다.

"그럼 바서 님이 나중에 황자님께 알려드리면 되겠네요! 슬픔이나 괴로움을 나누는 좋은 방법 같은 거 말예요. 우리 카이트 님은 또 바서 님 말씀이라면 열심히 잘 들어주시는 분이니까!"

"제가요?"

"네."

“나중에?”

“예에, 나중에!”

마치 앵무새처럼 자신의 말을 따라하는 윤수를 향해 도리스가 멋쩍게 웃었다. 하지만 그녀는 방금 전 도리스의 말 덕분에 잊고 있었던 기억 하나를 끄집어낼 수 있었다.

‘맞아. 사실 예전에도 비슷한 상황이 있었지.’

지진이 일어났던 날 새벽. 함께 달려갔던 노르덴 숲에서 멀쩡한 땅을 보며 크게 분노하던 카이트의 모습이 지금도 생생히 기억난다. 하지만 당시 그는 화가 난 게 아니었다.

자신의 꿈이 또 한 발자국 멀어졌다는 걸 견딜 수 없었던 것도 아니었다. 이미 벌어진 상황은 그 누구의 탓도 아닌데 카이트는 늘 스스로를 자책했다.

차마 말할 수조차 없는 미안함을 죄스럽게 껴안은 채로.

그때는 그걸 몰랐지만 이제는 누구보다 잘 알 수 있었다. 그리고 지금, 또다시 비슷한 상황이 돌아왔다.

게다가 두 사람은 이제 연인 사이. 그녀를 누구보다 소중히 아끼고 좋아해 주는 만큼 그 괴로움은 더욱 클 것이다.

“……나중에? 이걸 나중에 전하라니, 대체 어떻게……?”

“네? 뭐가요?”

윤수의 혼잣말에 도리스가 잽싸게 대답했다.

“아, 아니에요. 상대방 마음은 그게 아니라는 걸 잘 아는데도 말을 못 하는 게 좀 답답해서요.”

아, 이건 혹시 연애 상담인가? 그동안 카이트 황자님을 만나면서 느꼈던 고충?

그렇게 생각한 도리스가 두 눈을 빛냈다.

"어머. 할 말이 있다면 묵히지 말고 빨리빨리 털어 버리는 게 나아요. 사실 바서 님 앞이니까 편히 말씀드리자면, 서로 생각하고 있는 바를 진솔하게 전하는 건 연인 관계에서 아주 중요한 부분이랍니다."

순간 윤수의 속마음에 깊게 동조한 줄도 모른 채 도리스는 열심히 자신의 의견을 피력했다.

"뭐니 뭐니 해도 대화가 최고죠. 특히 남자들은 말을 안 해 주면 잘 모른다니까요? 게다가 카이트 님이 좀 과묵해요? 저도 갑갑할 때가 많은데, 바서 님은 오죽하실까."

그 말에 프롤라인 황녀가 키득거리며 웃었다. 도리스의 말에 큰 공감을 했기 때문이었다.

하지만 윤수의 표정은 여전히 마냥 심각했다.

"……맞아. 다 알고 있는데도 이대로 모른 척한 채 아무 말도 하지 않으면 그거야말로 고구마잖아."

그저 혼잣말일 뿐인데도 도리스는 열심히 맞장구를 쳤다.

"네에, 그렇죠. 구구절절 전부 다 맞는 말씀…… 응? 지금 뭐라고 하셨어요? 고구마요?"

그건 쪄먹으면 맛있는 건데?

그리 생각한 도리스가 입을 벙긋거릴 때였다.

"마차를 멈춰 주세요!"

윤수가 갑자기 마부를 향해 크게 소리쳤다.

"어머? 바, 바서 님?"

"언니, 어디 가세요?"

문을 벌컥 열고 내리는 윤수의 뒤에서 당황한 도리스와 황녀의 목소리가 들려왔다.

하지만 그녀는 지금 그 물음에 대답할 새가 없었다.

"저기, 잠깐 좀 내려 봐요."

"네?"

윤수의 발이 멈춰 선 곳은 렌틸리히 곁이었다.

"왜 그러십니까? 마차 안에 무슨 일이라도 생겼나요?"

의아한 눈빛을 한 그가 말에서 내리자 윤수가 기다렸다는 듯 비어 있는 안장에 냉큼 올라탔다.

"어, 이건 제 말인데요!"

"죄송한데 잠시만 빌릴게요! 렌틸리히 씨는 괜찮으시다면 마차를 타고 가시겠어요?"

"네?!"

"이럇!"

말 도둑은 그대로 박차를 가했다.

"히힝!"

지금까지의 주인보다 훨씬 더 작고 가벼운 사람이 탔음을 눈치챈 말이 바람처럼 신나게 달려 나갔다.

황당한 표정으로 서서 뒤통수를 긁적이는 렌틸리히 곁으로 도리스가 다급히 뛰어왔다. 비교적 뒤쪽에 있었던 페라트도 놀라서 달려왔다.

"도리스, 이게 무슨 일이지?"

"그, 그게요. 아이 참. 대체 어디 가세요, 바서 님!"

순식간에 소란이 일었다. 하지만 윤수는 여전히 뒤돌아보지 않은 채 이렇게 소리쳤다.

"나 기다리지 말고 먼저들 가세요!"

말을 맹렬히 몰며 달려가는 그녀의 그림자 뒤로 뽀얀 흙먼지가 일었다. 그 모습을 바라보며 렌틸리히는 생각했다.

'나보고 고운 귀부인들이나 애용하는 마차를 타고 가라고? 그건 좀 모양 빠지는 일인데. 게다가 내 몸에는 너무 좁고 불편하다고. 하지만 으음…… 황녀님과 함께 갈 수 있는 건…… 좋은 일일지도!'

도리스는 또한 애타는 마음을 부여잡고 입술을 깨물었다.

'사랑하면 닮는다더니, 진짜 카이트 님하고 똑같으시네. 어쩜 저렇게 한 치도 다를 바가 없지!'

*　　*　　*

아까부터 창문 밖에서 불어오는 바람 소리가 더욱 거세어져만 갔다. 슬쩍 눈을 뜨니 방 안이 무척이나 캄캄했다. 아마 해가진 모양이었다. 하지만 카이트는 여전히 침대에 뻐딱하게 누워 조금도 움직이지 않았다.

그저 팔짱을 낀 채로 가슴께에 올려 둔 손이 호흡을 따라 오르락내리락하고 있을 뿐이었다.

'대체 몇 시나 되었을까.'

하지만 그러한 궁금증도 곧 사라졌다. 벌써 며칠째 잠도 못 잔 상태지만 조금도 피곤하지 않았다.

모든 것이 바스라지고, 날아가서 공허한 상태.

익숙한 느낌이었지만 그 어느 때보다도 가슴이 아팠다.

무너진 통로 앞에서 눈물을 흘리며 소리치던 그녀의 모습이 또 한 차례 심장을 쥐어뜯었다.

아마 그 얼굴은 평생토록 잊을 수 없을 것이다.

좌절과 분노로 점철된, 사랑하는 여자의 괴로운 얼굴.

"빌어먹을."

저도 모르게 욕설이 흘러나왔다.

그에게는 두 가지 견딜 수 없는 것이 있었다.

첫 번째는 바로 그 어떤 것으로도 상쇄시킬 수 없는 미안함이었다. 물론 바인은 이루 말할 수 없을 정도로 비열하고 더러운 개자식이지만, 그런 그보다 더 나쁜 자가 있다면 바로 자신이 아닐까.

커다란 탐욕으로 인해 그녀를 이곳으로 끌고 온 사람이 바로 저였다.

대체 무슨 자격으로 아무 일 없이 평온했던 한 사람의 삶을 빼앗은 거지?

카이트는 차가운 손으로 연신 마른세수를 했다.

사실 쏟아져 내리는 이 절망이 오롯이 자신만의 것이라면 그게 얼마나 무겁든 상관없었다. 하지만 지금까지 저보다도 더 고통받았던 건 처음으로 만난, 사랑하는 여자였다.

물론 그녀는 늘 괜찮다고 말했다. 그러나 그 말을 액면 그대로 믿을 정도로 순진하지는 않다.

"후우."

한숨이 끝없이 흘렀다.

그 다음으로 찾아온 감정은 부끄러움이었다.

당시 윤수가 아니었다면 바인은 틀림없이 제 칼에 죽었을 것이다. 그래선 안 된다는 걸 머리로는 잘 알았지만, 격분한 마음을 제대로 제어시키지 못했다. 제정신이 아니었다. 그걸 알았기에 그녀는 온 힘을 다해 저를 말렸던 것이리라.

'눈앞에서 마력을 맞고 쓰러진 모습에 정신을 차리지 못했다면, 나는 십중팔구 살인자가 되었겠지.'

수도에 입성할 수 있도록 공을 세우고 말리라는 다짐과, 조금이라도 자신의 편을 늘리기 위해 들였던 노력이 모두 물거품처럼 날아갔으리라. 마지막까지 가더라도 냉정함을 유지할 수 있다고 자신을 믿었었는데,

모두 허사였다. 잘못된 믿음이었다.

"난 네 곁에 평생 있어주고 싶어. 그러니까 나랑 결혼하자."

행여나 환청일까 봐 아직도 두려울 정도로 달콤했던 고백이 머릿속을 가득 메웠다.

하나뿐인 붉은 눈동자가 어지럽게 흔들렸다.

내가 정말로 계속해서 사랑해도 될까? 이 행복함을 누리는 것은 사실은 굉장히 이기적인 일이 아닐까?

하지만 문제는 그 어떤 것으로도 그녀를 포기하지 못하는 본인의 마음이었다. 이건 그야말로 태어나서 난생 처음으로 겪는 번뇌였다. 그 때문에 아무도 곁에 들이지 말라고 말했다. 그녀를 먼저 성으로 보낸 것도 그 이유 때문이었다. 그러한 생각에 잠겨 멍하니 천장을 바라보던 카이트의 입에서 갑자기 거친 음성이 튀어나왔다.

"젠장, 정말이지 거슬려서 견딜 수가 없군."

그의 미간을 구기게 만든 것은 어둠 속에서도 선연하게 보이는 하얀 레이스였다. 그뿐만 아니라 침대 기둥을 따라 주렁주렁 늘어진 리본과 자수를 놓은 휘장까지 모두 흰색이었다. 마치 첫날밤을 맞이하는 부부를 위해 일부러 꾸며놓은 듯한 장식. 에른 테페스트 축제가 끝난 후 성의 하녀들이 멋대로 매달아 놓은 것들이었다.

사실 그의 신분은 어디까지나 페어라센을 대표하는 꽃의 기사였으니, 전통대로라면 이 방에서 공주와 첫날밤을 보내는 게 맞았다. 따라서 자세한 속내를 알 길 없는 신하들은 그저 본분에 충실한 죄 밖에는 없으리라. 그러나 지금의 카이트에게 있어서 이건 숫제 고문에 가까운 광경이었다.

다시 한 번 깊게 한숨을 내신 그가 치렁거리는 레이스를 걷으며 몸을 일으켰다. 어차피 뜯어 버리면 그만이니, 이런 일로 하인들을 일일이 부를 필요는 없었다. 무엇보다 벌써 며칠째 누구와도 마주하지 않고 마음을 삭이는 중이므로.

카이트는 늘어진 리본 끝에 손가락을 휘어 감았다.

그리고 그것을 휙, 당기는데.

쾅!

갑자기 커다란 소음이 들려왔다. 순간 깜짝 놀란 그는 아무도 없는 방 안을 황급히 둘러보았다.

쾅! 쾅쾅!

이번에는 확실했다. 누군가가 방문을 거세게 두들기고 있었다.

"정말 어이가 없군."

기가 찬 카이트가 쓰게 웃었다.

분명 허락이 있을 때까진 아무도 들이지 말라고 했는데 이 성의 하인들은 황족의 명령 따윈 귓등으로도 듣지 않는 걸까?

안 그래도 가라앉은 마음에 더욱 큰 화가 차올랐다.

심기 불편한 발걸음이 문 앞으로 향했다. 누군지는 몰라도 감히 자신의 말을 무시한 자에게 제대로 호통을 쳐 줄 셈이었다. 그는 거친 손길로 문을 확 열어젖히며 소리쳤다.

"내가 분명 아무도 들이지 말라고 말했을 텐데……!"

동시에 작고 가녀린 몸이 자신의 품으로 날아들었다.

순간 발이 뒤로 휘청 밀릴 뻔해 카이트는 제게 달려든 그 몸을 저도 모르게 안았다.

익숙한 향기와 손에 익은 보드라움.

"그새 보고 싶어서."

그리고 무엇보다 듣고 싶었던 목소리가 귓전에 울렸다.

Chapter 19
새로운 밤의 시작

늘 생각보다 행동이 먼저인 게 문제였다.

같이 있어주고 싶다는 일념하에 달려온 거긴 한데, 방금 전 화난 표정으로 벌컥 문을 열던 카이트의 모습이 생각나 윤수는 그만 저도 모르게 위축되고 말았다. 그러고 보니 아무도 들이지 말라 하지 않았냐고 소리친 것 같기도 했다. 카이트는 정말 그 누구의 방해도 받고 싶지 않았던 것일지도 몰랐다.

"아. 그게, 나는……."

하지만 이미 방해하고 난 뒤에 사과하면 무얼 한단 말인가?

윤수는 더 이상 말을 잇지 못한 채 황급히 몸을 돌렸다.

조금 핼쑥해진 것 같긴 하지만 무사히 잘 있는 모습을 보았으니 그것만으로 되었다고 생각하면서. 그런데 바로 그때, 커다랗고 단단한 손이 그녀의 팔을 잡았다.

"……가지 마."

그 누구도 카이트의 이런 목소리는 들어 본 적이 없으리라. 그 정도로 절박한 목소리였다.

살짝 떼어지려는 윤수의 발걸음이 저절로 멈춰졌다.

"나와 같이 있어주려고 온 거잖아. 아닌가?"

물론 여기까지 와서 정말로 쉽게 돌아 갈 리가 없었다.

지금 그런 기분이 들지 않는다면 그저 옆방에서라도 줄곧 함께 있어 줄 작정이었다.

하지만 그는 염려하고 있었다. 정말로 제가 가버릴까 봐.

"물론이지."

윤수는 다시 뒤돌아서서 그렇게 속삭이며 카이트의 목을 휘어 감았다. 그러자 그가 기다렸다는 듯 다정히 몸을 낮춰주었다. 그 몸짓에 화답하듯 먼저 입술을 가져다 댄 것도 윤수였다.

그동안 쌓여 있었던 긴장감, 그리고 아무에게도 말하지 못했던 서글픔 등이 살살 물에 흘러가듯 풀려갔다.

사실 그녀도 드디어 원래 세계로 돌아갈 수 있다는 사실에 남 모를 기대를 가졌었다. 어느새 주인공에서 악역처럼 변한 바인에 대해 그래도 마지막까지 믿음의 끈을 놓지 않고 있었던 건, 바로 제가 작가였기 때문이었다.

하지만 이 모든 게 전부 남김없이 사라지고 무너졌다.

그걸 바라보는 윤수의 마음도 좋을 리가 없었다. 카이트가 염려했던 것처럼 그녀도 좌절하긴 마찬가지였던 것이다.

따듯한 두 입술이 서로의 아픔을 감싸 안았다.

공허했던 마음에도 평온함이 배부르게 차올랐다.

혼자가 아닌 둘이어서 구원받은 건 카이트뿐만이 아니었다.

부드럽고 사랑스러웠던 키스는 문이 닫히자마자 전혀 다른 양상으로 변했다. 방금 전까지 상냥하게 무릎을 굽혀주던 카이트는 마치 다른 사람이 된 것처럼 그녀를 거칠게 안아 올렸다. 야릇한 소리가 절로 입에서 흘렀다.

"흐읏."

허공에 바짝 들린 종아리가 그의 탄탄한 허벅지를 쓸었다.

그럴 때마다 그는 아플 정도로 윤수의 입술을 욕심냈다.

저벅저벅 걸어가던 발이 몇 번이고 멈춰 서는 순간이면 서로를 탐하는 숨이 격렬하게 쏟아졌다.

"카이트."

그러나 입술이 얽혀 있음에도 불구하고 윤수는 틈만 나면 그의 이름을 중얼거렸다.

"으음."

카이트도 참지 못하고 사이사이 한숨을 흘렸다.

심장이 마치 불 속으로 내던져지는 것처럼 뜨거웠다.

그 후 붉은 열기가 머리끝까지 차오를 때면, 마치 꿈속에 있는 것처럼 정신이 몽롱했다.

풀썩—

곧 그녀의 몸이 새하얀 침구 위에서 살며시 흔들렸다. 아직 어둠에 익숙해지지 않은 두 눈동자가 이리저리 움직였다.

흰 색 레이스로 뒤덮인 침대.

이 요상한 광경에 저도 모르게 눈가가 휘어지던 찰나, 그가 입고 있던 검은색 망토와 웨이스트 코트를 벗어 바닥에 아무렇게나 툭, 하고 던지는 게 보였다.

눈에 비춰지는 거라고는 온통 검은색과 흰색뿐이었다.

카이트의 방은 하루에도 몇 번씩 들락날락 했던 익숙한 곳이었지만, 오늘만큼은 그 모든 게 낯설다.

"이건 뭐지?"

이마를 간질이는 것이 있기에 손을 뻗어 보니 새하얀 리본의 끝이 만져졌다. 세상에, 3황자의 방에 레이스와 리본이라니. 긴장으로 잔뜩 굳은 윤수의 입술 사이로 참지 못하고 웃음이 배어 나왔다.

"대체 누가 이렇게 해 놓은 거야?"

하지만 카이트는 대답하지 않았다. 아니, 거추장스럽게 몸을 감싼 것들을 벗어던지느라 대답할 정신이 없었다고 하는 편이 더 옳았다. 이윽고 얇은 셔츠 한 장과 바지 차림이 된 그가 다가왔다. 익숙한 무게와 체온, 그리고 데일 것 같은 뜨거운 숨결이 느껴지자 또다시 온몸에 바짝 힘이 실렸다.

"오늘 네 덕분에 새로운 것 두 가지를 알게 되었다."

길고 수려한 손가락으로 그녀의 볼을 어루만지며 그가 뜻 모를 이야기를 꺼냈다.

"그게 뭔데?"

윤수의 질문에 카이트는 천천히 몸을 굽혔다.

"역시 혼자보다는 둘이 함께 있는 편이 좋다는 것. 그리고……."

어느새 땀으로 젖어 이마에 달라붙어 있는 머리카락을 쓸어주며, 그가 낮은 음성으로 계속해서 말을 이어 나갔다.

"……지금 이 순간 그 무엇보다 널 가지고 싶다는 것."

어느새 꽤 자라 있는 윤수의 머리카락을 틀어쥔 채 그가 가만히 손을 들어 올렸다. 풍성하고 부드러운 모발에 입을 맞추자, 꽃향기와 함께 그녀의 체취가 물씬 풍겼다. 이성은 절대로 따라잡을 수 없는 욕망이 쉼 없이 달려 나갔다.

어쩌면 오늘 밤은 조금 거칠고 아프게 할지도 모르겠다. 하지만 더 이상 허락을 기다릴 수 없었다. 그런데 갑자기 아래에서부터 튀어나온 자그마한 손이 그의 어깨를 잡았다.

"……!"

윤수는 무방비 상태였던 카이트의 몸을 그대로 획 뒤집었다. 어느새 위치가 바뀌어 그가 침대에 누워 있었고, 위에는 그녀가 올라와 있었다.

"실은 나도 새로 알게 된 사실이 있어."

조금 황당한 표정을 짓고 있는 카이트와는 달리 윤수의 음성은 마냥 차분했다.

"그게 뭐지?"

참지 못하고 채근하듯 묻자, 그녀가 천천히 몸을 숙였다. 턱 끝에 닿는 찰랑거리는 머릿결이 간지럽다.

"알고 봤더니 3황자 아인젠카이트는 믿을 수 없을 정도로 엄청난 인내심의 소유자라는 거야."

그렇게 말한 뒤 입술을 삐죽이며 얼굴을 붉히는 윤수를 향해 카이트가 소리 내어 웃었다. 그는 두 팔을 뻗어 눈앞에 있는 사랑스러운 얼굴을 손으로 감쌌다.

그저 그뿐인데도, 호흡이 거칠어졌다. 마치 심장이 녹아내리는 것처럼. 그대로 얼굴을 어루만지다가 살짝 벌어져 있는 말랑말랑한 입술을 두어 차례 쓸어주고는 천천히 팔을 내렸다. 턱 아래를 지나 목으로 가자, 그녀가 입고 있는 셔츠의 깃이 손끝에 만져졌다.

"하지만 아쉽게도……."

그것을 단단히 틀어쥔 채 그가 음산하게 속삭였다.

"그런 모습도 오늘로서 마지막이군."

아직 차마 이해하지 못했다는 듯 동그랗게 뜨고 있는 그녀의 두 눈을 바라보며, 카이트는 셔츠를 양옆으로 거칠게 벌렸다.

"아……!"

투두둑, 하는 소리와 함께 단추가 사방으로 튀어나갔다.

하지만 더 이상 당황할 새는 없었다. 어느새 윤수의 뒤통수를 그러쥔 그가, 그녀를 힘주어 당겼다.

폭풍 같은 입맞춤이 쏟아졌다.

거칠게 가슴을 움켜쥐는 커다란 손등 위로 윤수가 가만히 손을 포갰다.

"흐윽."

그러나 곧 미약한 신음소리가 입에서 흘러나왔다. 모든 것이 어지러웠다. 카이트는 그 정도로 다급해 보였고, 윤수를 인정사정없이 몰아붙였다.

"카이트."

겨우 입술을 달싹여 카이트를 부른 순간 단단하게 솟아오른 유두를 그가 혀끝으로 건드리다가 입 속에 물었다.

"하으윽!"

전기에 감전된 사람처럼 윤수의 허리가 둥글게 휘었다. 어느새 땀에 젖은 머리카락을 가만히 헤쳐 주며 그가 귓가에 탁한 음성으로 중얼거렸다.

"너무, 미치도록…… 예쁘다."

단추가 다 달아나고 없는 윤수의 옷은 그의 손에 의해 이미 침대 아래로 버려지듯 던져진 뒤였다. 나머지 옷들도 놀랄 만큼 빠르게 사라졌다. 찬 공기에 닿아 자잘한 소름이 돋은 부드러운 나신을 딱딱하고 뜨거운 몸이 덮어 눌렀다.

"나는 이제 모두 너의 것이다."

터질 것 같은 교감 뒤로 열렬한 고백이 흘렀다.

카이트는 눈과 손과 입술을 사용해 그녀의 모든 부분을 빠짐없이 만지고, 담았다. 질척거리는 호흡 사이로 간간히 부푼 교성이 새어나왔다.

"카이트."

제 다리 사이로 들어가 있는 그의 팔에 매달린 채 아릿한 자극에 헐떡대던 윤수가 애원하듯 한껏 부풀어 오른 입술을 내밀었다. 능숙하진 않았지만 성실하고 정다웠다. 그러면서도 자신의 욕심을 끝까지 관철시켰다. 그다운 방식이었다.

그 입술에 부드럽게 입 맞추면서 카이트는 다시 한 번 사랑한다고 속삭였다. 감미로운 노래처럼 귀에 내려앉는 목소리를 음미하던 그 순간.

"아!"

몸 안으로 아프게 밀려드는 열기에 윤수의 입에서 짧은 비명이 터졌다. 굳게 다물어져 있던 카이트의 입에서도 거친 신음소리가 흘러내렸다.

새로운 밤의 시작.

넘쳐흐르는 마음이 계속되었다.

고요한 어둠을 지나, 아침이 올 때까지.

*　　*　　*

커튼 틈 사이로 쏟아진 햇살이 검은색 안대 위를 조심조심 훑어 내려갔다. 하지만 모든 감각이 예민한 그는 고작 그 정도의 빛만으로도 즉시 잠에서 깨어날 수 있었다.

'내가 얼마나 잔 거지?'

카이트는 잠시 눈을 손으로 가린 채 몸에 남아 있는 수마를 쫓아냈다. 거의 4일 만에 잠든 것치고는 턱없이 짧은 수면이었다. 하지만 조금도 피곤하지 않았다. 지친 나머지 반쯤 울먹이며 제게 애원하던 그녀를 배려해 겨우겨우 욕망을 제어시킨 그가 눈을 붙인 건 불과 몇 시간 전.

그때는 이미 동이 튼 것을 넘어서 아침이 밝아 있었다.

'그렇다면 지금은 정오쯤 되었겠군.'

그 생각을 하던 그의 입가에 어느새 미소가 지어졌다.

세상에 이런 것이 존재하리라고는 감히 상상조차 할 수 없었던 경이로움. 그 모든 게 부드러운 달빛처럼 펼쳐진 환상적인 밤이었다. 그는 밤사이 느꼈던 부드러운 몸과 끊임없이 신음하다 결국 목이 쉬어버리고 말았지만, 제게는 세상 무엇보다도 달콤했던 목소리를 떠올려 보았다.

그러자 곧바로 몸의 어느 한 부분에 또다시 힘이 몰렸다.

"이런."

덕분에 곤란해진 카이트가 크게 한숨을 쉬었다.

사실 마음 같아서는 당분간 방에서 나가고 싶지 않았지만, 아무리 생각해도 그건 그녀가 들어주지 않을 것 같았다. 그 증거로 오늘 아침 그녀는 퉁퉁 부은 눈으로 제게 애원하지 않았던가. 더 이상은 무리라고.

"워낙 검도 잘 쓰고 하기에 체력은 문제없을 줄 알았는데."

카이트는 베개에 깊이 고개를 묻은 채 아쉬운 목소리로 중얼 거렸다.

그런데.

무언가 이상함을 감지한 그가 벌떡 몸을 일으켰다.

침대 옆이 싸늘하게 비어 있었다.

그저 지친 나머지 업어 가도 모를 정도로 단잠에 빠져 조용하 겠거니, 하고 생각했었는데 그게 아니었다.

"대체 어디로 간 거지?"

당황하여 온 방 안을 샅샅이 살피던 카이트의 눈에 이윽고 커 다란 거울과 그곳에 매달린 작은 두루마리 하나가 들어왔다. 그 는 자신이 지금 실오라기 하나 걸치지 않은 알몸인 것도 의식하 지 못한 채 그 앞으로 성큼성큼 걸어갔다. 그것을 잽싸게 펼쳐드 니 눈에 익숙한 필체가 보였다.

"일어나거든 검을 가지고 기병대 막사 앞으로 오라고?"

예상대로 이건 윤수가 남긴 전갈이 틀림없었다.

하지만 대체, 왜?

카이트의 눈썹이 위로 치켜 올라갔다.

하지만 그는 아무 말 하지 않은 채 서둘러 셔츠에 팔을 끼웠 다. 그러고는 황급히 검을 집어 들었다.

*　　*　　*

“아, 저기 오네요!”

팔짱을 낀 채 나무에 기대어 서서 윤수와 도란도란 이야기를 나누고 있던 사람은 다름 아닌 도른이었다.

“잘 잤어? 얼굴이 좋네?”

“대체 이게 무슨 상황이지?”

하지만 카이트는 제게 반갑게 인사를 건네는 도른을 본척만척한 채 윤수를 향해 심각한 얼굴로 물었다. 그도 그럴 것이 그는 지금 기분이 썩 좋지 않았다. 생각만 해도 머리에 열이 차오를 정도로 황홀한 밤을 함께 보내놓고는 다짜고짜 사라진 그녀에게 조금 서운해서 말이다.

게다가 검을 가지고 기병대 막사 앞으로 오라니.

그의 미간이 점점 찌푸려졌다.

마침 휴식 시간인지 대부분의 병사들이 한가로운 시간을 보내고 있었다. 하지만 이곳 기병대에 몸담고 있는 자들은 대부분 2황자의 병사들로서, 별로 마주하고 싶지 않은 자들이었다. 그 증거로 그들은 갑자기 나타난 카이트를 흥미로운 눈길로 바라보며 수군댔다.

“다행히 늦지 않게 오셨군요, 황자님.”

어느새 병사의 역할로 돌아간 윤수가 그의 곁으로 쪼르르 다가왔다.

그러고는 그만이 들을 수 있게 작은 목소리로 속삭였다.

"아침에 갑자기 좋은 생각이 떠올라서 내가 도른에게 부탁했어. 너와 지금부터 대련을 할 건데 모쪼록 참관인이 되어달라고 말이야."

"뭐?"

그의 목소리가 드물게 높이 올라갔다. 그녀의 입에서 튀어나온 건 그 정도로 황당한 이야기였다.

"설명은 나중에 해 줄게. 기병대 병사들 휴식도 거의 끝나가는 터라 별로 시간이 없단 말이야. 그러니까 당장 나랑 정식으로 대련해 줘."

카이트는 여전히 이해할 수 없는 말을 계속하는 윤수의 입술만을 그저 멍하니 바라보았다. 그런 그를 재촉하듯이 도른의 커다란 목소리가 등 뒤에서 쩌렁쩌렁 울려 퍼졌다.

"좋아, 그럼 요청대로 나 에어리베 도른이 기꺼이 이번 대련의 입회인이자, 승패의 결정권자 역할을 맡겠습니다."

그러자 주위에 몰려든 병사들이 나지막이 탄성을 질렀다. 순식간에 소란스러워진 바깥의 분위기에 막사 안에서 낮잠을 즐기던 병사들까지 어느새 죄다 밖으로 몰려나왔다. 그런 그들을 바라보며 도른이 들으라는 듯 말했다.

"물론 참관은 자유다. 아니, 쉽게 볼 수 없는 대결이니만큼 모두 잘 봐 두도록! 자, 그럼 시작하세요."

도른은 그렇게 말하자마자 자리를 비켰다.

어느새 넓고 황량한 공터에는 윤수와 카이트, 두 사람만이 남왔다.

"대련을 하자고?"

윤수의 얼굴을 가만히 살피던 카이트가 작게 혀를 찼다.

저런 얼굴을 하고서. 다른 사람이라면 눈치채지 못할 수도 있겠지만 적어도 카이트는 아니었다.

윤수와 거의 매일 함께해 온 그는 그녀의 체력이 지금 대련을 할 상태는 아니라는 걸 누구보다 잘 알고 있었다.

당연한 일이었다.

바인과 그런 일이 있고 난 후, 그녀는 몸에 흡수된 마력을 소화해 내느라 이틀 내내 혼수상태에 빠져 있었으니까. 게다가 꽤나 먼 거리를 말을 몰아 달려왔을 텐데도, 어젯밤 잠을 자지 못했다. 물론 재우지 않은 것은 바로 그 자신이므로, 거기에 대해서는 크게 할 말은 없지만.

따라서 검기, 집중력, 그 모든 게 저하되어 있었다. 저런 몸으로 자신과의 대련은 무리였다.

걱정스러운 나머지 카이트의 표정이 점점 어두워졌다. 도대체 무슨 속셈인지 몰라서 더욱 그러했다.

"어서 시작하지 않고 뭘 하는 거죠?"

하지만 그런 그의 마음을 알 길이 없는 도른이 마냥 재촉을 가했다.

"그럼 제가 먼저 시작하겠습니다!"

그러자 윤수가 이렇게 소리쳤다. 영 마뜩찮아 하는 카이트의 눈빛을 그녀도 순식간에 읽어낸 터였다.

그리고 그와 동시에.

챙그랑!

카이트의 귓전에 날카로운 파열음이 내리꽂혔다. 눈앞에서 불꽃이 번쩍 일었다.

“……이런!”

등 뒤로 저도 모르게 식은땀이 흘렀다. 하마터면 검을 놓칠 뻔했다. 그녀는 소리도 내지 않는 매처럼 날아들었다. 날쌔고, 정확했으며, 이루 말할 수 없이 매서웠다.

놀랍게도 이미 첫 공격에서부터 자신의 모든 것을 끌어낸 상태. 그걸 눈치챈 카이트의 동공이 넓게 벌어졌다.

“도대체 무엇 때문에?”

덕분에 그의 혼란은 더욱더 가중되었다.

평소대로라면 상대가 제아무리 전력투구해 봤자 그저 가볍게 가르침을 전해 주는 정도로 끝낼 수 있겠지만 윤수는 이미 그런 수준이 아니었다. 따라서 그녀가 이토록 진심을 다해 달려들면 승패를 가리기란 결코 쉽지 않을 것이다. 아니, 승패가 문제가 아니라 행여나 부상을 입을지도 몰랐다.

카이트의 입술이 바짝 말라왔다. 하지만 그것도 잠시.

“젠장!”

또다시 소리 없이 날아온 검이 이번에는 정면을 노렸다. 마치 하늘이 그대로 부서져 내린 것처럼 눈부신 빛을 머금은 은색 날이 코끝을 아슬아슬하게 스쳐 지나갔다.

이 뒤로는 십중팔구 찌르기가 들어온다.

그걸 눈치챈 카이트가 아직 잔존해 있는 힘을 역이용해 자신의 검을 반대 방향으로 밀어내듯 쳐냈다.

챙!

그대로 찌르려던 동작이 막히자 윤수의 다리가 금세 휘청거렸다.

"아!"

균형을 잃지 않으려 있는 힘을 다해 버텨보았지만 그녀는 결국 외마디 비명과 함께 반 바퀴 정도를 굴러야 했다. 하지만 곧 잽싸게 몸을 일으켰다. 대단한 반사 신경이었다.

"후우."

그들을 둘러싼 수많은 병사 중 누군가가 멈췄던 숨을 토해 냈다. 합을 주고받은 수가 많진 않았으나 누구나 알 수 있었다. 저 두 사람은 범접할 수 없을 정도로 대단한 실력의 소유자들이라는 것을.

그러니까 이건, 그야말로 진검승부였다.

심판을 보고 있던 도른마저도 정신을 놓은 채 그들의 대련을 구경했다. 카이트 황자의 실력이야 익히 알고 있었다지만 저 자그마한 여검사는 정말이지 놀라움 그 자체였다.

내가 감히 저 여자의 따귀를 때렸다니.

만약 그녀가 자신의 무례한 행동에 제대로 격분했더라면 그

때 바로 심장에 검이 박혀 들어왔을 거다.

손에 배어 있는 축축한 땀을 바지에 아무렇게나 쓱쓱 문질러 닦던 도른의 등에 쭈뼛 소름이 돋았다.

"……무엇보다 확실한 건 이곳 페어라센에는 저 정도의 실력을 지닌 여검사가 없다는 거야."

그뿐만 아니라 자신이 원래는 자잘한 꽃무늬를 좋아하는 여성스러운 취향을 지니고 있다는 것, 그리고 '명예'라는 뜻의 에어리베를 일부러 이름에 가져다 붙인 이유 같은 건 그녀의 가족들도 알지 못하는 사실이었다.

저 여자의 정체는 대체 뭐지?

도른의 입술 사이로 경외심에 가득 찬 목소리가 쉴 새 없이 흘러나왔다.

"처음엔 그저 놓치기 싫은 인재라고만 생각했는데, 이제 보니 그게 아니었어."

그녀의 두 눈도 무섭도록 반짝였다.

언젠가는 검의 경지에 이르는 것. 그것이 검사들의 숙명이자 인생의 목표였다. 그리고 저토록 훌륭한 실력자를 만날 수 있는 기회가 그다지 많지 않다는 것을 원래부터 타고난 검사였던 도른은 누구보다 잘 알았다.

"어떻게든 곁에 붙어 있어야지. 하지만 저 여자는 아무리 봐도 카이트가 소중히 여기는 사람 같던데."

그녀는 저도 모르게 손톱을 물어뜯었다.

이 대련 이후 병사들의 전출 신청이 폭주할 것이 틀림없었다. 저처럼 넋 놓고 대련을 구경하고 있는 자들의 수가 그만큼 많았다. 그들이 무슨 생각을 하는지는 빤했다. 오랜 세월 기사단장을 역임한 도른은 누구보다도 병사들의 심리를 잘 알고 있었다.

"흐음, 어차피 대규모의 병력 이동이 예상된다면…… 그래, 차라리 기사단 전체를 아예 북쪽으로 옮길까?"

어쨌든 페어라센 영토 내에서라면, 기사단장이 본부를 어디로 옮기든 상관없을 테니 설마 황자가 자신을 쫓아내진 않을 것이다. 카이트 몰래 모든 계획을 수립한 도른의 입가에 어느새 즐거운 미소가 지어졌다. 생각만 해도 즐거운 상상을 가슴에 가득 안은 채, 그녀는 계속해서 살벌한 몸짓을 주고받는 두 사람을 향해 눈을 고정시켰다.

퍼억!

격렬한 타격음과 함께 윤수의 몸이 땅 위를 굴렀다.

"으윽……!"

흙바닥에 반듯하게 누운 그녀는 옆구리를 부여잡고 고통스러운 신음을 내질렀다.

"하."

그 모습을 바라보던 카이트의 표정이 점점 더 험하게 변해 갔다. 그는 더 이상 견딜 수 없었다.

카이트는 검을 쥔 손을 높이 치켜들었다. 그러고는 화가 가득한 얼굴로 그것을 땅에 그대로 박아 넣었다.

푸욱!

날카로운 검날이 윤수의 가느다란 목 바로 옆을 아슬아슬하게 스쳐 지나갔다. 슬쩍 차가운 느낌이 든다 싶더니 어느새 살짝 베어진 피부 사이로 붉은 피가 비쳤다.

"이제 속이 시원한가?!"

그렇게 외치는 그의 모습도 엉망이었다. 옷 여기저기가 찢겨져 있었고, 턱 아래와 손등에 날카롭게 베어진 흔적이 서너 개 정도 나 있었다.

모두 윤수와의 대련에서 입은 상처였다.

그건 그녀가 정말로 진심을 다해 달려들었다는 증거.

하지만 결국 카이트의 승리였다.

그러나 그는 기쁘긴커녕 불쾌하기 짝이 없었다. 윤수는 그 누구 하나 손끝 하나 건드리게 할 수 없는 소중한 여자다. 그런데 그런 그녀에게 온 힘을 다해 검을 겨누다니.

아무리 대련이라 해도 정도가 과했다. 하지만 카이트도 어쩔 수 없는 일이었다. 그렇게라도 하지 않으면 윤수는 정말 제 가슴에 검을 꽂을 기세였기 때문이었다.

"……앞으로 두 번 다시 너랑 이런 짓은 안 한다."

윤수의 왼쪽 목 아래에서 흐르는 피를 바라보며 카이트가 상처받은 목소리로 속삭였다.

그러고는 손에 든 검을 미련 없이 바닥에 버리려는데.

"빨리 말해."

여전히 땅에 누운 채로 가쁜 숨을 쉬고 있는 그녀가 제게 이상한 것을 주문했다.

"뭐?"

"빨리, 선언……하라고. 저 사람들을 모두 받아주겠다고 말이야."

그 말에 카이트가 홀린 듯 고개를 들었다. 자신들을 둥글게 둘러싸고 있는 수많은 자들이 그제야 눈에 들어왔다.

자신이 모은 병사 수보다 대략 다섯 배쯤 많은 사람들. 물론 모두 바인의 병사였다. 흥분과 감탄으로 붉게 달아오른 얼굴과 기대와 존경으로 가득 찬 눈빛을 하나하나 바라보던 카이트는 비로소 윤수가 무얼 계획했는지 알게 되었다. 이건 검사들을 일일이 상대해야만 했던 레위니웅보다 훨씬 효과적인 방법이었다. 그 누구도 보여 줄 수 없는 놀라운 실력을 모두의 앞에서 증명해 보이는 것.

바로 상대가 그녀가 아니면 불가능한 일이었다.

게다가 그는 올해 투루니어 경기의 당당한 우승자. 아무것도 해낼 수 없었던 예전과는 많은 것이 달라져 있었다.

그는 홀린 듯이 입을 열었다.

"이제부터…… 나는……."

낮은 음성으로 천천히, 그러나 그 어떤 때보다 묵직하고 진중하게 말문을 여는 카이트의 가슴에도 뜨거운 것이 차올랐다.

"지금까지 줄곧, 닫아걸어 놓았던 나의 북쪽 성을, 보다 많은 자들에게 전부…… 열어 보일 생각이다. 만약 내 밑에서 일하고 싶은 자가 있다면…….”

한 음절, 한 음절씩 말을 꺼낼 때마다 눈에 뜨거운 것이 고였다. 카이트의 검은 망토가 바람에 크게 휘날렸다.

“그 어떤 보직이든 상관없다. 궁병이든, 창병이든, 기병이든 가리지 않을 테니 원하고 싶은 자가 있으면 마음껏 지원하도록! 물론 많은 도적과 흉악범들이 들끓는 위험한 지역이다. 하지만 그런 자들을 소탕하고 싶다는 용기와 의지가 있는 자라면 더욱 환영받을 것이다!”

머리보다는 마음을 먼저 울리는 강인함. 그리고 말보다는 행동에서 먼저 느껴지는 신뢰.

“와아아!”

그 모든 것에 감동받은 병사들이 전부 한마음이 되어 크게 외쳤다.

“기꺼이 따르겠습니다, 카이트 황자님!”

“새로운 주군으로 모시는 것을 허락해 주셔서 감사합니다!”

드디어 새로운 주인공이 탄생하는 순간.

그것을 늘 바라 마지않았던 윤수의 두 눈에서도 아무도 모르는 새 가느다란 눈물이 흘러내렸다.

*　　*　　*

오늘따라 복도를 오가는 하인들이 왜 이리 많은지.

또 분위기는 왜 이렇게 어수선한지.

물론 그 이유를 윤수는 누구보다 잘 알고 있었다. 기사들의 전출 신청이 갑자기 기하급수적으로 늘어났기 때문이었다. 특히 일반 병사 외의 상급 기사들은 따로 부리고 있는 하인들이 있었기에, 제 주인의 갑작스러운 이동 준비를 위해 그들은 여기저기를 바쁘게 뛰어다녀야만 했다.

하지만 지금 이 상황이 윤수에게는 곤란하기 짝이 없었다.

모든 상황의 중심에 서 있는 이 남자의 품에 공주님처럼 안겨서 어디론가 향하는 모습이 너무 부끄러워서 말이다.

"내, 내려줘. 응?"

"가만히 있어. 여기서 그대로 입술을 막아 버리기 전에."

계속해서 버둥거리는 윤수에게 카이트가 으름장을 놓았다. 여전히 딱딱하게 굳어 있는 그의 표정.

그녀는 즉시 말을 멈췄다. 카이트가 무엇으로 제 입을 다물게 할지는 충분히 상상 가능했다.

그 낯부끄러운 애정 행각을 온 천하에 공개하는 것보다는 차라리 품에 가만히 안기는 쪽이 훨씬 나았다.

사실 그녀는 오른쪽 발목을 살짝 삔 상태였다.

아까 대련할 때 입은 부상이었지만 그리 심하지 않기에 아무에게도 말하지 않았는데. 그는 대체 어떻게 눈치챈 걸까?

"오셨습니까, 황자님. 도른 님을 통해 전달하신 대로 준비는 모두 마쳐 놓았습니다.”

두꺼운 나무로 되어 있는 커다란 문 앞에 도달하자, 그곳에 서 있던 하녀 한 명이 그들을 보고 꾸벅 허리를 숙였다.

“고맙군. 약은?”

“그것도 안에 넣어 두었습니다.”

“좋아. 그러면 그만 물러가도록 하라.”

“네.”

그의 말에 하녀는 더 이상 아무 말 않고 그대로 몸을 돌렸다. 원래대로라면 곁에 붙어 시중을 들어야 함이 마땅하지만, 황자가 그것을 원하지 않으니 그녀는 그저 시키는 일에 충실하면 그만인 것이었다. 종종걸음으로 사라지는 여자를 멍하니 바라보던 윤수가 고개를 갸우뚱 기울이며 물었다.

“약이라니?”

“네 발목에 바를 약. 그리고 목에 난 상처에 바를 약도.”

여전히 무뚝뚝한 음성으로 툭 대답을 던진 카이트가 커다란 문을 밀었다. 각종 향기로운 약초 냄새로 가득한 뜨거운 수증기가 얼굴에 화악 끼쳤다. 동시에 어디선가 끊임없이 퐁퐁 샘솟는 물줄기 소리가 그녀의 귀를 잡아끌었다.

“앗, 온천이다!”

윤수가 반가운 목소리로 외쳤다.

익숙한 향기를 풍기는 이 수증기를 몸에 쐬는 것만으로도 피로가 풀리는 것만 같았다. 마치 흰색 물감을 풀어 놓은 듯 탁한 물 위로 계속해서 뜨거운 김이 솟았다. 작고 아담한 곳이었다.

"미끄러지지 않게 조심해라."

카이트가 그렇게 말하며 그녀를 품에서 내려놓았다.

"아얏······!"

발로 바닥을 딛자 윤수의 입에서는 저도 모르게 신음이 터져 나왔다. 별것 아니라고 생각했는데 어느새 발목이 제법 부어 있었다.

"그러고 보니 2황자의 성에는 온천이 있었지. 흥, 내가 왜 그런 놈한테 이런 좋은 걸 만들어 줬을까? 아깝게시리."

깨금발로 서서 그녀는 잘도 떠들었다. 그런 윤수를 가만히 바라보던 카이트가 나지막한 목소리로 주문했다.

"어서 벗어."

"뭐?"

윤수는 순간 제 귀를 의심했다. 그와 동시에.

　　"카이트 그만, 응? 제발······ 아, 앗!"

아, 이런!

간밤의 일이 생각나고 만 그녀는 황급히 입술을 깨물었다. 도저히 견딜 수 없을 때면 그의 등을 껴안고 저렇게 울먹이던 제 목소리라든가, 제 목덜미에 얼굴을 묻고 낮게 신음하던 그의 모습이 너무나도 생생했다. 순식간에 윤수의 얼굴이 이루 말할 수 없을 정도로 새빨갛게 타올랐다.

"버, 벗으라니. 우리가 물론 아주 친밀한, 그…… 그런 사이가 되긴 했지만 아무리 그래도 여, 여기서 그건 좀……."

더듬더듬 말을 건네는 입술 사이로 뜨거운 열기가 지펴졌다. 하지만 카이트는 그저 태연자약했다.

"뒤돌아 있을 테니까 어서 벗고 탕에 들어가라. 그래야 약을 바를 것 아닌가."

아니, 이건 태연한 걸 넘어서서 조금 냉정하게 느껴질 정도다.

"꾸물대지 마. 발목이 점점 더 부어오르고 있군. 물에 닿아도 괜찮은 약이니 이걸 바르고 뜨거운 물에 담그고 있으면 금방 나을 거다."

그러고는 정말로 아무런 미련 없다는 듯이 팔짱을 낀 채 휙 뒤돌아서는 게 아닌가.

"으, 응?"

어안이 벙벙해진 윤수는 두 눈을 깜박였다.

이러지도 못하고 저러지도 못한 채 엉거주춤 서 있던 그녀의 귓불이 붉게 달아올랐다.

'어쩜 저렇게 아무렇지 않을 수가 있지?!'

속에서 은근히 부아가 치밀었다. 애원하던 저를 붙잡고 밤새 욕심껏 일을 치른 남자와 동일 인물이라고는 도무지 믿을 수 없을 정도다.

'설마 나만 이렇게 의식하는 거야?'

그런 생각을 하며 그녀는 저도 모르게 눈으로 카이트의 뒷모습을 훑었다. 넓은 어깨와 탄탄한 등, 그리고 군살이라고는 하나도 없는 유연하고 탄력적인 허리와 쭉 뻗은 두 다리……. 그러니까 저런 근사한 몸매의 남자와 어젯밤에.

"헉."

순간 그녀의 고개가 마구 도리질 쳐졌다. 음흉한 눈길로 그의 몸을 대놓고 감상한 것도 모자라 하마터면 어제의 그 일을 처음부터 끝까지 고스란히 상기시킬 뻔했다.

"다 됐나?"

"아, 아니. 잠깐만!"

줄곧 뒤 돌아서 있던 카이트가 또 한 번 재촉하자 윤수는 울상이 된 얼굴로 다급히 소리쳤다. 물론 사랑하는 남자와 함께 마음을 나눈 것만으로도 충분히 의미가 있는 밤이었다. 하지만 문제는 그 밤이 상상 이상으로 너무 좋았다는 것에 있었다.

그는 처음이라고는 도무지 믿기지 않을 정도였다. 그러니까, 너무 좋아서 기절하는 게 뭔지 알 것 같다고나 할까.

윤수의 양 뺨이 또다시 달아올랐다.

그녀는 다시 한 번 흔들림 없이 서 있는 그의 등을 슬쩍 훔쳐보았다. 그러고는 입술을 꼭 깨문 채 스르르 팔을 뻗어 단추를 톡톡 풀어나가기 시작했다. 마지막 남은 한 장의 속옷을 벗을 때는 좀 망설여지긴 했지만, 결국 완벽한 알몸이 된 그녀는 희뿌연 탕에 얼른 몸을 담갔다.

"아……."

몸이 녹아내리는 것 같은 이 기분. 입에서는 저도 모르게 신음 소리가 튀어나왔다. 참방거리는 소리에 이윽고 카이트가 천천히 몸을 돌렸다. 그는 옆쪽에 놓인 작은 바구니에서 무언가를 꺼내 들더니 그녀의 뒤쪽으로 다가왔다.

"머리카락 좀 들어 봐."

"이렇게?"

어깨에 닿는 머리를 양손으로 그러모아 위로 올리자, 가늘고 흰 목덜미가 드러났다. 그는 다시 한 번 조용히 어금니를 악물었다. 여린 피부 위에 나 있는 베인 상처에 약을 펴 바르자 윤수가 작게 신음했다.

"으……."

목을 살살 매만지는 간지러운 손길 덕에 어깨가 절로 움츠러들었다.

"아픈가?"

"아니, 아픈 게 아니라……."

"그럼 됐어."

무뚝뚝한 소리로 대답한 카이트는 약통 하나를 더 들고서 이번에는 그녀의 발치로 다가갔다. 탕 바로 옆쪽에 한쪽 무릎을 꿇고 앉은 채로 그가 자신의 허벅지 위를 두드렸다.

"다친 발목 좀 올려 봐."

그러자 물속에서 날씬한 다리 하나가 쏘옥 올라왔다.

아, 빌어먹을.

카이트는 또다시 팔뚝에 핏줄이 불끈불끈 솟을 정도로 거세게 주먹을 쥐었다. 탁한 온천수 덕분에 탕 속에 들어가 있는 그녀의 알몸은 전혀 보이지 않았지만 그래서 더 견디기 힘들었다. 상체고 하체고 간에 아무데도 눈 둘 곳이 없었다. 가느다란 목선을 따라 이어지는 흰 어깨가 너무나도 유혹적이라 황급히 시선을 돌리면 탐스럽게 솟아오른 가슴의 윗부분이 수면에 아슬아슬 걸쳐져 있었다. 하얀 허벅지를 타고 흐르는 물방울은 차라리 보지 않는 게 나을 정도로 자극적이었다. 게다가 제 무릎 위에 올려놓은 발은 어쩌면 이렇게 작고 앙증맞은지.

카이트는 그녀를 위해 직접 약을 발라 주고 싶었던 자신의 결심을 죽도록 후회했다.

사실 이곳은 매일 부상을 달고 사는 도른이 극찬하던 장소였다. 검을 휘두르다 뼈가 부러진 적도 있는 그녀는, 정말로 효과를 톡톡히 보았다며 이 온천의 놀라운 효능에 대해 틈만 나면 홍보를 해 댔다. 하지만 어리석었다. 옷을 다 벗고 뜨거운 물에 몸을 담그는 이런 장소가 제게 얼마나 큰 시련을 줄지를 깨달았어야 하는 건데.

그는 부지불식간에 얼얼해진 아래턱을 쓰다듬었다.

아까부터—정확히 말하면 사락거리는 소리와 함께 바닥에 떨어지는 옷가지들을 의식하기 시작했을 때부터—하도 어금니를 물어대었기 때문이었다. 여기서 그대로 그녀를 안아버리고만 싶다. 아니, 머릿속으로는 벌써 몇 차례나 그러고 난 후였다. 어젯밤 달콤한 먹이의 맛을 알게 된 이 짐승 같은 욕구는 제 말을 듣지 않았다.

하지만 그녀에게 더 이상 무리를 시킬 수는 없었다.

그리 큰 부상도 아니고, 또 중병에 걸린 환자도 아니지만 어쨌든 그녀에게는 휴식이 좀 필요할 터였다.

카이트는 남몰래 계속해서 마른침을 삼켰다.

페어라센의 3황자는 믿을 수 없을 정도로 강한 인내심의 소유자라고 제게 투덜댄 그녀의 이야기를 줄곧 머릿속으로 되뇌면서.

'정말로 의식하는 건 나뿐인가 봐.'

그저 묵묵히 약을 발라주고만 있는 카이트를 바라보던 윤수의 마음에 살짝 서운함이 차올랐다.

아무런 사심 없는 손길임이 틀림없는데도, 그가 매만지고 건드리는 모든 부분에 짜릿함이 퍼졌다.

'그냥 내가 바르겠다고 할걸.'

카이트가 다친 발목을 부드럽게 마사지해 주자, 또다시 심장이 뛰었다. 아직도 뭉근한 통증이 남아 있는 몸 안쪽이 떨려 왔다.

윤수는 동그랗게 말아 쥔 손으로 살짝 물을 떠 그의 무릎 위로 조르륵 흘려보냈다. 곧 죽어도 제게는 눈길 한 번 주지 않는 그의 관심을 좀 끌어보기 위해서였다. 뜨거운 물에 바지가 축축하게 젖어들자 카이트가 미간을 찌푸렸다.

"하지 마."

하지만 그녀는 그만두지 않았다. 바라던 관심이 집중되자, 이번에는 양손을 모아 제법 많은 물을 떠내어 휙 끼얹었다.

"하지 말라고 내가……."

한껏 붉어진 얼굴로 인상을 쓰던 찰나, 윤수가 그의 팔을 잡아당겼다. 이 무뚝뚝한 연인에게 그저 가벼운 키스라도 할 요량이었다. 그렇게 하지 않고서는 갈증이 나서 견딜 수 없었으니까.

그런데 그 순간 카이트의 입에서 외마디 비명이 터졌다.

"윽!"

첨벙!

미끄러운 바닥 때문에 균형을 잃은 그가 그대로 풍덩! 소리와 함께 탕에 빠지고 말았다.

"어, 어?"

순식간에 물에 흠딱 젖은 모습에 더 당황한 건 윤수였다.

"너, 진짜……!"

어푸, 소리를 내며 그가 얼굴을 훔쳤다. 붉은 머리카락에서 물방울이 쉼 없이 떨어져 내렸다.

"미, 미안해!"

자신이 알몸이라는 것도 잊은 채 윤수가 카이트의 곁으로 가까이 다가갔다. 그러고는 이미 다 젖어 버려 소용없지만, 어떻게든 그의 셔츠를 손으로 비틀어 물기를 짜주던 때였다. 자석처럼 끌린 두 눈이 마주쳤다.

"아……!"

카이트가 윤수의 손목을 강하게 움켜쥐었다.

"젠장……."

모든 이성이 무너진 것을 눈치챈 그가 거친 숨을 토해 내며 윤수의 입술을 다급히 삼켰다.

"아, 흐으."

끓어오르는 마음을 어쩌지 못한 것은 그녀도 마찬가지였다. 목에 팔을 감고 매달리자, 말캉한 가슴이 단단한 상체에 비벼졌다. 덕분에 혀를 휘감고 입술을 잘근거리는 행동이 이루 말할 수 없이 난폭하게 변했다. 하지만 지금은 그것조차도 견딜 수 없는 흥분으로 다가왔다.

한껏 빨린 입술이 통통하게 부풀어 오르는 것을 느끼며 그가 서둘러 셔츠를 벗어던졌다. 물에 촉촉이 젖은 알몸이 두 손에 뜨겁게 감겨들었다.

"하."

낮은 한숨을 흘린 카이트의 움직임이 더욱 노골적으로 변했다.

"아앗……!"

그녀는 정말 사람을 미치게 하는 데는 일가견이 있는 여자였다.

"이리 와."

도저히 견딜 수 없었던 카이트는 윤수를 자신의 무릎 위로 다급히 안아 올렸다. 뜨거운 온천 덕분에 살짝 핑크빛으로 변한 여체가 눈앞에 아낌없이 드러나자 카이트는 저도 모르게 탄성을 내뱉었다.

"……정말이지 견딜 수가 없게 만드는군."

어제 직접 새겨 넣은 자국을 따라, 그의 입술이 아래로 천천히 내려갔다. 계속해서 참고 있었던 욕망을 보드라운 피부 위에 덧발라 아낌없이 먹어치웠다.

"아, 카이트……!"

쉼 없이 바르작거리는 허리를 단단히 껴안고 그녀의 가슴께로 얼굴을 내리자, 하얗게 피어오르는 수증기를 따라 애절한 신음이 흘렀다.

"……이럴까 봐 죽을힘을 다해 참았는데."

카이트가 낮은 목소리로 재차 사과했다.

"미안하다."

하지만 그의 손길에 취해있었던 윤수는 무엇이 미안한 건지 차마 알지 못했다. 다만 아직 미소를 지을 정신은 있었다.

"뭐가?"

절 향해 예쁘게 웃어 보이는 여유에 그가 화답하듯 입술 한쪽을 삐뚜름히 들어 올렸다. 그러고는 그 어디에도 달아날 수 없게끔 그녀의 몸을 꽈악 끌어안았다.

"아……!"

인정사정없이 몸을 열고 들어오는 그의 어깨에 얼굴을 기대고 간신히 숨을 쉬는 것 외에는 아무것도 할 수 없었다. 카이트의 손에 잡힌 허리가 이리저리 뒤틀릴 때마다 물이 사방으로 넘쳐흘렀다. 애달픈 숨소리와 함께 뜨거운 수증기 사이로 두 다리가 허우적댔다.

파르르 떨리는 목덜미 사이에 깊게 이를 박아 넣은 그의 입에서도 포효와도 같은 신음이 쏟아져 내렸다.

쉼 없이 사랑한다고 속삭이며.

* * *

"페라트 님! 페라트 님!"

요란한 목소리로 성의 복도를 쿵쿵 달려온 것은 도리스였다. 그 소리에 프롤라인이 응접실의 문을 벌컥 열고 빠끔 고개를 내밀었다.

"헉, 헉헉. 황녀님!"

"어머, 도리스. 대체 무슨 일 인가요?"

"허억, 훅. 소란을 피워 죄송해요."

"아녜요. 자아, 어서 들어오세요."

그녀의 뒤를 따라 들어서자 그곳에는 페라트와, 미쉘, 그리고 렌틸리히가 있었다. 카이트와 윤수가 아직 성에 도착하지 않았으니, 이 네 사람이 하는 일이라고는 그저 차와 과자 따위를 잔

뚝 늘어놓고 하루에도 몇 번씩 다과를 가지는 것뿐이었다.

"어이쿠, 저 땀 좀 봐. 이것 좀 마시겠습니까?"

과자를 입안에 잔뜩 욱여넣은 렌틸리히가 그녀에게 차가운 음료를 권했다. 하지만 도리스는 가볍게 손을 내저어 그것을 거절하고는 페라트를 향해 다급히 입을 열었다.

"페라트 님! 황자님으로부터 전갈이 도착했습니다!"

"뭐?!"

들던 중 반가운 소리에 페라트가 몸을 벌떡 일으켰다.

그는 도리스의 곁으로 성큼성큼 다가갔다.

그녀의 손에서 잽싸게 낚아챈 두루마리를 천천히 읽어 내려가던 그의 청색 눈동자에는 어느새 믿을 수 없는 놀라움이 가득 차올라 있었다.

"……이건 대체……."

쉬이 말을 잇지 못하는 페라트를 향해 모두의 눈동자가 쏠렸다.

"페라트 님. 혹시 오라버니와 언니에게 안 좋은 일이라도 있는 건가요, 네?"

궁금함을 참지 못한 프롤라인이 그를 채근했다. 이럴 때 보면 황녀는 그 급한 성격이 카이트 황자와 꽤나 닮아 있었다.

"그런 것은 아닙니다. 그래도 이건…… 으음. 실로 놀라운 소식이군요."

"아이 참, 그러니까 빨리 말씀 좀 해 주세요, 혹시 페라트 님만 알고 계셔야 하는 비밀은 아니겠죠?"

이번에는 도리스가 발을 동동 구르며 외쳤다. 하지만 페라트는 여전히 아무 말이 없었다. 그는 잠시 생각에 잠기는 듯하더니 이내 렌틸리히에게 말을 건넸다.

"렌틸리히."

"네."

"지금 우리와 함께 온 병사들이, 그러니까 황자님의 레위니옹에 소속된 자들이 분명 총 아흔여섯 명이었죠. 맞습니까?"

"네, 페라트 님. 어제 총 8개의 막사를 세웠으니 틀림없습니다."

렌틸리히 대신 대답한 것은 미쉘이었다. 그 많은 막사를 세우기 위해 어제 하루 종일 고군분투한 그녀의 양손이 물집으로 가득했다. 미쉘의 말에 페라트는 고개를 끄덕이며 창문가로 뚜벅뚜벅 다가갔다.

"페라트 니임!"

도리스는 숫제 숨이 넘어가기 일보직전이었다. 하지만 그녀가 그러거나 말거나 페라트는 창밖을 응시하며 끊임없이 혼잣말을 중얼거렸다.

"그럼 저쪽 성벽 아래에 총 다섯 개…… 아, 그 오른편에도 세 개 정도는 더 세울 수 있겠어. 흐음, 그래도 아직 턱없이 모자라는군. 그렇다면 역시 뒤쪽의 터를 활용하는 수밖에."

"페라트 님, 대체 무슨 일인가요, 네? 이제 그만 말씀해 주시지요.”

“아, 죄송합니다. 황녀님.”

프롤라인의 목소리에 그제야 제정신으로 돌아온 듯 그가 고개를 들었다.

“그럼 지금부터 황자님의 전언을 말씀드리겠습니다.”

동시에 모두 기다렸다는 듯 귀를 바짝 세웠다.

“빠르면 오늘 밤, 늦어도 내일 정오까지는 추가 병력이 더 도착할 예정입니다.”

“네?! 추가 병력이라니요?”

렌틸리히가 놀라서 손에 든 과자를 툭 떨어뜨리며 외쳤다.

“절반 이상이 기병대고, 나머지는 창병과 궁병이 고루 섞여 있다고 합니다. 그러니 당장 그들을 위한 막사부터 세워야겠군요. 말이 머무를 장소는 제가 마구간지기와 따로 상의해 보도록 하겠습니다. 지금 있는 곳은 턱없이 부족할 테니.”

“새, 새 막사라니…… 그럼 얼마나 더 많이 세워야 하는 거지요?”

어느새 얼굴이 새하얘진 미쉘이 물었다. 안 그래도 어제 온종일 땅에 삽질을 해대느라 팔이 빠질 것 같은데, 또 똑같은 작업이 기다리고 있다니. 하지만 기다렸다는 듯 대답하는 페라트의 말은 그녀를 절망으로 몰아넣기 충분했다.

“어제 만든 게 총 8개라고 했죠? 그렇다면 오늘은 그것의 두 배 이상을 세워야겠군요. 지금 필요한 건 총 18개 정도의 막사입니다."

"네? 뭐, 뭐라고요……? 여, 열여덟!"

이런 18 막사!

마치 턱이 빠진 사람처럼 미쉘은 쩌억 벌어진 입을 다물지 못했다. 그리고 그건 렌틸리히도 마찬가지였다.

"으아, 이게 대체 무슨 일입니까?! 그 정도 규모면 바인 황자님의 성에 남아 있던 병력 대부분이 해당되는 걸 텐데요! 게다가 이미 보병대의 검사들이 쫙 빠지고 난 뒤인데, 왜 또 갑자기 기병들이 가세하겠다는 거지? 이건 틀림없이 무슨 일이 있었던 거로군요. 특히 기병은 웬만해선 한번 정한 소속을 잘 움직이지 않으려는 자들인데……."

그 자신도 얼마 전까지는 바인 황자 성의 병사였다. 그런 만큼 렌틸리히는 그쪽의 사정을 누구보다 잘 알았다.

"글쎄요. 아무튼 그렇게 되었다고 합니다."

어느새 입가에 빙그레 미소를 띤 페라트가 침착하게 대답했다. 그는 사람들에게 아직 이야기해 주지 못한 아래쪽의 글귀를 다시 한 번 천천히 읽어나갔다.

투루니어 경기 당시 2 황자가 교묘한 반칙을 부려놓았다는 소문이 기사들 사이에 매우 팽배하게 퍼져 있었다는 것, 따라서 2 황자의 신뢰도가 거의 바닥에 추락해 있는 상황이었다는 것. 그리고 그 틈을 타 윤수가 자신에게 무슨 제안을 했는지, 어떤 일이 있었는지 하나도 빠짐없이 전부 다 쓰여 있었다. 덕분에 도른 기사단장이 전출을 처리하느라 눈코 뜰 새 없이 바쁘다는 것까지도.

"세상에…… 이 성에 병사님들이 가득 들어차는 날이 오다니……."

어느새 눈물이 가득 고인 도리스가 감격에 찬 목소리로 중얼거렸다. 페라트는 그런 그녀의 심정 또한 너무나 잘 이해할 수 있었다. 괜히 코끝을 쓱 훔치는 그의 마음도 도리스와 별반 다르지 않았다.

*　　*　　*

사이좋은 연인답게, 그들은 말 위에 함께 다정히 올라타 있었다. 북쪽으로 향할수록 점점 공기가 찼다. 하지만 어찌 된 셈인지 윤수의 얼굴에는 더운 열기가 가득했다.

"하아, 카이트. 잠깐만, 잠깐만 기다려."

"왜 그래야 하지?"

"왜냐하면…… 읍……!"

하지만 윤수는 더 이상 아무 말도 하지 못했다. 또다시 그가 자신의 입술을 덮어 버렸기 때문이었다.

턱을 쥔 그의 손에 의해 고개가 한껏 뒤로 돌아갔다. 말이 다그닥다그닥 걸음을 옮길 때면, 멋대로 입 속을 헤집는 혀가 한층 더 깊이 들어왔다.

"으응……."

눈을 감자 기다렸다는 듯 심장이 뛰었다. 몸 안쪽에 애써 숨겨 놓았던 앙큼한 욕망이 제멋대로 기지개를 쭉쭉 켜댔다.

휭휭 소리를 내며 불어오는 북풍을 따라 밭은 숨을 내 쉬고 있는데, 뒤에서부터 허리를 안고 있던 손이 점점 위로 올라왔다. 분명 목 끝까지 제대로 잘 잠갔던 블라우스의 단추가 그새 서너 개 풀려 있었다. 슬금슬금 단추를 풀어 내리는 범인은 카이트의 손이었다. 그것을 꽉 잡은 채 윤수가 외쳤다.

"아, 안 돼!"

"……왜?"

탁한 음성이 귓가를 유혹하듯 스쳐 지나갔다.

"너 설마. 이, 이러려고 같이 말 타고 가자고 한 건 아니지?!"

그러자 뒤에서 말의 고삐를 잡고 있던 그가 가볍게 웃었다.

"분명히 말해두지만, 그런 다리로 말을 타는 건 무리다."

카이트의 손가락이 가리키는 곳을 따라 고개를 내리자, 부기가 쉬이 가라앉지 않은 발목이 눈에 들어왔다.

"하아."

그건 확실히 그의 말이 맞았다. 카이트가 안아서 태워주지 않으면 그녀는 말안장에도 제대로 올라갈 수 없었으니까. 하지만 이대로는 정말 곤란했다. 벌써부터 가다 서다 가다 서다를 몇 번이나 반복했는지 몰랐다. 단 10분이면 주파할 거리를 벌써 30분째 이러고 있는 중이다.

　그러니까 문제는, 이제는 둘이 붙어 있으면 누가 먼저랄 것도 없이 몸이 달아오른다는 거였다. 그리고 그걸 더 여과 없이 드러내는 것은 카이트 쪽이었다.

　벌어진 앞섶 사이로 드러난 뽀얀 살결에 욕망을 고정시킨 그는 윤수의 목 뒤에 쉼 없이 입맞춤을 퍼부었다.

　"카이트, 이제 그만해…… 응?"

　"쉿. 조금만…….”

　"아…… 흐읏."

　하지만 그만하란 말과는 달리, 몸은 그녀의 말을 듣지 않았다.

　"하아."

　숨결이 점점 뜨거워졌다. 아슬아슬하게 드러난 가슴을 마치 제 것인양 두 손으로 꽉 쥐었다가, 다시 몸의 선을 타고 내려가 예민한 곳을 어루만지는 그의 손길에 그만 애가 타고만 윤수는 저도 모르게 입술을 깨물며 두 눈을 꽈악 감았다.

　"자꾸 이러면 곤란하단 말이야…….”

　절 놔주지 않는 그의 팔을 부여잡고 흐느낌을 삼키는데 갑자기 말이 히힝, 하고 나지막이 울었다.

　동시에 어디선가 익숙한 소리가 들려왔다.

　"꺅!"

　"꺅꺅!"

　동시에 카이트의 입에서 윽, 하는 신음과 함께 욕설이 튀어나왔다.

"젠장, 아파 죽겠네!"

"왜, 왜 그래?"

고개를 아래로 내리자 발밑에 어느새 조그마한 마물들이 가득 모여 있었다. 녀석들은 계속해서 카이트를 향해 숨김없이 이빨을 드러냈다. 이유는 알 수 없었지만 분명한 적의의 표시였다. 펄쩍 뛰어올라서 그의 발을 꽉 깨무는 놈도 있었다.

"이 건방진 놈들이 감히."

순식간에 심기가 불편해진 카이트가 짜증이 어린 목소리로 중얼거렸다. 하지만 그도 이제 마물을 함부로 죽이거나 하지 않았다. 이빨을 딱딱 부딪치며 튀어 오르는 놈들을 이리저리 다리를 움직여서 피할 뿐이었다.

"내가 곤란해하는 걸 눈치채고 찾아왔나 봐."

눈에 웃음을 담뿍 담은 채로 윤수가 카이트를 향해 살며시 고개를 돌렸다.

"설마 내가 널 괴롭힌다고 생각한 건가?"

"그럴지도."

하.

어이가 없는지 등 뒤에서 연신 혀를 차는 소리가 들려왔다. 결국 윤수는 참지 못하고 소리 내어 웃었다. 맑은 웃음소리가 까르르 울려 퍼지자, 그제야 안심했다는 듯 마물들이 땅 위를 데굴데굴 굴렀다.

　　　　＊　　　＊　　　＊

　풀도 나무도 없는 그저 새카맣기만 한 땅.

　그 위에 선 모두는 숨을 죽이고 한 남자의 입술이 벌어지기만을 줄곧 기다리고, 또 기다렸다.

　수백 개의 발자국이 한데로 이어진 곳은 노르덴 숲의 초입. 그들 중에는 이 악명 높은 지역을 처음으로 마주한 자도 결코 적지 않았다. 하지만 형형한 눈빛들은 가라앉기는커녕 점차 거세게 타올랐다.

　고요하게 가라앉은 마음속에 뜨거운 자부심이 휘몰아쳤다. 그동안 아무도 지시하지 않았던 악인들의 토벌. 버려진 땅에서 처음으로 행하는 성스러운 임무.

　그 첫 발걸음에 병사들의 심장이 뛰었다.

　물론 기사단에 자원한 이유는 제각기 다르지만, 나라의 안녕을 위해 검을 쥐고 싶다는 꿈을 어릴 적부터 키워온 것은 대부분 공통된 사항이었다.

　"좋아. 이제부터 내 말을 잘 들어라."

　검은색 망토를 온몸에 휘감은 채 말에 타고 있던 남자가 입을 열었다. 결코 서둘지 않는 침착한 목소리. 그러나 가슴에 와 닿는 커다란 울림이 있었다.

　"모두 잘 알다시피 이곳은 매우 위험한 지역이다. 음습한 어둠

곳곳에는 사람을 죽이고 도망친 자들이 가득하지. 하지만 이것만 기억해라. 그들이 먼저 투항해 온다면 산 채로 잡아라. 평생 감옥에 처넣어야 하니까. 하지만 그들이 죽이려고 들거든, 먼저 죽여라. 알겠나?!"

"네! 황자님!"

수백 명의 병사들이 쩌렁쩌렁 외쳤다. 그 장엄한 기운이 숲의 깊숙한 안쪽까지 후비듯 휘돌아 나가자, 커다란 나무들이 저들끼리 몸을 비비며 울었다.

"운켄트니스 황제를 위해 목숨을 바치는 게 너희들의 사명이 아니다. 그뿐만 아니라 나를 위해 목숨을 바칠 필요는 더더욱 없다! 너희들의 삶은 너희들 자신의 것이다. 노르덴 숲을 토벌하는 것도 마찬가지 이유지. 그러므로 오늘은 황족을 위해 공을 세우는 게 아닌, 더욱 안전하고 부강해진 나라에서 모두가 행복하게 살 수 있도록 힘을 보태는 날이다."

카이트의 그 말에 어설픈 흥분으로 잔뜩 들떠 있었던 열기가 점차 가라앉았다. 대신 서릿발 같은 냉정함이 모두의 머리를 차갑게 식혔다. 기사단의 병사라는 건 무릇, 황제와 황족을 위해 공을 세우는 역할에 누구보다 충실해야만 했던 자들이었다. 하지만 그런 그들에게 황족이 아닌, 내 자신이 행복하게 살 수 있도록 검을 휘두르라고 독려하는 황자라니. 모두의 마음속에 숙연한 존경심이 차올랐다.

그리고 그때.

삐익—!

신호가 떨어졌다.

"와아아!"

카이트가 가볍게 고개를 끄덕이자, 모두가 기다렸다는 듯 함성을 지르며 앞으로 튀어나갔다. 그걸 바라보던 윤수는 저도 모르게 소름이 돋은 팔을 문질렀다. 그제야 잊고 있었던 호흡이 가쁘게 터져 나왔다.

제가 설정해 놓은 이 저주의 숲 때문에 늘 힘들었을 카이트의 고통이 드디어 끝나는 날. 그야말로 말로는 설명할 수 없는 감개무량함이 가슴속에 차올랐다. 자꾸 흘러내리려는 눈물을 들키지 않으려 하늘을 향해 두 눈을 깜박이는데. 다리에 조그마한 보랏빛 두루마리를 매단 전서구 한 마리가 푸르른 창공을 재빠르게 가로질러왔다.

"뭐야? 미틀러렌에서 온 거야?"

제 어깨에 내려앉은 새의 다리에서 두루마리를 풀어낸 카이트가 고개를 끄덕였다.

"뭐라고 써 있어?"

궁금함을 참지 못한 그녀가 카이트의 곁으로 다가와 어깨를 달싹이며 물었다.

"현재 구금되어 있는 슈타티스트 공주를 풀어 주는 조건에 대해서."

"합의를 하자는 거지?"

“그래.”

예상대로였다.

슈타티스트가 저지른 일에 가장 큰 피해를 입은 건 카이트였으니, 프란카 여제가 3황자에게 직접 협상을 시도하리라는 것은 이미 예측 가능한 일이었다.

“여왕이 뭐라고 해?”

“합의금을 준비하려는 모양인데…….”

“어, 얼마나?”

여왕이 제시하는 합의금이라니. 제발 그 액수가 어마어마하길 바라면서 윤수가 침을 꿀꺽 삼켰다. 현재 모여든 대규모의 병력을 앞으로도 잘 꾸려가려면, 많은 돈이 필요했다.

“직접 보겠나?”

애가 탄 나머지 애꿎은 말고삐를 손가락에 돌돌 감아대는 윤수를 향해 카이트가 입술을 한껏 끌어올리며 물었다. 그의 손에서 허겁지겁 두루마리를 뺏어든 그녀의 두 눈이, 이내 한계치까지 크게 올라갔다.

여왕이 건넨 것은 백지 수표였다.

새까만 성벽을 따라 늘어서 있는 것은 임시로 만든 수용소였다. 나무판자로 벽을 덧대고, 급히 공수한 쇠막대기를 엮어 문을 단 감옥.

그 안에 산적들이 발 디딜 틈 없이 들어 차 있었다.

토벌은 반나절 만에 완벽하게 성공했다. 그로 인해 잡아들인 죄인의 수는 다 셀 수 없을 정도로 많았다.

사슬에 묶은 채로 바닥에 침을 뱉으며 쉼 없이 저주의 말을 퍼붓던 산적들도 이내 자신들의 운명을 체념했는지 곧 잠잠해졌다. 그런 그들을 바라보던 기사들의 입가에서는 흐뭇한 미소가 떠나질 않았다.

"으하핫, 봐라! 브루하! 저 중에서 삼 분의 일은 이 몸이 직접 잡은 놈들이라구."

"겨우 삼 분의 일? 나는 말야, 이 감옥의 절반 정도를 채웠지!"

"허, 어디서 거짓말이냐?! 지금 나보고 그걸 믿으라고?"

"믿고 안 믿고는 네놈 자유지만, 여기 있는 제피가 증언을 해 줄 거다. 나 부르하가 거침없이 말을 달려 놈들을 몰아대던 모습을 말이야!"

"뭐? 그게 사실이야, 제피?!"

그러자 두 남자의 입씨름을 가만히 듣고만 있었던 제피가 우습다는 듯 입꼬리를 슬쩍 올렸다.

"그래. 부르하가 마치 아이처럼 신나게 말을 달리는 모습을 보긴 했지. 하지만 너희들 말이야, 서로 그런 자랑질을 하기엔 좀 부끄럽지 않냐?"

제피는 그렇게 말하며 턱으로 어느 한 곳을 가리켰다.

그것은 다른 것들보다 규모가 대략 세 배 정도 큰 감옥으로, 그 안에도 산적들이 빼곡하게 갇혀 있었다.

"흠, 흐음."

제피가 말하는 바가 무엇인지 금세 눈치챈 부르하는 겸연쩍음을 이기지 못하고 괜히 헛기침을 해 댔다. 그쪽에 갇힌 놈들이 가장 질이 나쁜 자들이었다. 모두 하나같이 차마 두 눈 뜨고 보기 힘들 정도로 끔찍한 외양을 지니고 있었으니까. 저지른 범죄의 강도에 따라 형벌이 더욱 잔인해지니, 그걸 알아보는 건 쉬웠다.

"후우. 정말 대단하셨지, 그분은."

제피가 몽롱한 눈으로 연신 감탄사를 내뱉자, 모두가 한마음이 되어 고개를 끄덕였다. 3황자 아인젠카이트는 그 정도로 대단했다. 먼저 숲 속으로 달려간 다른 기사들보다 한참 뒤처졌는데도 불구하고, 어느새 누구보다도 많은 산적들을 잡아들였다. 그것도 기사단에 순순히 투항하지 않고 아예 죽일 작정으로 달려드는 거친 놈들만 상대해서. 그때의 그는 이루 말할 수 없이 용맹했고, 또 같은 아군마저 떨게 만들었을 정도로 무자비했다.

"정말 멋진 분이야, 카이트 황자님은! 나뭇잎 사이로 은빛 검날이 번쩍일 때면 남자인 나도 가슴이 뛰더라니까."

"어디 그것뿐이야? 폭주하듯 달리는 말 위에서도 가뿐히 창을 던지던 그 훌륭한 솜씨! 던지면 던지는 대로 백발백중이더라고. 바인 황자님 못지않은, 아니 어쩌면 바인 황자님보다 더 뛰어난 실력의 소유자인 것 같아."

"그렇게 출중하신 분이 왜 여태껏 그런 괴소문에 시달리셔야

했던 걸까? 이해할 수가 없어.”

자신들의 무용담을 늘어놓던 기사들은 어느새 하나같이 입을 모아 카이트를 찬양하기 시작했다. 그리고 이건 다른 기사들도 마찬가지였다.

기분 좋게 토벌을 끝낸 후 주어진 달콤한 휴식 시간.

하지만 아직 흥분이 가라앉지 않은 사람들은 누워서 쉬기보다는 여기저기 삼삼오오 모여 담소를 나누는 쪽이 더 많았다. 그리고 그들의 화제는 모두 비슷했다.

카이트의 눈부신 실력과 활약, 어느 하나 이야깃거리가 되지 않는 게 없었다.

그뿐만 아니라 소식에 의하면 3황자 아인젠카이트는 그 어느 때보다 파격적인 연봉을 제시한단다. 바인 황자보다 더 많은, 그야말로 눈이 튀어나올 정도의 금액으로.

물론 그 이야기에 의문을 표하는 자도 없지 않았다. 눈앞에 보이는 것은 한없이 낡고 허름한 성인데, 어디서 그런 돈이 나오겠냐며 말이다. 그러나 그런 불안도 곧 잠식되었다. 왜인지 잘은 모르지만 미틀러렌의 여왕이 그에게 엄청난 합의금을 제시했고, 그런 만큼 3황자가 굉장한 부자가 되었다는 또 다른 소문이 발빠르게 퍼졌기 때문이었다.

“아, 전출 신청을 한 건 정말이지 내 인생에 몇 안 되는 잘한 일이었어!”

아직 미처 바꾸지 못한 안장의 깃발을 초록색에서 붉은색으로 바꿔 끼며 누군가가 그렇게 말하자, 주변에서 창을 손질하던 병사들이 와하하 따라 웃었다.

쉴 새 없는 수다로 시끌시끌한 것은 여검사들이 머물고 있는 막사도 마찬가지였다.

"다들 들었니? 들었어?"

누군가가 막사를 걷고 호들갑스럽게 외쳤다.

"뭘?"

"도른 기사단장님 말이야! 곧 이쪽으로 오신대!"

"어머, 정말이야? 역시 예상대로 본부를 옮기시려나 보구나! 하긴, 여기 이렇게 병사들이 많은데 당연히 우리 단장님이 계셔야 하고말고!"

검에 묻은 피를 닦아 내던 한 여검사가 응당 그래야 한다는 듯 들뜬 목소리로 외쳤다. 하지만 그녀는 곧 분한 표정으로 으르렁 댔다.

"흥, 그나저나 아까 나한테 얻어맞고 제발 목숨만은 살려달라 며 질질 울던 산적 무리 기억나? 알고 봤더니 그 녀석들 일부러 우리 쪽 분대로 도망쳐온 거라네?"

"어엉? 대체 왜?"

"뻔하지. 이 분대가 여자들로만 구성되어 있는 걸 보고 만만 하게 생각했던 거야."

그녀의 말에 조용히 누워 있던 다른 검사들도 벌떡 몸을 일으 켰다.

“뭐얏?! 그래서 그놈들을 그냥 가만히 뒀어?”

“아니, 거기를 구두 굽으로 터져라 짓밟아줬어. 여자가 얼마나 무서운지도 모르는 바보 같은 놈들.”

그 말에 모두가 기다렸다는 듯 웃었다. 그러다 웃음이 잦아들 무렵 홀로 중얼거리는 누군가의 목소리가 들렸다.

“……진짜 무섭긴 무서웠지.”

그 말에 막사 안의 사람들은 일제히 누군가를 떠올렸다.

짧은 단발머리를 휘날리며 도끼를 든 수십 명의 산적 무리에 홀로 용감하게 뛰어든 한 여자를.

그런 그녀가 걱정이 되었는지 사색이 된 얼굴로 그 뒤를 뒤쫓던 것은 오히려 카이트 황자였다.

그랬다.

그녀는 황자의 만류는 아랑곳 않은 채 신들린 듯이 산적들을 잡아들였다.

“듣자 하니 원래부터 3황자 곁을 보좌하던 병사였던 모양이야…… 에른테페스트 때 시비를 걸어왔던 글뢴 분대의 니콜이 검 한 번 제대로 쓰지 못한 채 박살 났고, 도른 기사단장과의 대결에서도 승리했다고 해. 그뿐만 아니라 얼마 전에는 기병들 앞에서 직접 카이트 황자와 대련을 해 보였는데…….”

조용히 입을 다문 모두의 마음을 읽은 누군가가 윤수에 대해 부연 설명을 하기 시작했다. 소란스럽던 막사에 이내 정적이 찾아왔다. 윤수에 대해 몰랐던 검사들은 물론이고, 그녀의 활약상을 이미 들어 알고 있었던 자들까지 모두 조용히 귀를 기울였다.

*　　*　　*

"누가…… 뭘 했다고……?"

흐릿한 눈으로 오튼 황자를 줄곧 바라보기만 하던 남자가 한참 만에 입을 열었다. 허옇게 각질이 일어난 두툼한 입술은 마치 돌처럼 딱딱했다.

"폐하! 바로 카이트 황자이옵니다! 제 자랑스러운 아들이자 폐하가 그토록 예뻐하셨던 3황자가 드디어 저주받은 숲의 악마들을 모조리 처단했다지 뭡니까!"

그 옆에서 한 여인이 숨 넘어갈듯 말을 받았다.

빨간 머리를 흔들며 눈가에 맺힌 눈물을 보란 듯 훔치는 그녀에게 오튼 황자는 싸늘한 시선을 고정시켰다.

"그렇습니다. 라우 님 말씀대로 카이트 황자가 노르덴 숲 토벌에 성공했다고 합니다."

"그 산적들을…… 모조리 다?"

"그렇습니다, 폐하. 3황자에게 상을 내리시겠습니까?"

여전히 차분한 오튼의 말에 갑자기 남자가 큰 소리로 웃었다. 컥컥대는 숨소리 사이사이로 그르릉 가래 끓는 소리가 났다. 그러다 갑자기 그가 손에 든 지팡이로 대리석 바닥을 콰앙! 내리쳤다.

“어머, 깜짝이야.”

그 소리에 놀란 라우가 어깨를 움츠렸다.

지금이야 이미 기력이 쇠잔했다지만, 젊었을 때는 그 행동으로 인해 단단한 돌바닥에 금이 간 적도 많았다.

“상을 내려?”

운켄트니스 황제가 낮게 가라앉은 목소리로 중얼거렸다. 병색이 완연한 두 눈가에는 주름이 깊었다.

“그래, 그놈이 내 아들이었던 적이 있었지. 지금은 쓸모없는 북쪽 땅의 흙이나 파먹는 비렁뱅이로 전락했지만.”

“폐하!”

황제의 말에 라우가 비통한 목소리로 외쳤다.

하지만 여기까지가 그녀가 할 수 있는 전부였다. 지금은 라우도 더 이상 총애받는 여인이 아니었다.

“카이트 놈을 아직 황자라는 이름으로 부르게 두는 건 내 마지막 자비다…… 그런데 고작 그따위 쪼그만 숲 하나를 토벌한 걸로 위대한 황제의 상을 내리라는…… 거냐?”

쿨럭!

말을 마치자마자 운켄트니스의 입에서 고통스러운 기침이 터졌다.

“어머나, 폐하.”

걸쭉한 침이 사방으로 튀자, 라우가 얼른 품에서 손수건을 꺼내 그의 입가와 수염을 손수 닦아 주었다.

누가 봐도 다정스러운 모습이었지만, 라우의 눈동자 속에 담긴 건 경멸과 혐오의 감정이었다.

'하지만 인상 한 번 찡그리지 않다니 대단하군. 2황자의 성에서 일이 실패로 돌아간 탓에 그야말로 좌불안석인 게지.'

그런 그녀를 바라보던 오튼의 미간이 아주 약간 움찔댔다.

"그럼 어떻게 하시겠습니까, 폐하?"

"……일단은 지켜보겠다. 기생충처럼 끈질긴 놈이지만 어쨌든 지금은 좋은 기생충 역할을 해 주고 있으니까."

운켄트니스 황제는 불쾌한 감정을 재차 드러냈다.

"감히 말도 없이 멋대로 군대를 키운 괘씸한 녀석! 하지만 만약 놈이 헛된 꿍꿍이를 펼치는 것 같으면 기다리지 않고 즉시 처리하겠다. 아예 황자 자리에서 쫓아내겠다, 이 말이야! 쯧, 이놈이고 저놈이고 어찌 이리 내 마음에 차는 녀석들이 없는가!"

"폐하, 고정하시어요."

제 아들을 처단하겠다는 이야기에도 라우는 그저 살가운 목소리로 황제를 달래는 데 열심이었다.

그의 기름진 이마와 콧날이 사정없이 구겨졌다. 얼마 전 투루니어 경기에서 졌다던 바인이 생각났기 때문이었다.

게다가 그놈이 감히 미틀러렌과 손을 잡으려 했다니.

쾅!

화를 누르지 못한 황제의 지팡이가 다시 한 번 바닥을 치자, 그 끝에 달려 있던 작은 열쇠 하나가 달랑거렸다.

“알겠습니다. 폐하의 말씀대로.”

오튼은 즉시 그의 앞에서 무릎을 꿇었다.

물론 운켄트니스는 이제는 거의 이름뿐인 황제였지만, 아직까지는 듣는 귀가 완전히 닫히진 않았다. 그리고 정보를 선별해서 전하는 것은 오튼의 몫이었다. 그러나 아직 황궁을 완전히 장악하지 못한 그는 늘 극도로 조심해서 그 일을 하고 있었다.

“알겠느냐, 오튼? 난 누구보다 너를 믿고 있다.”

“물론입니다. 존경하는 황제 폐하.”

동시에 또다시 큰 기침이 터졌다.

“윽, 크윽. 좋아…… 그렇다면 카이트에게 전해라.”

가슴을 부여잡고 괴로운 듯 헉헉대던 황제가 다시 입술을 움직였다.

“뭘 말입니까?”

“올해 있을 해적 방어전 때 놈도 반드시 참가하라고 말이다.”

그 말에 오튼의 관자놀이가 조용히 꿈틀댔다.

“감히 내 나라에서 병사를 모았다면 황제를 위해 그 정도 위험은 감수해야겠지. 그리고 난 네가 카이트에 밀려 공을 세우지 못할 일은 없을 거라고 본다, 알겠느냐? 이 일이 끝나면…… 위대한 자리를 물려받게 될 아들이 누가 될지 공표할 작정이다.”

황제는 어느새 오튼을 은근히 무대 위에 올려놓은 상태였다. 말로는 기생충 같은 녀석이라고 비하하면서, 그런 카이트와 경쟁을 펼치도록 유도시키는 거다. 저 늙은이야말로 카이트보다 더 빨리 폐위되어야 할 기생충이로군. 오튼은 끓어오르는 분노를 간신히 숨긴 채 순순히 몸을 숙였다.

"……물론입니다. 폐하."

그 행동에 운켄트니스가 만족한 듯 히죽 웃었다.

"좋아. 그렇다면 너에겐 황제의 군대를 지원해 주지. 그래도 동생에게 형이 질 수는 없으니 말이다."

카이트가 황궁에서 전갈이 왔다는 소식을 접한 건 기사들과의 연회 도중이었다. 황제가 손수 전갈을 보낸 건 처음 있는 일이라 그의 마음이 매우 조급해져 왔다.

하지만 기사들은 카이트를 쉽게 놔주지 않았다.

안 그래도 토벌 성공 후 한껏 들떠 있었던 분위기가 카이트의 등장 덕분에 거의 광란의 도가니로 변한 터였다.

"황자님! 이제 제 잔을 받으시죠!"

아침부터 이게 벌써 몇 번째인지. 눈앞에 들이밀어진 술잔을 바라보며 카이트가 낮게 한숨을 쉬었다. 하지만 거절할 수는 없었다. 그들은 노르텐 숲에서 자신을 위해 목숨을 걸고 싸워주었으니까.

게다가 아직 해적들과의 한판 승부가 남아 있지 않은가.

그들은 산적들과는 비교할 수 없을 정도로 거칠고 잔인한 바다의 도적들이다. 그러니 앞으로도 쭈욱 절 따를 기사들의 사기를 증진시키는 것이 매우 중요했다.

"카이트 황자님! 제가 평생을 다해 모시겠습니다!"

황자가 아무 말 없이 자신의 잔을 받아 들고 단숨에 비우는 모습을 바라보던 기사가 흥분해서 외쳤다.

"다음에는 제 차례입니다, 카이트 님!"

그 광경에 용기를 얻은 나머지 사람들이 우르르 몰려들었다. 모두에게 기분 좋은 승리였다. 또다시 그를 위해 검을 쥐고 싶어 두 손이 다 근질거릴 정도로.

"저, 저기…… 오라버니."

"뭐야."

겨우겨우 술자리에서 빠져나와 붉어진 얼굴로 성큼성큼 복도를 가로질러 가던 카이트를 불러 세운 것은 프롤라인이었다.

"왜 그러지?"

"저도 오라버니의 검술을 배우고 싶어요!"

대련복 차림의 황녀가 들뜬 표정으로 외쳤다.

검을 꼬옥 쥔 손이 앙증맞기 그지없었다.

그걸 본 카이트가 소리 내어 웃었다.

"내 기술을 배우고 싶다고? 네가?"

"네! 할 수 있을 것 같아요. 아니, 저도 하고 싶어요, 오라버니. 네?"

"그건 아직 이르다."

"이른지 아닌지는 해 보면 알 수 있는 일……."

"아니, 넌 아직 안 돼."

카이트가 딱 잘라서 거절하자 황녀의 눈초리가 아래로 처졌다.

"하지만 언니도 그렇고…… 렌틸리히 검사님에게도 알려 주셨잖아요."

"그건 그들이 그럴 만한 실력이 되는 자들이었기에 가능한 거지."

카이트는 다시 한 번 나지막이 웃으며 황녀의 이마를 검지로 가볍게 튕겼다.

"그러니까 기본기부터 일단 열심히 해."

그러고는 두말하지 않겠다는 듯 앞으로 뚜벅뚜벅 걸어가 버렸다.

"치이……."

그런 카이트의 뒷모습을 바라보던 황녀의 눈에 서운함이 가득 고였다. 늘 무섭기만 했던 제 오빠는 알고 보니 굉장히 다정한 면이 있는 사람이었다. 물론 겉으로 보기엔 여전히 무뚝뚝하고 무심하지만, 그 뒤에는 동생인 저도 미처 몰랐던 자상함이 가득했다. 하지만 카이트는 여전히 그녀를 어린아이 취급했다. 그것이 프롤라인의 불만이었다.

저번에 윤수가 마력으로 인해 사경을 헤맬 때도 그랬지만, 이번의 산적 토벌에서도 그녀는 아무런 도움이 되질 못했다. 한 나라의 황녀로서 이 얼마나 부끄러운 일인가.

저도 모르게 그렁그렁 맺힌 눈물이 떨어지려 해, 프롤라인은 입술을 꼬옥 깨물었다.

"황녀님."

그런 그녀의 어깨를 누군가가 뒤에서 부드럽게 토닥였다. 자신의 손을 살며시 잡아주는 따듯한 체온. 얼마 전 서로 마음을 확인한 남자임에 틀림없었다.

아직은 아무에게도 말하지 않은 관계였다. 하지만 그가 자신이 감히 황녀님을 마음에 담게 되었노라고 고백했을 때, 프롤라인은 그야말로 뛸 듯이 기뻤다. 왜냐하면 그녀도 사실 이 남자에게 첫눈에 반했기 때문이었다.

프롤라인의 양 볼이 어느새 발그스레하게 달아올랐다.

"렌틸리히 님."

"렌이라고 부르시라니까요. 그나저나 카이트 님이 역시 안 된다고 하시던가요?"

"네……."

"으음, 그렇다면 제가 좀 가르쳐 드릴까요? 물론 완벽하진 않지만, 그래도 카이트 님에게 직접 전수받은 만큼 기술은 확실하다고 자부합니다."

이제 막 연인 사이가 된 렌의 듬직한 말에 프롤라인의 눈가가 어여쁘게 휘었다.

"정말요? 그렇게 해 주실 수 있다면 저야 감사하죠!"

"전 황녀님이 기뻐하실 만한 일이라면 그게 뭐든지 간에 전부 해드릴 겁니다."

어쩜 이렇게 사랑스러운 말만 골라서 하시는 분일까!

프롤라인의 심장이 주체할 수 없이 뛰었다. 자신의 보폭에 맞춰 최대한 느리게 걸어주는 렌을 따라 대련장으로 향하면서도 황녀는 귀엽게 입술을 달싹이며 쉼 없이 종알댔다.

"그런데요, 렌 님."

"네, 황녀님."

"오라버니에겐 언제 말씀드리죠?"

그 질문에 렌의 얼굴이 딱딱하게 굳었다.

"……곧 말씀드릴 예정입니다."

"영 껄끄러우시다면 제가 말할게요. 아무래도 오라버니는 렌 님의 상관이시니까……."

"그럴 수야 없죠!"

렌은 부지불식간에 목소리를 높였다. 그는 어느새 송골송골 돋아 있는 이마의 땀을 훔치며 계속해서 말을 이었다.

"황녀님은 아무 걱정 마십시오. 우리 관계에 대해서 카이트 님께는 제가…… 잘…… 설명드릴 테니까요."

"네에, 그럼 그렇게 알고 기다리겠습니다. 너무 걱정 마세요, 분명 오라버니도 축하해 주실 테니. 사실 저도 그동안 오라버니에 대해 줄곧 오해했던 것이 있었는데……."

"그게 뭡니까?"

"알고 보니 그리 무서운 분이 아니었어요, 우리 오라버니는. 게다가 늘 바빠서서 제게는 별로 관심을 쏟을 새가 없으셨던 터라 더 그렇게 보였지 뭐예요."

"아, 네……."

천진난만한 황녀의 말에 렌은 그만 할 말을 잃었다.

'카이트 황자님이 그리 무서운 분이 아니라고? 게다가 프롤라인 님에게 관심이 없어?'

하아.

렌의 입에서 애달픈 숨이 터졌다.

황녀는 몰라도 너무 몰랐다. 그가 여동생의 주변을 얼마나 무섭게 관리하는지. 카이트는 황녀의 곁에 다가오는 남자들은 그냥 파리나 모기쯤으로밖에 보지 않았다. 저번의 목도리 사건 이후 렌은 그것을 너무나도 잘 알고 있었다. 그는 아무 말 없이 조용히 침을 삼켰다.

렌의 눈에 비치는 카이트 황자는, 그야말로 불을 뿜는 괴수와도 같았다. 이러한 머릿속 생각을 황녀님이 읽지 못하는 것이 차라리 천운일지도 몰랐다.

'그래도 다행인 건 카이트 님 곁에 그분이 계시다는 거야. 휴, 아무도 몰래 상담 드리길 잘했지…….'

"어머? 렌 님. 더우세요? 이 날씨에 땀이라니, 정말 몸에 열이 많으신가 봐요."

렌의 이마에서 쉴 새 없이 흘러내리는 땀을 눈치챈 프롤라인이 까르르 소리 내어 웃었다.

"여기 손수건을 드릴게요."

그리 말하는 눈앞의 이 사랑스러운 연인을 바라보며 렌은 자신의 큰 주먹을 꽉 쥐었다.

'그래, 어차피 한 번은 넘어야 할 산. 넘어 보자……! 눈 딱 감고 남자답게 한번 뛰어넘어 보는 거야!'

그렇다면 적절한 시기는 역시 해적 소탕일 터였다.

그때 반드시 카이트 황자를 위해 공을 세우리라.

불끈 쥔 렌의 주먹에 다시 한 번 소리 없는 다짐이 굳게 실렸다.

*　　　*　　　*

"뭐야, 이 어처구니없는 제안은?!"

수도에서 온 전갈에 가장 크게 분노한 것은 윤수였다.

아들을 내칠 땐 언제고, 조금 능력이 있어 보이는 것 같으니 당장 황제를 위해 모든 걸 바치라는 그 뻔뻔한 태도에 말이다.

"이 망령 난 늙은이 같으니……!"

그런 그녀의 모습에 도리스가 헉, 소리를 내며 입술을 깨물었다.

"바, 바서 님! 아무리 화가 나도 그런 말씀은 하시면 안 돼요. 행여나 황제의 비밀 특사가 듣기라도 하는 날에는……!"

방 안에는 페라트와 카이트, 그리고 저와 윤수, 이렇게 네 명 밖에 없는데도 도리스는 두려움에 떨며 주위를 둘러보았다. 아직 윤수의 정체를 모르는 그녀에게 황제란 감히 닿을 수조차 없는 신과 같은 존재였으므로 당연하다면 당연한 일이었다.

하지만 윤수는 개의치 않고 계속해서 이를 갈았다.

"내가 안 그래도 갚아 줄 게 많았는데 잘됐어. 황제라고 불릴 날도 얼마 안 남았다, 이 미친 노인네."

"허억……!"

덕분에 도리스의 얼굴은 그야말로 사색이 되었다.

제 귀가 잘못된 게 아니라면 방금 바서 님이 황제를 처단하겠다는 소리를 입에 담은 것이 아닌가? 제아무리 이세계의 마녀라 해도 이건 너무 위험한 행동인데……!

하지만 도리스는 곧 이상함을 감지했다.

그건 바로 카이트 황자나 페라트의 태도였다. 그들은 황제를 가만두지 않겠다는 윤수의 말에도 별다른 동요가 없었다.

'흐음?'

도리스는 손으로 턱을 받친 채 생각에 잠겼다.

자신이 황제에게 정면으로 반하는 소리를 한 윤수를 걱정하는 건 당연했다. 너무나 아끼는 바서 님의 신변에 행여나 무슨 일이 일어나면 안 되니까 말이다. 하지만 바서 님을 걱정하는 건 저뿐만이 아니었다. 페라트 님은 물론이고, 특히 카이트 님은 사랑하는 연인이 혹시라도 잘못될까 늘 노심초사하시는 분인데. 이 두 분은 이런 어마어마한 발언 앞에서도 왜 아무렇지 않은 걸까?

도리스의 두 눈동자가 바쁘게 움직였다.

그러고 보니 이상한 일이 한두 가지가 아니었다.

처음 해 보는 기사단의 막사 생활에 당황해 어쩔 줄 모르면서도, 그녀는 정작 기사단의 계급에 대해 누구보다도 잘 알고 있었다. 게다가 이전에 카이트 님을 만난 적이 분명 없다고 했는데, 어째서 그분에 대해 거의 모든 것을 속속들이 꿰고 계시는 거지?

도리스는 마력 때문에 정신을 잃어 카이트의 결승 장면을 제대로 보지 못한 윤수를 안타까워하는 제게 그녀가 던졌던 말을 가만히 되새겨 보았다.

“보지는 못했지만 분명 멋있었을 거예요. 무엇보다 그가
예전의 설욕을 되갚아 줄 수 있어서 정말 다행이고요.”

이 대답인즉슨, 바서 님은 카이트 님이 어렸을 적 투루니어 경기에서 큰 망신을 당했던 일을 이미 알고 있는 거다. 분명 다른 세계의 사람이라고 했으니, 페어라센에서 살았던 적도 없었을 텐데 말이다.

그렇다면 대체 뭐지?

그녀의 정체가 과연 무얼까?

드물게 말이 없는 도리스를 눈치챈 페라트가 순간 헛기침을 했다.

“안 그래도 해적과의 전투에 참전하실 예정이었잖습니까.”

그 말에 모두의 눈이 그에게로 쏠렸다.

"그러니 이건 폐하께 진심을 보일 좋은 기회입니다."

"진심이라……."

의외로 담담한 표정의 카이트가 페라트의 말을 천천히 곱씹었다. 사실 카이트에게 있어 황제의 노골적인 요구는 그다지 놀라운 게 아니었다. 1황자 오튼이 저와 무훈을 두고 겨루게 될 거라는 것도 이미 예상한 바다.

하지만 문제는 오튼에게 황제의 군대가 주어진다는 것.

규모는 물론이거니와 개개인의 훈련된 상태도 카이트의 병사들과 비할 바가 아니었다.

"……물론 이런 일을 예상해서 데려온 건 아니지만, 어쩌면 그 애가 도움이 될지도 모르겠군."

"그게 누군데?"

윤수가 기다렸다는 듯 물었다. 하지만 카이트의 눈은 그저 계속해서 방 안을 두리번거릴 뿐이었다.

"그러고 보니 렌틸리히도 안 보이는군. 대체 이 두 명은 어딜 간 거지?"

윤수는 그제야 카이트가 동생인 프롤라인 황녀를 찾는다는 것을 눈치챘다.

"황녀님이라면 렌틸리히 님과 검술 연습을 하러 가셨어요."

윤수가 무어라 둘러댈지 고민하는 사이, 이번만큼은 눈치 없는 도리스가 톡 끼어들었다.

"그래?"

"어라? 앗, 카이트! 잠깐만……!"

성급히 검을 들고 성큼성큼 발걸음을 내딛는 카이트의 뒤를 윤수가 후다닥 따라갔다. 문을 빠져나가는 수선스러운 발걸음.

"바서 님이 왜 저렇게 놀라시지?"

마치 가면 안 되는 곳을 향하는 사람을 말리기라도 하는 것처럼 카이트를 쫓아가는 윤수의 모양새가 퍽이나 이상했다. 하지만 도리스는 곧 그 궁금증을 접었다. 지금은 다른 것을 생각하느라 머릿속에 빈 공간이 남아나질 않았으니까.

"카이트, 같이 가. 나도 같이 가자, 응?"

"황녀에게 너도 볼일이 있나?"

"응, 응."

어쩐지 쩔쩔매는 것 같은 윤수의 태도가 의아했지만, 카이트는 한껏 미소 지으며 그녀의 손을 잡았다.

"그래. 같이 가자."

하지만 그 걸음이 몹시 빨랐다. 지금 그는 해적 소탕 때 자신이 오튼보다 더 공을 세울 수 있는 방법을 생각해 냈음이 틀림없었다. 그리고 그걸 위해서는―아직 뭔지는 잘 모르지만―황녀의 도움이 필요한 것일 테고.

"앗!"

카이트의 뒤를 허둥대며 쫓던 윤수가 갑자기 외마디 비명을 질렀다. 그가 말도 없이 걸음을 멈춘 탓에 단단한 등 위로 이마를 퍽 부딪쳤기 때문이었다.

"……저건 도대체 뭐하는 짓이지?"

큰 키 덕분에 저 멀리 있는 대련장의 광경을 손쉽게 바라볼 수 있었던 카이트의 입에서 싸늘한 목소리가 흘러나왔다.

그것은 그가 매우 화가 났다는 증거라는 걸 모르는 사람은 아무도 없었다.

"아닙니다, 황녀님. 조금 더 손의 위치가 높아야 합니다."

"이, 이렇게요?"

그 말에 프롤라인이 팔꿈치를 바짝 치켜들며 상체를 웅크렸다. 그대로 검을 휘두르자, 묵직한 쇠붙이가 제법 날카로운 소리를 내며 허공을 갈랐다.

하지만 여전히 무언가가 어설펐다.

"아니, 허리는 곧게 펴셔야죠. 게다가 팔목이 꺾이면 절대로 안 됩니다. 카이트 님의 검술은 바로 그 꼿꼿한 손목의 힘에서 나온다고 해도 과언이 아닙니다."

그런 프롤라인을 데리고 렌은 그야말로 열심이었다. 땀을 뻘뻘 흘려가며 고군분투할 정도로.

"아, 어렵네요!"

하지만 말로는 역시 가르침의 한계가 있었다. 황녀가 그다지 검에 능숙하지 않은 편이라 더욱 그러했다.

"그러지 말고 직접 자세를 좀 잡아주시겠어요?"

"그, 그래도 되겠습니까? 그럼 피치 못하게 황녀님의 몸에 손을 대야 할 터인데……."

"아이 참, 지금은 열심히 배우는 시간인걸요. 괜찮고말고요!"

렌은 저도 모르게 침을 꿀꺽 삼키며 땀이 난 손을 바지에 슥슥 문질러 닦았다. 엉큼한 의도가 있는 것은 절대로 아니었지만, 사랑하는 여인에게 직접 닿는 것은 난생처음 있는 일이었기에 그의 심장은 폭발하기 일보 직전이었다.

하지만 그러한 남자의 마음을 알 길 없는 프롤라인은 그저 재촉을 가했다.

"어서요, 렌 님! 도대체 어디가 잘못된 건지 도통 알 수가 없으니 너무 답답해요."

"그럼 실례하겠습니다."

그래, 황녀의 말씀대로 이건 신성한 배움의 시간. 게다가 그녀의 허락이 떨어졌으니, 그걸 거절하는 것이 더 신사답지 못한 일이다.

그렇게 생각한 렌은 뒤에서 살그머니 황녀를 안았다. 산만 한 덩치의 남자 품에 가녀린 몸이 쏙 들어왔다.

"자, 보십시오. 팔의 각도가 이렇게 되어야만 합니다……."

하지만 아무리 진정하려고 해도 떨리는 목소리를 감출 길이 없었던 렌틸리히는 결국 속으로 이렇게 부르짖었다.

'으아, 이대로 죽어도 더 이상 이 세상에 미련 없을 정도로 행복하구나!'

하지만 그런 것도 잠시. 마치 사신의 음성처럼 낮고 오싹한 목소리가 뒤에서 들려왔다.

"지금 뭘 하는 거지?"

"화, 화, 황자님!"

렌틸리히는 순간 거짓말 조금 보태 그대로 하늘 위로 날아갈 정도로 화들짝 놀라고 말았다.

"오라버니, 렌 검사님이 제게 오라버니 대신 검술을 가르쳐 주고 계셨어요."

돌처럼 굳은 채 서서 그저 입술 끝을 미세하게 떨어대는 렌의 곁으로 프롤라인이 쪼르르 달려왔다.

"이것 좀 보세요, 꽤 늘었죠?"

이 심상치 않은 분위기를 눈치챈 황녀도 제 오빠의 관심을 다른 곳으로 돌려보려 필사적이었다.

"뭘 가르쳐 주고 있었다고?"

"오, 오라버니의 검술을요……."

"카이트 님께서 구사하시는 특유의 기술을 감히 황녀님께 알려드리는 중이었습니다."

필사적으로 앞다투어 변명하는 렌과 프롤라인의 모습은 꼭 맹수 앞에 선 가련한 먹이 같았다.

"내 기술이 그렇게 딱 붙어서 배워야 하는 것인지는 미처 몰랐군."

하지만 상대는 카이트였다. 조금의 빈틈도 허용치 않는 그의 모습에 윤수가 작게 혀를 끌끌 찼다.

　　"부디 도와주십시오. 저는 사실 프롤라인 황녀님을 사랑
　하고 있습니다!"

그녀는 얼마 전 제게 찾아와 울상을 한 채 고민을 털어놓던 렌
틸리히를 떠올렸다. 그는 덩치는 크지만 순수하고 다정한 면이
있는 좋은 남자였고, 프롤라인 황녀도 이미 사랑을 할 나이가 훌
쩍 지난 성인이었다. 따라서 이 귀신같은 오빠는 어떻게든 제가
막아줄 셈이었다.

　"두 사람은 사실 서로 좋아하는 사이래."

　"뭐?"

　윤수의 말에 카이트가 인상을 팍 찡그렸다. 한없이 불편해지
는 그의 심기를 읽은 그녀가 얼른 말을 덧붙였다.

　"솔직히 잘 어울리잖아. 그렇지?"

　"부, 부디 프롤라인 황녀님을 마음에 담는 것을 허락해 주십시
오, 카이트 황자님!"

　그 기회를 틈을 타 렌틸리히가 기세 좋게 외쳤다.

　"오호, 내 동생을 사랑한다고?"

　"네, 그렇습니다!"

　"프롤라인, 네 생각은?"

　"저도 이분이 좋아요, 오라버니."

황녀도 뺨을 물들이며 수줍게 대답했다.

"흐음……."

그런 동생을 바라보며 카이트는 의미를 알 수 없는 묘한 감탄사를 흘렸다.

'좋아, 폭탄은 이미 던져졌으니, 이제 잘 수습할 일만 남은 거예요. 알았죠?'

윤수가 결연한 표정으로 렌틸리히에게 무언의 신호를 보냈다. 무슨 생각을 하는지 계속해서 침묵을 고수하는 카이트의 옆모습을 슬쩍 훔쳐보던 렌도 고개를 끄덕였다. 그러나 어찌된 일인지 곧 이어진 그의 반응은 태연하기 그지없었다.

"뭐 좋아. 어차피 어린애들도 아니니 그런 건 두 사람이 알아서 할 문제라고 생각한다. 그나저나 프롤라인, 너 나 좀 잠깐 보자. 앞으로의 일 때문에 상의할 것이 있다."

"어머, 그게 무엇인가요?"

"이건 모두가 모인 자리에서 이야기를 꺼내는 편이 낫겠군. 그러니 잠시 날 따라오지 않겠나? 렌, 너도 마찬가지다. 해적 소탕 문제와 관련 있는 것이니 함께 참여해 주었으면 한다."

묘하게 다정한 카이트의 태도에 그만 감격하고 만 렌은 우렁찬 목소리로 외쳤다.

"네, 황자님! 안 그래도 이번 해적 방어전 때 누구보다 큰 공을 세우리라 마음먹고 있었습니다. 이 렌틸리히, 앞으로도 황자님께 누가 되지 않도록 최선을 다하겠습니다!"

"그래. 든든하군. 그럼 어서 가지."

카이트는 그런 렌틸리히를 향해 심지어 미소까지 지어 보이는 게 아닌가. 예상하던 것과 전혀 다른 그의 모습에 윤수는 제 두 눈을 쓱쓱 문질렀지만, 신이 난 렌틸리히와 프롤라인은 그저 경쾌한 걸음으로 그의 뒤를 따르느라 바빴다. 여전히 의구심을 지우지 못한 사람은 오로지 윤수 하나뿐이었다.

＊　　＊　　＊

"네……? 남쪽이 해적들의 집중 공격을 받을지도 모른다니……!"

카이트의 말을 가만히 듣고만 있던 프롤라인 황녀의 안색이 새하얗게 변했다.

"하지만 남쪽은 해적들이 장악한 바다에서 가장 멀리 떨어져 있는걸요. 비록 방어는 보잘것없는 수준이지만 지금껏 아무 일 없이 잘 지낼 수 있었던 건 그런 지리적 이점 덕분이었는데……!"

"그래, 그건 네 말이 맞다. 해적들의 공격은 매년 전국의 해안가에서 동시다발적으로 일어나는 것이지만, 거리가 먼 남쪽만큼은 예외였지. 짧게 치고 빠져야 하는 약탈전에서 바다를 돌아가는 건 오히려 손해일 테니. 하지만 올해는 다를지 모른다."

거의 단정 짓다시피 한 카이트의 말에 프롤라인의 손끝이 바르르 떨렸다. 남쪽은 그녀가 관할하고 있는 영토였다.

"네에?! 그건 또 왜 그렇습니까?"

"그렇다면 그에 대비한 작전도 이미 세우신 거로군요."

담담한 카이트의 음성에 큰 목소리로 반문한 것은 렌틸리히고, 차분하게 계획을 묻는 것은 페라트였다. 그리고 윤수는 팔짱을 낀 채 프롤라인 황녀가 다스리는 남쪽의 지형을 속으로 가만히 그려보면서 계속 그의 말을 경청 중이었다.

"렌틸리히. 얼마 전 숲의 토벌 때, 서쪽을 향해 허겁지겁 도망치던 놈들을 기억하나?"

"아, 네. 기억합니다. 개울가 쪽에서 갑자기 튀어나온 세 놈을 말씀하시는 거지요? 그때 단숨에 쫓아가려던 절 카이트 님께서 말리셨지요. 그뿐만 아니라 옆에서 창을 겨눈 기병들도 저지시키셨고요."

"그래, 그랬지."

순순히 긍정하는 카이트의 모습에 윤수의 두 눈동자가 휘둥그레졌다. 그녀는 당시 언덕 아래쪽으로 달아난 산적들을 처리하느라 그런 일이 있었는지 모르고 있었다.

"카이트 님, 왜 도망가도록 놔두셨어요?"

이번에 흥분하여 외친 것은 도리스였다. 마찬가지로 페라트역시 궁금한 것이 많은 눈길로 카이트를 응시했다.

"렌틸리히. 여기서 그 상황을 목격한 건 너뿐이다. 그때 놈들이 어떠했나?"

"으음, 그야말로 미친 듯이 도주하더군요. 순식간에 저 멀리 사라지는 모습이 마치 바람과도 같았습…… 어?"

뒤통수를 긁적이던 렌틸리히가 갑자기 말을 멈췄다.

"그러고 보니 이상하군요. 바람같이 사라지다니, 인대가 끊어진 산적들은 보통 그렇게 잘 뛸 수가 없는데…… 어라? 서, 설마?!"

불끈불끈한 근육으로 가득 찬 렌틸리히의 팔에 금세 자잘한 소름이 돋았다.

"미리 육지를 염탐하러 온 해적들이었던 거군요."

"어머나, 세상에!"

페라트의 말이 끝나자마자, 도리스가 무섭다는 듯 비명을 꽥 질렀다.

"그래, 그들은 사실 해적들이다."

카이트는 제각기 다른 표정을 짓고 있는 사람들을 쳐다보며 이야기를 계속해 나갔다.

"지금까지는 병사의 수가 충분치 않았으니 나도 그저 성을 지키는 것에만 급급할 뿐이었지. 그러나 사실 배의 식량이 떨어질 때쯤이면 해적들 쪽에서 파견한 정찰대의 일부가 이 노르덴 숲으로 기어 들어오는 것을 알고 있었다."

"모두가 기피하는 저주받은 숲이니 몸을 숨기기엔 그만이었겠죠."

카이트와 마찬가지로 그 사실을 알고 있었던 페라트가 고개를 끄덕이며 동조했다.

"그렇다. 그래서 서둘러 숲의 토벌을 시작한 거다. 북쪽 영토에 포함된 해안선은 매우 짧아서 바다로 다시 도망치기에도 유리했고, 또 틀림없이 그동안 나를 만만하게 봤을 테지. 하지만 이제는 북쪽도 더 이상 활개 칠 만한 장소가 아니라는 것을 알려 주고 싶었다."

"그래서 남쪽이 위험하단 거로구나. 북쪽의 대규모 토벌 소식이야 이미 귀에 들어갔을 거고, 서쪽과 동쪽도 각각 황제의 군대와 기사단이 지키고 있는 곳이니……."

카이트의 마음을 순식간에 읽어낸 것은 윤수였다.

물론 동쪽에 포진해 있었던 기사단은 사실상 대부분 북쪽으로 이동한 상태지만, 해적들은 이런 세세한 것까진 아직 알지 못하리라. 그러므로 남은 것은 남쪽뿐이었다. 비록 해풍을 타고 멀리 이동해야만 하는 단점이 있지만, 대신 약탈에는 안성맞춤이다.

"그럼 이러고 있을 때가 아니잖아요! 아직 시간이 있을 때 어서 해안가 거주민들을 대피시켜야 해요!"

아무리 여리여리한 아가씨라도 황족은 황족이었다. 자리를 박차고 일어나는 프롤라인의 모습에는 어느새 박력과 위엄이 가득했다.

"잠깐 기다려라. 프롤라인."

"오라버니!"

다급히 달려가려는 황녀를 한 팔로 막은 채 그가 씨익 웃었다.

"솔직히 말하면 올해만큼은 해적들이 꼭 남쪽으로 뱃머리를 향했으면 한다."

"예에?!"

믿을 수 없는 이야기에 황녀가 두 눈을 깜박였다.

"물론 네 지역 사람들은 모두 안전하게 지켜 줄 것을 약속하지. 소중한 여동생의 영토에 감히 해적 따위가 발을 들여놓는 걸 이 내가 가만히 지켜보고만 있을 것 같나?"

"하, 하지만…… 대체 어쩌실 생각이세요, 오라버니?"

여전히 두려운 목소리로 프롤라인이 물었다.

카이트는 대답 대신 손을 뻗어 탁자 위에 놓인 황제의 전서를 집어 들었다.

"3황자 아인젠카이트는 황제의 자랑스러운 아들로서 올해 있을 해적과의 방어전에 그 의무를 다해 주길 바란다라……."

그는 차분한 표정으로 두루마리에 써져 있는 글귀를 하나하나 소리 내어 읽어내려 갔다.

"해적과의 방어전?"

그러고는 한껏 입술을 끌어올린 뒤 낮고 굵직한 음성으로 한 마디를 툭 던졌다.

"아니, 이번에는 해적 사냥이라고 부르는 게 낫겠군."

카이트의 계획을 들은 모두는 감탄을 금치 못했다.

특히 황녀와의 관계를 인정받은—인정받았다고 믿고 있는—렌틸리히는 그야말로 감탄을 넘어선 감동을 온몸으로 표현하고 있는 중이었다.

"정말 대단하십니다, 황자님! 저는 감히 생각조차 못한 방법입니다. 게다가 이 방법이라면 분명 1황자 오튼 님보다 훨씬 더 많은 해적들을 잡아들일 수 있으시겠죠. 크으! 정말 어쩜 이렇게 멋있으신 분이 다 계신지!"

그런 렌틸리히를 향해 카이트가 다시금 상냥한 미소를 건넸다.

"그거 고맙군."

그 모습을 바라보던 윤수의 등줄기로 또다시 약한 소름이 돋았다.

'아니, 갑자기 안 어울리게 왜 저러는 거야?'

그동안 제가 알아왔던 카이트와는 너무나도 다른 모습에 그녀는 아까부터 쉼 없이 관자놀이를 긁적이는 중이었다.

"그래서 말인데, 렌."

"네, 황자님!"

"네 고향이 남쪽 근처라고?"

카이트의 질문에 렌이 씩씩한 목소리로 쩌렁쩌렁 답했다.

"그렇습니다! 비록 해안가 근처는 아니지만, 그리고 엄밀히 말하면 행정상으로는 중앙 영토에 속하는 지역이지만 그래도 남쪽은 제 고향이나 마찬가지입니다!"

"그것참 반가운 소리군. 그래서 말인데, 네가 꼭 해 줘야 할 일이 있다."

"맡겨만 주십쇼!"

"무엇보다 시급한 것은 해안가 주민들의 대피다. 대피소는 미리 마련되어 있으니 그쪽으로 이동만 하면 되는데, 너도 알다시피 그 행렬을 책임지고 이끌어줄 기사가 필요하다."

그러자 렌틸리히가 자신 있게 가슴을 팡팡 쳤다.

"지당하신 말씀입니다! 그건 부디 이 렌틸리히에게 맡겨 주십시오. 무엇보다 프롤라인 님이 다스리시는 곳이니, 모든 일을 차질 없이 진행하도록 하겠습니다! 더더군다나 황녀님이 저와 함께 가주신다면 매우 큰 도움이 되리라고 생각……."

하지만 렌은 더 이상 이야기를 계속할 수 없었다. 카이트가 그의 말을 싹둑 잘랐기 때문이었다.

"아, 참. 그리고 프롤라인."

"네, 오라버니."

"남쪽의 귀족들 중, 최상급 기사 작위를 받은 자들이 있지? 그들을 내 성에 초대했으면 한다. 그 시기는 으음…… 침략 직전 즈음이 좋겠군. 그래, 아예 요란한 무도회를 한번 크게 여는 게 어떨까?"

"네? 하지만 침략 전이라면…… 무엇보다 방어 태세를 갖추느라 정신없이 바쁠 텐데요. 귀족이라면 더더욱 나서서 진두지휘를 하려 들 거고요. 왜냐하면 그들은 뭐니 뭐니 해도 자신들의 병사를 지니고 있으니까……”

“그래, 바로 그거다. 작위를 받은 귀족들 중 자체적으로 병사를 소유하고 있는 자. 물론 많지는 않겠지만, 합치면 그래도 그 수가 꽤 되겠지?”

그러자 프롤라인이 가만히 생각하더니 조심스럽게 입을 열었다.

“네, 다 해서 아마도 분대 3개 정도는 될 것 같아요.”

“좋아, 딱 적당하군. 지금부터 내 말을 잘 들어라, 프롤라인. 어차피 주민들의 이동이야 밤사이 비밀리에 이뤄질 테니 상관없지만, 귀족들은 다르다. 만약 병사를 지니고 있는 귀족들이 황녀가 손수 연 무도회 참석을 위해 병사들을 데리고 자신들의 지역을 비웠다는 걸 해적이 알게 되면 어떨 것 같나?”

“그건…….”

“쌍수를 들고 환영하겠지요. 그마나 자력 방어가 가능한 인력들이 죄다 다 빠졌으니.”

어느새 도리스가 들고 온 와인 잔을 모두의 앞에 돌리던 페라트가 그 말에 대신 답을 건넸다.

“그렇지.”

자줏빛 음료가 가득 담긴 잔을 입에 가져가려다 말고 카이트가 씨익 웃어 보였다.

“그러니 프롤라인. 너는 여기 남아서 네 지방의 귀족들을 맞이

할 준비를 해라. 공식적으로는 내가 여는 무도회가 되겠지만, 아무래도 귀부인들을 상대할 사람이 따로 필요하니까. 물론 때가 되면 내가 모두와 함께 남쪽으로 데리고 가 줄 터이니 아무 염려하지 말고.”

“……네?”

그제야 황자의 속셈을 알아차린 렌이 멍하니 입술을 열었다.

“그, 그럼 남쪽에는 저 혼자 가는 건가요……? 황녀님은, 아니 황자님은 언제쯤 오실 생각이십니까?”

“글쎄. 여기도 무도회며 이것저것 준비할 게 많으니 아마도 한 달 하고도 보름 정도 후쯤?”

어느새 평소의 무뚝뚝한 목소리로 돌아온 카이트가 심드렁하게 답했다.

“아…… 그럼 전 그동안 혼자서…….”

차마 싫다고는 말하지 못하는 렌은 그저 땅이 꺼져라 한숨을 쉴 뿐이었다. 그리고 윤수는 카이트의 미간에 줄곧 그어져 있던 아주 미세한 주름 하나가 비로소 펴진 것을 그제야 눈치챌 수 있었다.

‘와, 이런 심술쟁이.’

그녀는 그러한 의미를 담아 카이트의 옆구리를 팔꿈치로 툭 쳤다. 하지만 그런 윤수에게 카이트가 보여 준 것은, 세상에 둘도 없는 다정한 미소였다.

즐거운 저녁 식사 시간.

"하아……."

모두가 웃고 떠드는 가운데 여전히 우울한 표정으로 깊은 한숨을 쉬는 것은 오로지 렌틸리히밖에 없었다. 아까부터 도리스가 기운 내라며 등짝을 남몰래 몇 번이나 두드려 주었지만, 그의 웃음은 도통 돌아올 기미가 보이지 않았다. 사랑하는 황녀와의 생이별이 약속된 탓이었다.

물론 이제 와서 싫다거나 못 한다는 이야기 같은 건 할 수 없었다. 임무는 임무니까. 어쨌든 공도 반드시 세워야 할 것이고. 그래도 영 우울한 기색을 떨쳐 버리지 못한 렌이 또다시 얕은 한숨을 내쉬려던 찰나.

"참, 렌 님. 부탁이 있어요."

그를 위로할 요량으로 프롤라인이 부드럽게 말을 건넸다.

"네? 뭡니까?"

"제 성에 가시거든 방의 화장대 오른쪽 서랍 속에 있는 물건을 좀 챙겨주시겠어요? 번거로운 부탁을 드려 죄송해요. 하지만 제게 무척 소중한 거라……."

"번거롭다니요! 그런 거라면 제가 당연히 챙겨드려야지요!"

그러자 윤수가 기다렸다는 듯 그 말을 받았다.

"언제 봐도 참 듬직한 분이네요, 렌틸리히 님은."

"아하핫, 바서 님까지 그리 말씀해 주시다니. 이것 참 몸 둘 바를 모르겠습니다."

하지만 역시 이 남자는 단순했다. 그건 렌의 장점이자 단점이었다.

윤수는 참지 못하고 입가를 가린 채 웃었다.

고작 그 정도의 칭찬에 그새 기분이 나아져서 또다시 어깨를 으쓱거리는 모습이 귀여워서 말이다.

"그런데 서랍 속에 든 소중한 물건이라니, 그게 뭐지?"

하지만 렌틸리히에게는 여전히 아무런 관심도 없는 카이트가 고기를 썰며 물었다.

"아. 저…… 작은 단검인데요."

"단검?"

순간 그는 놀랍다는 듯 눈썹을 치켜 올렸다.

"네. 사실은 늘 몸에 지니고 다녔던 건데, 에른테페스트 축제와는 어울리지 않는 물건이라 놔두고 왔거든요. 게다가 그때는 금방 집으로 돌아갈 거라고 생각했었고요. 그런데 역시 없으니 좀 허전하네요."

"너도 참 희한한 물건을 다 지니고 다니는군."

카이트의 시큰둥한 반응에 황녀가 서운한 듯 입술을 삐죽였다.

"어머, 오라버니가 주신 선물이잖아요."

"내가 너에게 그런 걸 줬다고?"

"어쩜, 정말 하나도 기억하시는 게 없으시군요, 오라버니는."

카이트의 무심함에 그만 살짝 토라져 버린 프롤라인이 고개를 푹 숙였다.

"그래도 아직까지 잘 간직하고 있었네요. 오빠한테 처음 받은 선물치고는 좀 살벌한 물건이지만, 온통 분홍색 수정으로 장식된 게 꽤나 예뻤죠."

그런 그녀를 달래주기 위해 윤수가 다정히 말을 건넸다.

"네, 맞아요. 어…… 으음?"

제 가려운 부분을 언제나 귀신같이 긁어 주는 윤수를 향해 황녀가 옅은 미소를 지어 보이던 찰나.

"그런데…… 그게 분홍색 수정으로 장식이 되어있는 건 어떻게 아셨어요? 게다가 오라버니에게 처음으로 받은 선물이라고, 제가 언제 언니에게 말을 한 적이 있었던가요?"

프롤라인이 고개를 갸웃거리며 물었다.

"바서 님. 사실은 저도 줄곧 궁금했던 것이 있었어요."

동시에 뒤에서 도리스의 침착한 음성이 들려왔다.

아뿔싸.

순간 당황한 윤수는 저도 모르게 접시 위에 포크를 떨어뜨렸다.

챙그랑!

사기 그릇 위로 포크가 팅겨 오르는 요란한 소리에 모두의 시선이 날아왔다. 함께 보낸 나날들이 너무 편안한 나머지 그만 잊고 말았다. 자신은 아직 지켜야 할 비밀이 있음을.

"바서 님은 어떻게 저희가 말하지 않은 것까지 모두 세세히 아시는 거죠?"

계속되는 도리스의 날카로운 추궁에 윤수는 아무 말 못 하고 왼쪽을 쓰윽 쳐다보았다. 그쪽에는 저와 마찬가지로 당황한 표정의 페라트가 있었다. 그리고 다시 오른쪽. 턱을 괸 채 자신을 응시하고 있는 카이트가 눈에 들어왔다.

'네가 하고 싶은 대로 해. 아마 다들 받아들일 거다.'

온화한 그의 눈빛은 그렇게 말하고 있는 듯했다.

윤수의 두 눈동자가 마지막으로 다시 한 번 전체를 훑었다.

아직 무슨 이야기인지 차마 이해하지 못해 뒤통수를 긁적이고 있는 렌틸리히와 조금 불안한 것처럼 보이는 프롤라인, 그리고 그 어느 때보다 진지한 표정의 도리스까지.

윤수는 다른 사람은 몰라도 특히 도리스에게는 더 이상 거짓말하기 싫었다. 언제나 절 위해 주는 이 착하고 영리한 하녀를 바보로 만드는 것 같은 기분은 그리 유쾌하지 않았기에. 그러므로 이것은 더 이상 내보일 것도 없는, 그야말로 최후의 신뢰였다. 떨림을 담은 윤수의 입술이 마치 마법에라도 걸린 것처럼 저절로 움직였다.

"내가 다른 세계에서 온 사람이라는 것은 다들 알 거예요. 근데 사실은…… 말하지 않았던 것이 하나 있어요."

그 후 윤수는 거짓 없는 이야기를 쭉 이어 나갔다.

물론 전부를 아주 자세히 밝힌 것은 아니었다.

악역 역할이었던 3황자와 그런 카이트를 작가인 본인이 어떤 용도로 활용했는지는 일부러 입에 담지 않았다. 다만 이 페어라센이라는 세계를 만든 사람이 다름 아닌 자신이라는 것, 그리고 1황자와 2황자를 위해 3황자가 어쩔 수 없이 모든 고통을 짊어져야 했다는 사실만큼은 빠짐없이 밝혔다. 또한 카이트 황자와 페라트는 처음부터 이 모든 걸 알고 있었다는 것까지도.

따라서 2황자의 지하를 통과하기 위해 왜 그토록 노력을 들여야만 했는지, 앞으로 황제의 성에 반드시 가지 않으면 안 될 이유는 무엇인지 역시 모두 소상히 설명했다.

그리고 그 말이 끝났을 때.

"그런 일이 정말로 가능한가요……?"

프롤라인 황녀는 부들부들 떨리는 목소리로 이렇게 반문했고,

"……에이…… 농담이죠? 그래, 괜히 장난…… 치시는 걸 거야……."

렌틸리히는 너털웃음과 함께 장난과 농담이란 단어를 번갈아 중얼댔다.

"미안하지만 다 사실이다."

계속해서 고개를 붕붕 저어대는 렌틸리히의 말을 싹 지워 버린 사람은 카이트였다.

그는 엄중한 목소리로 다시 한 번 지시했다.

"그녀가 너희들에게 이런 이야기를 털어놓은 이유가 뭔지, 그 것을 먼저 헤아려 주기 바란다. 그리고 그동안 이 무거운 비밀을 혼자 끌어안고 얼마나 힘들었을지도."

그 말에 프롤라인과 렌틸리히는 말없이 고개를 끄덕였다. 아 니, 그들은 이미 윤수의 눈을 제대로 쳐다보지도 못했다. 이건 숙연함이라든지 경외심 같은 일반적인 단어로는 설명할 수 없는 기분이었다. 감히 아무도 넘볼 수 없는 자리, 그 누구도 상상할 수 없었던 절대적인 존재.

그런 사람이 자신의 눈앞에서 같이 웃고 울고 해 주었다니. 이 기분을 이해할 자가 세상에 몇이나 될까?

하지만 정작 윤수의 신경은 다른 곳을 향해 있었다.

뒤쪽에서 줄곧 침묵을 지키던 도리스 때문이었다.

그녀는 여전히 조용했다. 초조한 나머지 물을 두 잔이나 연달 아 마셔보았지만 그때까지도 아무런 반응이 없었다.

"저기…… 도리스?"

더 이상 참지 못한 윤수가 살며시 고개를 돌렸다.

그리고 그 순간.

쿠웅!

무언가 무거운 것이 바닥에 쓰러지는 소리가 들려왔다.

"어머, 도리스가 기절했어요!"

윤수의 맞은편에 앉아 있었던 프롤라인이 황급히 몸을 일으 켰다.

*　　*　　*

차가운 물로 몇 번이고 얼굴을 축여 주자 도리스가 비로소 정신을 차렸다.

"세상에, 세상……에. 오, 세상에나……."

하지만 그녀는 그 후에도 입술을 빠끔거리며 계속해서 같은 말만을 중얼거릴 뿐이었다.

"어쩜, 어쩜 이런 일이…… 난 정말, 그런 줄도 모르고……."

초점을 잃은 눈으로 허공을 바라보던 도리스가 또다시 앞치마에 얼굴을 묻고 마구 몸부림 쳤다. 그리고 그럴 때면 윤수는 그녀를 말리느라 진땀을 빼야 했다.

"진정해요 도리스. 흥분하면 또 혈압이 올라간다고요."

"바서 님, 세상에, 오, 세상에. 어쩜 이런 일이……!"

역시 도리스에게는 시간이 좀 더 필요한 듯싶었다.

멋쩍은 나머지 가만히 코끝을 훔치는데, 또다시 렌틸리히가 슬금슬금 곁에 다가왔다.

"저기 어, 음…… 시, 신님."

동시에 윤수의 미간이 팍 찡그려졌다.

"아, 제발 그렇게 부르지 좀 말라니까요."

하지만 그는 아랑곳하지 않고 진지한 표정으로 두 손을 모았다.

“저 좀 부자가 되게 해 주세요.”

“네?”

“아니지, 그전에 일단……”

황당해하는 그녀를 앞에다 두고 렌틸리히는 슬쩍 주위를 둘러보았다. 그러고는 두 사람만이 들을 수 있는 작은 목소리로 속삭였다.

“……프롤라인 황녀님하고 꼭 이뤄지게 해 주세요.”

그러자 기다렸다는 듯 도리스의 입에서 또다시 ‘세상에!’라는 말이 터지는 게 아닌가.

“언니, 저는 언제쯤 훌륭한 검사가 될 수 있을까요?”

그뿐만 아니라 그토록 얌전하던 프롤라인 황녀도 이처럼 말도 안 되는 기대에 가득 차서 저를 초롱초롱한 눈빛으로 바라보니.

윤수는 결국 이마를 짚은 채로 크게 한숨을 내쉬었다.

“……하아.”

주위에서 혼을 쏙 빼놓은 탓에 이젠 저도 뭐가 뭔지 모를 지경이 되어 버렸다. 결국 이 사달은 제발 다들 진정 좀 하라는 카이트의 불호령이 몇 차례나 떨어지고 나서야 겨우 가라앉을 수 있었다.

어느새 밤이 깊어가는 시각.

저녁 식사를 시작한 지 벌써 네 시간 정도가 흘렀지만, 사람들은 마치 붙박이라도 된 것처럼 여전히 식탁 근처에 옹기종기 모여 있었다. 어느새 화제는 카이트와 그의 최측근인 페라트에 대한 것으로 넘어가 있었다.

"그래서 우리 오라버니에 대해 모르는 게 없으셨던 거군요. 제가 선물받았던 것도 아시는 걸 보면 아마 저희의 어린 시절도 전부 다 알고 계시는 거겠죠."

"뭐…… 네에, 그렇죠."

"와, 정말 생각하면 생각할수록 너무 신기해요. 오라버니가 몇 살 때까지 기저귀를 차고 다녔는지를 전부 다 알고 있는 연인이라니……!"

"이봐, 넌 꼭 비유를 해도."

신기한 듯 연신 손뼉을 쳐대는 프롤라인을 향해 카이트가 눈살을 거세게 찌푸렸다.

"하지만 어떤 의미에서는 굉장한데요. 나도 기억하지 못하는 어린 시절을 죄다 알고 있는 제삼자라니."

계속해서 혀를 내두르는 렌틸리히를 향해 윤수가 손을 내저었다.

"아, 하지만 모두 해당되는 건 아녜요. 왜냐하면 으음…… 제가 직접적으로 관여한 사람 말고는 대부분 자력으로 본인의 삶을 살고 있었으니까요. 렌틸리히나 도리스의 경우가 그렇죠."

"그것참 신기하군요. 그럼 도리스와 저는 이 나라를 구성하는 일원으로써 스스로 알아서 살아가던 존재였단 말인가요?"

“네.”

망설임 없는 윤수의 대답에 렌틸리히가 쩝, 소리를 내며 입맛을 다셨다.

“어쩐지 실망스러운걸. 그렇다면 바서 님의 손에 의해 구체적으로 생겨난 건 카이트 황자님과 프롤라인 황녀님, 그리고 페라트 님 정도밖에는 없군요. 역시 중요한 인물들뿐이야. 아무튼 세 분은 좋으시겠어요. 누구보다 나를 잘 아는 사람이 옆에 있으면, 그 사실만으로도 마음이 참 든든하잖아요.”

렌은 어느새 주인공과 주인공이 아닌 인물 사이의 간극을 어렴풋이 깨달은 것 같았다. 그런 그를 바라보며 윤수는 살짝 안도의 한숨을 내쉬었다. 이것이 어느 특정인들—1황자와 2황자—을 위해 쓰인 이야기임을 구체적으로 밝히지 않은 것은 매우 잘한 판단이었다. 자신이 주인공이긴커녕, 단 한 줄조차 등장하지 않던 무(無)의 존재였다는 것을 알고서도 기분이 좋을 사람은 아무도 없으리라. 그런데 그때 줄곧 입을 다물고 있었던 페라트가 이상한 말을 건넸다.

“그 말씀대로라면 역시 제 과거는 아예 처음부터 없었던 게 맞군요.”

“……네?”

“전 그저 고아로 태어났다는 것만 알고 있을 뿐 카이트 황자님을 만나기 전의 기억 같은 건 아무것도 없으니까요. 왜 그럴까 줄곧 생각해 보았는데, 역시 바서 님께서 만들어 주시질 않았으니 그랬던 거겠죠."

동시에 모두의 눈이 두 사람을 향해 번갈아가며 바쁘게 움직였다.

"아, 그……."

윤수는 저도 모르게 입술을 깨물었다. 사실 페라트 말이 맞았다. 그저 조연을 위한 조연으로 창조된 삶.

따라서 그는 가장 애매한 경우였다. 오로지 카이트의 보좌 역할을 충실하게 해내는 것만이 페라트에게 주어진 전부였기에 세세한 과거 이야기는 애초에 존재하지 않았다. 왜냐하면 작가가 쓰질 않았으니까.

그러므로 차라리 렌이나 도리스처럼 윤수의 생각이 닿지 않는 곳에서 자신만의 삶을 조용히 살아가는 편이 훨씬 나았을지도 모른다.

"그럼 일종의 기억상실 같은 겁니까?"

아직 눈치가 모자란 렌이 윤수의 미안한 심정을 차마 파악하지 못하고 생각난 것을 그대로 입에 올렸다.

"그렇다고 할 수도 있고, 또 아니라고 할 수도 있겠죠."

하지만 그리 대답하는 페라트의 표정은 그저 덤덤했다.

슬퍼 보이지도 않았고, 화가 난 것은 더더욱 아니었다.

"하지만 이제부터는 많은 것이 달라질 거예요. 그러기 위해서는 어서 카이트 황자가 황제의 자리에 올라야 해요."

윤수는 최대한 말을 고르고 골라 조심스레 자신의 의견을 피력했다.

　"오라버니가 정말로 화, 황제가 되신다니⋯⋯."

　프롤라인이 얼굴을 감싸며 혼잣말로 중얼거렸다. 다른 사람도 아닌 윤수가 그렇게 말하니, 이제야 좀 실감이 나는 모양이었다.

　그런 제 동생의 말을 카이트가 기다렸다는 듯이 받았다.

　"그러니 이제부터는 모두 실수 없이 정확히 움직여 주길 바란다. 프롤라인. 넌 무도회에 초청할 귀족들의 명단을 추려서 내게 가져와라. 그리고 렌틸리히는 당장 남쪽으로 내려가도록. 네게는 병사 열 명 정도를 붙여주겠다."

　"네, 오라버니."

　"알겠습니다, 황자님!"

　카이트를 향해 두 사람이 각자의 방식대로 공손히 예를 표했다. 그 외의 나머지 사람들은 일일이 지시해 주지 않았다. 그럴 필요도 없었던 게 도리스조차도 벌써 자신이 해야 할 일을 찾아 눈동자를 바삐 움직이고 있었으니까.

　그래, 이제는 정말 마지막이었다.

　마지막.

　그 단어를 조용히 떠올리던 카이트의 가슴속이 울렁거렸다. 마치 커다란 파도가 이는 것처럼 여러 가지 감정이 뒤죽박죽 섞여 용솟음쳤다.

　그는 윤수가 제게 청혼하던 때를 생생히 기억하고 있었다. 물론 2황자와의 일이 틀어지긴 했지만 지금 당장 이 자리에서 부부의 연을 맺지 못할 이유는 없었다. 사실 그건 현재의 그가 가장 크게 바라는 일이기도 했다.

그러나 카이트는 그러고 싶지 않았다.

아직 해결해야 할 커다란 문제를 은근슬쩍 외면한 채, 무언가 톱니 하나가 빠진 것 같은 모양새로 생애 가장 중요한 날을 맞이할 수는 없었다. 모두의 축복하에 황제의 성에서 정식으로 승인을 받은 아름다운 신랑 신부.

그것이 자신이 윤수에게 줄 수 있는 가장 큰 선물이었다.

그녀를 위해서라면 여전히 뭐든 아깝지 않았다.

빠르게 흘러가는 이 시간도, 지루한 기다림도, 오로지 하나뿐인 목숨조차도.

*　　*　　*

"바서 님."

식당을 빠져나와 긴 복도를 걸어가고 있는데, 페라트가 그녀를 조용히 불렀다.

"네?"

"바서 님의 세계는 어떤 곳입니까? 그곳도 여기처럼 각자 해야 할 역할이 처음부터 전부 정해진 곳인가요?"

아까부터 별다른 말이 없더니만 페라트는 그런 게 궁금했었던 듯싶었다.

그러고 보니 그가 이런 질문을 한 것은 처음 있는 일이다.

"그런 건…… 아니에요."

"그렇다면 자신이 원하는 것은 그게 무엇이든 모두 가질 수 있습니까? 지위나 권력도요?"

이걸 어떻게 대답해야 할까?

윤수는 손톱을 잘근거리며 생각에 잠겼다.

물론 누구나 가질 수 있다고 명명해 놓긴 했지만, 평생 가도 손에 닿을 수 없는 것들이 있었다.

예를 들면 단 하나뿐인 황제의 권좌와도 같은.

그녀가 살던 세계에도 비슷한 것이 분명 존재했다. 그뿐만 아니라 부의 세습과 권력을 둘러싼 암투 역시 현대 사회에서도 종종 찾아볼 수 있는 고질적인 병폐 아니던가.

"모두가 자유롭게 살아가는 곳이긴 하지만, 그렇다고 해서 꼭 원하는 삶을 손에 넣을 수 있다고는 말할 수 없어요. 물론 그걸 해내는 사람도 있긴 하지만 사실 극소수에 불과하죠."

윤수는 머리를 쥐어 짠 끝에 겨우 겨우 대답을 해냈다.

"극소수라…… 그래도 그런 위대한 분들이 있긴 있다는 거군요."

"네, 말하자면요."

페라트의 청색 눈동자가 고요히 빛났다.

"그렇습니까."

한참 동안 침묵하던 그가 이내 희미하게 웃었다.

"좋은 세상……이군요."

하지만 그 마지막 말을 윤수는 미처 듣지 못했다. 그저 홀로 웅얼거린 것에 불과했기 때문이었다.

"네? 뭐라고 하셨어요?"

제게 반문하는 윤수를 향해 페라트는 황급히 고개를 가로저었다.

"아, 아무것도 아닙니다. 그럼 안녕히 주무십시오."

그러고는 여전히 어리둥절한 표정을 짓고 있는 윤수를 향해 이렇게 인사를 건넨 뒤 그대로 복도를 가로질러 가 버렸다.

*　　*　　*

나머지 사람들이 각자의 방으로 흩어진 뒤 두 사람이 도착한 곳은 다름 아닌 카이트 황자의 방문 앞이었다.

"그럼…… 잘 자라."

"응. 화, 황자님도 잘 자요."

어색한 인사가 오고 갔다.

그 앞에서 괜히 머뭇거리던 윤수와 카이트는 곧 자신들을 흥미롭게 지켜보고 있는 누군가가 있음을 깨달았다.

"두 분 지금 거기서 뭐하시는 거예요?"

도리스가 고개를 까닥거리며 참견했다.

“그럼 내일 아침에 만나!”

윤수가 황급히 몸을 돌렸다.

행여나 도리스가 카이트 앞에서 또다시 방을 옮기라는 등의 실언을 할까 봐 두려웠기 때문이었다. 종종걸음으로 멀어지는 윤수를 바라보던 카이트가 저도 모르게 뜨거운 숨을 뱉어 냈다. 그녀와 함께 보냈던 달콤했던 순간을 떠올리자마자, 또다시 몸의 어느 한 부분이 사납게 변했다.

물론 이 전에도 줄곧 그랬지만, 지금은 더더욱 참기가 힘들었다. 특히나 오늘은 윤수가 제 시야에 들어올 때마다 넋이 나가는 자신을 느꼈다. 보기만 해도 녹아 없어질 것 같은 부드러운 입술과, 둥글게 솟아 오른 가슴, 그리고 잘록한 허리를 따라 예쁘게 굴곡진 엉덩이까지.

주체할 수 없을 정도로 또 숨결이 거칠어졌다.

“젠장, 짐승 같은 놈이라고 욕을 먹어도 할 말이 없다.”

또다시 솟구치는 욕구를 애써 견뎌내던 카이트는 자기 자신을 향해 울컥 욕설을 내뱉었다. 그러고는 이를 으득 깨문 채 애꿎은 문손잡이를 있는 힘껏 돌렸다.

콰앙!

“……흐음?”

유독 사납게 닫히는 문소리가 들리자마자 도리스가 복도 끝에서 고개를 살짝 내밀었다.

“흐흐, 뭔가 있어. 이건 분명히 뭔가가 있었던 거야.”

그녀는 입을 손으로 가리고 우후후 웃었다. 아무도 눈치채지 못했겠지만 자신은 똑똑히 보았다. 손끝이 살짝 스치는 것만으로도 새빨갛게 달아오르던 두 사람의 얼굴을.

예전부터 틈만 나면 검술 연습이다 뭐다 하면서 수도 없이 엎치락뒤치락했었던 사람들이었다. 그런데 고작 손가락 하나 얽힌 거에 그리 짜릿한 반응을 보이다니. 물론 바서 님은 이 세계를 창조한 분이고, 카이트 님은 자신들을 다스리는 분이지만 지금 이 순간 그런 게 무슨 소용이랴?

'본인들의 연애 문제에 있어서만큼은 정말 두 분 다 너무 숙맥이시란 말이야.'

한참을 웃던 도리스는 이내 자신의 옷매무새를 바로잡았다. 그러고는 기침을 두어 번 한 뒤 점잖은 손길로 카이트의 방문을 똑똑 두드렸다.

"누구지?"

방문을 두드리는 기척에 카이트가 큰 소리로 외쳤다.

그러자 익숙한 목소리가 들려왔다.

"카이트 님, 잠시 괜찮으실까요?"

"물론이다."

그 말에 도리스는 지체 없이 문을 열고 들어갔다.

"무슨 일인가?"

"다름이 아니라, 에른테페스트를 가시기 전 지시하셨던 공사가 다 끝났다는 걸 알려드리려고 왔습니다."

"공사?"

"네. 그동안 쓰지 않고 있었던 욕탕을 새로 정비하라고 말씀하셨어요."

"아, 그랬지."

그러고 보니 기억이 났다. 그의 북쪽 성에는 쓰지 않고 내버려두거나 아예 폐쇄시켜 버린 공간이 많았다. 살고 있는 사람도 워낙 적은 데다가, 실내 장식 같은 것에는 별 관심이 없었기에 딱히 보수를 하지 않아도 아무런 불편함이 없었기 때문이었다. 그러다 조금씩 고치면 좋겠다는 생각이 들기 시작했는데, 그건 의외로 성이 낡았다며 끊임없이 툴툴대던 슈타티스트 공주를 보면서 깨달은 거였다.

그럼 혹시 그녀도 불편을 감수하고 있지는 않을까?

여자들은 대부분 느끼는 것이 비슷할 테니 말이다. 하지만 윤수는 원하는 것이 있어도 도통 제게 말을 하지 않았다. 바로 그 점이 카이트를 노심초사하게 만들었다.

"말끔히 단장한 것뿐만이 아니라, 새로 단 장식들도 너무 화려하고 아름답더라고요! 어떠세요, 황자님. 한번 가 보시겠어요?"

제 앞에서 두 팔을 벌려 마구 호들갑 떠는 도리스를 향해 그가 피식 웃었다. 아닌 게 아니라 이대로는 쉬이 잠이 올 것 같지 않은 밤이었다. 그러니 찬물이라도 좀 뒤집어쓰는 편이 훨씬 나을지 모른다.

"지금은 아무도 없는 모양이지?"

"어머. 당연하죠, 황자님. 황자님이 아직 사용하시지 않은 곳에 감히 누가 먼저 발을 들일 수 있겠어요?"

"좋아, 그럼 그렇게 하지."

"네에, 그렇담 제가 서둘러 목욕 준비를 해 놓겠어요. 아, 시종 보고 시중도 들라 할까요?"

도리스가 슬쩍 눈치를 보며 그렇게 묻자 카이트가 살짝 미간을 찡그리며 고개를 흔들었다.

"필요 없다. 내가 다른 것은 몰라도 목욕 시중은 별로 좋아하지 않는다는 걸 잊었나?"

"아, 아니요! 혹시 시종을 부르실까 봐 여쭤본 것뿐이에요. 그럼 잠시만 기다려 주세요. 준비가 다 되면 다시 말씀드리러 오겠습니다."

평소라면 묻지 않았을 것을 부러 물어보는 그녀의 행동이 어쩐지 이상했다. 하지만 카이트는 그것을 크게 신경 쓰지 않았다. 그는 다시 홀로 남은 방 안에서 잠시 우두커니 서 있다가, 커다란 탁자가 있는 곳으로 성큼성큼 걸어갔다. 아래쪽에 놓인 서랍을 열자 화려한 금박으로 테두리를 두른 두루마리 하나가 금세 눈에 들어왔다.

그건 다름 아닌 페어라센에서 통용되는 혼인신고서.

다만 아직 아무것도 쓰여 있지 않았다.

"어차피 이런 건 절차에 불과하지만."

그럼에도 불구하고 왜 이렇게 소중하게 느껴지는 걸까?

사랑을 하게 되면서 스스로에 대해 몰랐던 부분이 자꾸 늘어만 갔다. 그것이 우습기도 하고 또 기쁘기도 해, 카이트는 저도 모르게 미소를 지었다. 그를 모르는 사람이 보았더라면 틀림없이 원래부터 저리 달콤하고 부드러운 표정을 지을 줄 아는 남자라 믿었을 그런 웃음이었다.

*　　*　　*

"후우, 좋아."

도리스는 뿌연 수증기로 가득 찬 욕탕을 둘러보며 손을 탁탁 털었다. 몸을 닦을 천과 갈아입을 옷도 각각 두 벌씩 예쁘게 개켜놓았고, 여러 가지 향유가 가득 담긴 조그마한 병들도 바구니 안에 열을 맞춰 세웠다. 물병에 시원한 물까지 채운 후 그녀는 마지막으로 꽃잎을 후두둑 뜯어 뜨거운 물 위에 흩뿌렸다. 그러자 반짝이는 금칠을 한 욕조 위로 새빨간 잎들이 두둥실 떠올랐다.

"내가 해 놓고 이런 말을 하긴 좀 그렇지만, 너무 완벽해."

도리스는 만족스러운 얼굴로 이마에 땀을 훔쳤다.

떨어진 꽃잎으로 인해 욕조에는 아직도 잔잔한 물결이 일었다. 그것을 바라보며 그녀는 계속 혼잣말을 중얼거렸다.

"그래, 난 바서 님이 사실은 엄청 대단하신 분이라는 걸 원래부터 알고 있었어. 흥, 하지만 그분이 정체를 밝히자마자 다들 기다렸다는 듯 소원을 빌다니. 그건 어쩐지 좀 치사한 것 같아."

어느새 목덜미가 땀으로 축축하게 젖어 들었다. 서둘러 바깥으로 나가려다 말고, 도리스는 자신이 꾸며놓은 욕탕을 다시금 둘러보며 경건한 목소리로 이렇게 선언했다.

"난 바서 님께 무엇이 되게 해 달라고 절대로 부탁드리지 않을 거야. 왜냐하면 그건 요행을 바라는 거나 마찬가지잖아? 나는 내 힘으로 승진해 보이겠어."

두 주먹까지 불끈 쥔 채 그녀는 마음속으로 재차 되뇌었다. 그러니까 두 분이 기뻐할 만한 일을 자주 하자. 그래, 특히 카이트 님이 기뻐할 만한 일을. 그렇게 하면 내년쯤에 시녀장 자리에 앉는 것도 틀림없이 꿈은 아니리라.

"……후후, 알고 보면 나도 꽤나 욕심 많은 여자라니까. 자, 그럼 먼저 황자님께 가 볼까?"

도리스의 입에서 은근한 웃음소리가 흘러나왔다. 사실 그녀는 순진하고 착한 주인들이 하루 빨리 맺어지기를 누구보다 바라고 있었다. 그건 정말이지 상상만으로도 너무나 기쁜 일이었다. 본인이 시녀장이 되는 것보다도 훨씬 더.

"바서 님, 바서 님. 주무세요?"

복도에서 도리스의 목소리가 들리자 윤수가 기다렸다는 듯 문을 열었다.

"아뇨, 안 자고 있었어요."

윤수는 동시에 눈앞에 선 도리스를 세심히 살폈다. 기절까지 한 그녀가 여전히 걱정되었기 때문이었다.

"아깐 죄송했어요, 바서 님. 저 때문에 깜짝 놀라셨죠? 어머, 눈가에 그늘진 것 좀 봐."

"아, 아니에요. 죄송은요……."

"세상에. 얼마나 가슴을 졸이셨으면 얼굴이 이렇게 갑자기 상하실 수가 있어요? 안 되겠어요. 이 도리스, 바서 님의 피로한 심신을 책임지고 풀어드리죠."

별것 아닌 것을 호들갑스럽게 걱정해 주는 모습도 평소와 다를 바가 없었다.

"하지만 저 곧 자려고 했는데……."

"어머, 안 돼요! 씻지도 않고 주무시게요?"

하지만 어찌 된 셈인지 오늘따라 그 느낌이 조금 달랐다.

"씨, 씻었어요……! 아까 씻었다고요."

윤수가 억울한 음성으로 항변했지만 도리스는 막무가내였다. 그녀는 곧 자신보다 몸집이 몇 배나 큰 이 하녀에게 손목을 덥석 잡힌 채, 어디론가 질질 끌려가야만 했다.

이럴 때 도리스의 추진력은 단연코 누구도 이길 수 없었다.

*   *   *

이건 아무래도 도리스가 준비한 깜짝 선물인 것 같았다.

문을 열고 들어서자, 불투명한 유리 너머로 뿌연 수증기가 가
득 찬 욕탕이 보였다.

　　"아무도 없으니까 천천히 즐기다 나오세요. 아, 그리고
　새 옷은 안에 넣어놨어요."

그렇게 말하면서 제 옷가지를 전부 집어 들고 나간 도리스 덕
분에 그녀는 지금 매끈한 알몸 상태였다.

윤수는 너털웃음을 지으며 혼잣말로 중얼거렸다.

"아무튼 참 착하고 좋은 사람이라니까."

그런데 저 안쪽 너머에서 이상한 기운이 포착되었다.

"어?"

수증기 사이로 언뜻 비춰진 것은 틀림없는 사람의 움직임.

"으악!"

당연히 저 혼자일 거라고 생각했던 윤수는 순간 비명을 지르
며 자리에 그대로 주저앉아 버렸다.

곧이어 유리문이 벌컥 열렸다.

"뭐야!"

허리에 얇은 천 한 장만을 두른 채로 나타난 건 다름 아닌 카
이트였다.

"꺄아악!"

그녀의 입에서는 연신 당황스러운 비명이 흘렀다.

"누, 눈 감아! 빨리 눈 좀 감아 줘……!"

"그, 그래. 미안하다."

생각지도 못했던 상황을 맞닥뜨린 두 사람은 혼미한 정신을 부여잡고 이리저리 허둥대느라 바빴다.

물론 서로의 알몸은 이전에도 본 적이 있었지만, 그땐 이처럼 밝고 트인 공간이 아니었다.

"잠깐, 이걸 가져가면 난 어떡하라는 건가!"

뒤돌아 서 있던 카이트의 입에서 다급한 목소리가 튀어나왔다. 허리춤에 둘러져 있던 천이 스르르 풀려나가는 것을 느낀 그는 그것을 뺏기지 않으려 손으로 단단히 틀어쥐었다.

"하지만 나 지금 다 벗었단 말이야……! 도리스가 다 가져가서 옷이 없어!"

여전히 몸을 웅크린 채 윤수가 소리쳤다.

이제야 그 발칙한 하녀의 계략을 눈치챈 카이트의 목 언저리가 순식간에 붉게 물들었다.

"욕실 안쪽에 나머지 옷이 있다. 그걸 입으면 돼."

"아, 안에? 알았어……!"

등 뒤에서 후다닥 달려가는 발자국이 들린다 싶더니 곧 첨벙! 하고 물이 튀는 소리가 이어졌다.

"그럼 난 잠시 나가 있지."

그러자 욕탕 안에서 쑥스러운 목소리가 흘러나왔다.

"미안해. 카이트."

"네가 미안할 게 뭐가 있나."

카이트는 터질 듯 뛰는 심장을 진정시키며 애써 웃음을 지어 보였다. 그는 서둘러 문으로 향했다. 지금은 어떻게든 이 열기를 가라앉히는 편이 좋으니까.

하지만 잠시 뒤. 카이트를 기다리고 있던 것은 누구도 생각하지 못했던 난감한 상황이었다.

"왜, 왜…… 다시 왔어?"

다시 등장한 카이트 덕분에 윤수가 또다시 몸을 웅크린 채로 무릎을 바짝 끌어안았다. 그때의 온천과는 달리, 지금 욕조의 물은 너무나 맑고 투명했다.

"문 앞에 이런 게 있더군."

그새 몸이 다 식어 버린 카이트가 싸늘한 추위를 느끼며 윤수에게 작은 두루마리를 내밀었다. 젖은 손으로 그것을 얼른 받아 든 그녀의 입이 곧 큼지막하게 벌어졌다.

바서 님, 털어놓기 힘든 이야기를 솔직하게 말씀해 주서서 정말 감동했어요. 카이트 님, 늘 저희를 믿어주서서 언제나 감사하게 생각하고 있습니다. 이건 두 분께 드리는 제 작은 성의니 부디 사양하지 말아주서요. 문은 밖에서 잠갔습니다. 두 시간 뒤에 다시 열어드릴게요.

이리 보고 저리 보아도 거기에 쓰인 것은 분명 도리스의 필체였다.

윤수는 온통 새빨개진 얼굴로 온몸을 부들부들 떨었다.

"도, 도리스…… 이게 무슨……."

"이 와중에 미안한 이야기지만, 나도 몸을 좀 녹이고 싶은데."

하지만 윤수는 차마 안 된다고는 말할 수 없었다. 그의 피부에 돋은 찬 소름을 보았기 때문이었다.

"알았어. 대신 내 반대편에 있어야 해."

"……그러도록 하지."

카이트는 고개를 끄덕이며 그녀가 가리킨 쪽으로 조용히 몸을 담갔다.

다행히 욕조는 크고 넓었다. 그러나 커다란 몸집의 그가 들어오자 물이 넘치기 직전까지 아슬아슬하게 차올랐다.

'도리스도 진짜 못 말려. 대체 어쩌자고 이렇게까지 멍석을 깔아주는 거야!'

윤수는 여전히 몸을 한껏 웅크린 채로 북북 이를 갈았다. 자신은 대놓고 펼쳐진 이런 상황을 기쁘게 받아들일 만큼 뻔뻔한 성격은 되질 못했다. 그리고 그건 카이트도 마찬가지였다. 윤수는 다시 한 번 그를 슬쩍 훔쳐보았다.

카이트는 한 손으로 눈을 가린 채 마치 잠이 든 것처럼 가만히 앉아만 있었다.

또다시 호흡이 조금씩 가빠왔다. 그냥 눈 딱 감고 살며시 안

겨볼까?

하지만 지금 자신들이 있는 곳이 다름 아닌 북쪽 성이란 점이 그녀를 주저하게 만들었다. 물론 이젠 집처럼 편안한 곳이긴 하지만, 그래서 더욱 부끄러웠다.

에른테페스트를 위해 이곳을 떠났을 때만 해도 그와 이런 사이가 될 줄은 전혀 상상하지 못했으니까.

그새 몸이 더워진 윤수가 팔을 뻗어 욕조 옆에 놓인 물병을 집어 들었다. 이럴 때 보면 도리스는 정말로 용의주도함까지 골고루 갖춘 인재였다. 그것만큼은 인정할 수밖에 없는 사실이었다.

"네 소원도 곧 이뤄지겠군."

꼴깍거리는 소리도 없이 조심스레 물을 마시는데, 어느새 눈을 가린 손을 내린 채 카이트가 조용히 말을 걸어왔다.

"소원이라니……?"

"예전에 황제의 성을 직접 보고 싶다고 말하지 않았나?"

"아, 맞다. 그랬지."

윤수는 감탄 어린 표정으로 고개를 끄덕였다. 정작 저 자신은 잊어버리고 있었던 이야기를 하나도 빠짐없이 기억하는 그가 놀라울 따름이었다.

"그 아름다운 성에서 반드시 누구보다 아름답고 화려한 결혼식을 올리게 해 주마."

그 약속을 건네는 그의 붉은 눈동자가 아무런 흔들림도 없이 매우 올곧게 언제나처럼 절 향해 있었다.

"무엇보다 그대는 내 유일한 배필이자, 이 나라의 주인이 될 여자니까."

카이트가 자신을 '그대'라고 지칭한 것도 처음 있는 일이었다. 촉촉하게 젖어 있던 윤수의 두 볼이 더욱 발갛게 물들어 갔다.

"설마 나 지금 정식으로 청혼받은 거야?"

하지만 그녀가 할 수 있는 거라곤 고작 농담조로 화답하는 게 전부였다. 도저히 한번에는 다 받아 낼 수 없는 커다란 감동이 물밀듯 밀려온 덕분에 말이다.

"그렇다고 볼 수 있지."

"너무해. 둘 다 알몸인 이런 상태에서."

"그래서 더 솔직해 보이지 않나?"

카이트의 입에서도 들뜬 웃음이 흘러나왔다.

"걱정하지 마라. 썩 마음에 들지 않는다면, 네가 만족할 때까지 몇 번이고 청혼해 줄 테니."

"그렇담 그런 이야기는 적어도 가까이 와서 해 줘야지."

"지금 내가 곁으로 다가가면……."

물에 젖은 머리를 뒤로 쓸어 넘기던 카이트가 나지막이 경고했다.

"아마 대화는 더 이상 나눌 수 없을 거다."

그런 그를 향해 윤수는 작은 혀를 쏙 내밀어 보였다.

"꼭 말로만 전할 수 있는 이야기는 아니잖아?"

촉촉한 까만색 눈동자가 유독 반짝거렸다. 이럴 때의 그녀는 마치 작은 악마와도 같았다. 욕조의 가장자리를 타고 꾸준히 샘솟던 수증기가 어느새 높은 천장에 물방울을 가득 만들어 냈다. 그중 가장 크고 둥근 것이 그의 날선 콧대 위로 토옥, 떨어진 순간, 심장에서 퍼진 열기가 젊고 건장한 육체 안에서 쉼 없이 부서져 내렸다.

카이트가 기다렸다는 듯 그녀의 어깨를 잡았다.

촤악, 하는 물소리와 함께 뜨거운 품속으로 몸이 잠겼다.

"……솔직하게 말하자면 오늘 난 하루 종일 너와 이러고 있는 상상을 했다."

같은 눈높이로 서로를 마주 본 채 어느 하나 부드럽지 않은 곳이 없는 몸을 꽈악 끌어안자 절로 이런 고백이 흘러나왔다. 윤수는 그의 얼굴을 천천히 쓰다듬기 시작했다.

지금까지 봉인되어 있었던 새로운 감각을 깨우기라도 하듯, 떨리는 손끝을 따라 알 수 없는 짜릿함이 흘렀다.

"이거…… 벗겨 봐도 돼?"

이미 실오라기 하나 걸치지 않은 상태에서 벗길 수 있는 건 오로지 눈을 가린 안대밖에는 없었다.

카이트가 천천히 고개를 끄덕이자 윤수는 조심스러운 손길로 그 끈을 가만히 풀기 시작했다.

"아……."

곧 미약한 탄성이 귓가에 스몄다.

눈꺼풀 위로 그어져 있는 칼자국만 아니라면 그저 한쪽 눈을 감고 있는 것뿐이라고 믿었으리라.

그만큼 깨끗한 상흔이라 더욱 가슴이 아팠다.

"이 상처도 곧 낫게 해 줄게."

물기 서린 목소리를 들키지 않으려 윤수가 조용조용 입술을
움직였다.

"그래. 언제까지고 기다릴 테니 서두를 필요는 없어."

그렇게 말한 카이트가 갑자기 입술을 끌어올리며 피식 웃었
다. 그 모습이 보기 좋았던 윤수도 그를 따라 웃었다.

"무슨 생각했어?"

"그러고 보니 정작 서둘렀던 건 늘 나였군."

"응?"

"오늘은 최대한 억눌러 볼 테니 솔직하게 말해 줘. 어떻게 해
야 네 기분이 더 좋아질 수 있지?"

여과 없이 쏟아지는 노골적인 질문에 윤수의 얼굴은 말 그대
로 불타오르고 말았다.

"우선 입맞춤부터 최대한 차근차근 알려 주었으면 고맙겠다.
나는 모든 것이 네가 처음이니까."

"그, 그런 걸 내가 어떻게 알아?"

하지만 카이트는 더할 나위 없이 진지했다.

평소 같았으면 멋대로 몸 위를 넘나들었을 두 손도 지금만큼
은 그녀의 허리에 그저 얌전히 둘러진 채였다.

"사실은 지금 이 순간에도 네 입술을 한입에 먹어치우고 싶다

는 충동이 불쑥불쑥 치밀어 오르지만 온 힘을 다해 겨우 억누르고 있는 중이다. 그러니 어서 알려 줘. 입술 말고 또 어디에 입 맞춰 주면 좋은가?"

정말로 커다란 배움을 행하는 사람처럼 계속해서 겸허한 자세를 유지하는 카이트의 앞에서 결국 두 손 두 발 든 것은 윤수였다. 하지만 그녀도 박식(?)한 편은 아니었기 때문에, 우선은 생각나는 대로 말할 수밖에 없었다.

"이마에 해 주면…… 좋은 것 같아."

그러자 그의 입술이 기다렸다는 듯 이마 위로 다가왔다.

그저 살짝 닿았다 떨어지는 가벼운 촉감일 뿐인데도 어느새 몸속이 간질거리기 시작했다.

"그리고?"

"볼과 콧잔등에도……."

말하는 부위마다 방금 전과 똑같은 느낌이 마치 각인되듯 차례로 새겨졌다.

"이제 됐어. 이걸로 충분해."

유독 부끄러워하는 그녀의 모습에 카이트의 이성도 곧 한계치에 다다랐다.

"마치 그림을 그리는 것 같은 기분이 드는군. 좋아, 언제나 잊지 않고 기억하도록 하지. 그렇다면 이다음이 바로 입술인가?"

윤수가 수줍게 고개를 끄덕이자 카이트가 기다렸다는 듯 입술을 덮었다.

“흐읏.”

윤수도 동시에 그의 목을 허겁지겁 껴안았다. 부드럽게 넘나드는 손길을 따라 몸속에 갈증이 고였다. 두 사람은 더 이상 아무런 말도 하지 못했다. 욕실 안에는 한동안 찰박대는 뜨거운 물소리만이 내내 울려 퍼졌다.

Chapter 20
수도 프라흐트볼로 향하는 길

"화, 황녀님!"

저 멀리서 프롤라인을 발견한 렌틸리히가 쿵쿵 소리를 내며 뛰어왔다.

"잘 지내셨습니까? 이게 대체 얼마 만입니까……?! 하늘의 태양도 빛을 잃게 만드는 이 아름다운 미모는 여전하시군요……!"

마치 십 년은 떨어졌다 다시 만난 사람처럼 유난스럽게 구는 렌에게 카이트가 퉁명스러운 목소리로 쏘아붙였다.

"네 눈에 나는 안 보이나?"

그제야 렌이 고개를 두리번거렸다. 그러다 프롤라인의 뒤에 서 있는 붉은 머리 남자를 발견해 내고는 아차, 하는 표정을 지었다.

"카이트 님! 그간 건강하셨습니까? 아주 호평 일색인 무도회를 성공리에 마치셨다고 들었습니다. 덕분에 처음으로 북쪽 땅을 밟아 본 귀족들의 요청이 끊임없었다지요?! 광산에 돈을 투자하고 싶다는 제안과, 사시사철 기온이 서늘한 그곳에 부디 여름 별장을 지을 수 있도록 허락해 달라는 청원 같은 것 말이지요!"

쉬지도 않고 잘도 떠드는 렌의 넉살에 카이트도 결국 소리 내어 웃고 말았다.

"줄곧 남쪽에 있었던 녀석이 잘도 알고 있군."

"당연합니다. 북쪽의 소식만을 늘 목을 빼고 기다렸거든요. 아, 물론 태만한 자세로 근무한 건 아닙니다. 말씀하신 대로 모든 임무를 잘 처리했으니 걱정 마십시오."

"해안가 마을 주민들의 대피는요, 렌 님? 미리 소식을 전해 듣긴 했습니다만, 정말 한 명도 빠짐없이 모두 잘 이동했나요?"

황녀가 걱정 어린 얼굴로 묻자 렌은 또다시 제 가슴을 팡팡 두드렸다.

"프롤라인 님! 그건 아무런 걱정 하실 필요가 없습니다. 대피 지역에 따라 인원별로 명부를 작성했으니 나중에 확인해 보시지요! 앗, 인사가 늦었습니다. 바서 님, 페라트 님, 도리스 님!"

줄곧 그림자 취급을 받다가 한참만에야 이름이 불린 세 사람이 누가 먼저랄 것도 없이 동시에 씁쓸한 표정을 지었다.

"검사님은 어째 안 보는 새 엄청 수다스러워지셨네요. 그동안 아무하고도 못 만난 사람처럼 말예요."

도리스가 그렇게 투덜대자 렌이 겸연쩍은 듯 뒤통수를 긁어

댔다.

"에이, 아닙니다. 여러분들을 오랜만에 만나니, 마치 전우를 만난 것 같아 반가워서 이러지요. 아무튼 이러지들 마시고 얼른 가시죠. 카이트 님, 병사들은 이미 모두 도착해서 지정한 막사에 줄곧 대기 중입니다."

그 말에 카이트가 기다렸다는 듯 물었다.

"혹시 몸이 좋지 않거나 어딘가 부상을 입은 자는 없는가?"

그러자 렌이 격렬하게 손을 휘저었다.

"전혀요! 다들 지루하다 못해 빨리 소탕 작전에 나서고 싶어 좀이 쑤시기 일보 직전입니다. 심지어는 빨리 해적들이 쳐들어 와 주면 좋겠다고 말할 정도라니까요."

하지만 계속되는 렌의 증언에도 불구하고 카이트는 줄곧 긴장된 표정을 풀지 않고 있었다. 서쪽에 있는 해안가에는 이미 자신의 두 배가 넘는 황제의 군대가 포진하고 있는 상태였다. 그것을 진두지휘하는 것은 1황자 오튼.

드디어 피할 수 없는 마지막 승부가 다가왔다. 그걸 알기에 입가에는 쉽사리 웃음이 지어지지 않았다. 카이트는 고개를 돌려 제 곁에 선 여자의 옆얼굴을 가만히 응시했다. 어느새 어깨 아래로 내려오는 머리 길이는 처음 만났을 때의 모습과 똑같았다. 그때나 지금이나 그녀는 여전히 변함없는 그만의 유일한 신(神)이었다.

황녀의 성에 간단히 여장을 푼 카이트는 곧바로 병사들의 상태를 점검했다. 과연 렌의 말대로였다. 그들의 사기는 거의 하늘을 찌른다 말해도 과언이 아니었다. 특히 이제는 그의 명령이라면 발 벗고 나설 정도로 존경해 마지않는 3황자가 눈앞에 나타나니, 병사들의 입에서 쏟아져 나온 거센 함성은 텅 비어 버린 민가를 대신 채울 정도였다.

기사단의 참모들과 긴 회의를 마친 후에는 예정대로 '킷젤'이라 불리는 커다란 골산(骨山)에 올랐다. 산이라고 명명하긴 했지만 사실상 깎아지른 듯한 두 개의 절벽에 가까웠다. 그 벌어져 있는 사이를 연결하는 것은 마차 두 대가 동시에 지나갈 수 있을 정도로 넓고 커다란 돌다리였다. 누군가가 일부러 놓은 것이라 생각할 수 있겠지만, 실은 자연적으로 형성된 구조물이었다.

이 신비로운 광경 앞에서 윤수는 한동안 말을 잃었다.

"좋아, 바로 저곳이로군."

보기만 해도 아찔한 절벽의 끝에 서서 카이트가 침착하게 밑을 내려다보았다. 아래쪽에는 커다란 강이 휘돌아 나가고 있었다. 군데군데 형성된 급류를 따라 허옇게 솟아오르는 물살은 차라리 거친 파도라 해도 믿을 정도였다. 그런데 그렇게 보이는 것도 사실 당연했다. 왜냐하면 그곳이 바로 바다와 연결되는 강의 하구였기 때문이었다.

"내 예상대로라면 남쪽으로 쳐들어오는 해적들은 반드시 이 강을 타고 올라 올 거다. 그 길목을 막고 서서 처단하는 것이, 바

다로 다시 튀어가는 놈들을 일일이 잡는 것보다 훨씬 더 효과적
이겠지.”

혼자 그렇게 중얼거리던 카이트는 즉시 몸을 돌렸다.

그러고는 뒤에 서 있던 기사들에게 들으라는 듯 큰 소리로 재
차 입을 열었다.

“알겠나? 중요한 건 머릿수다. 황제의 군대보다 더 많이 잡아
들이는 것이 우리의 목표이니, 해적들의 뒤쪽을 너무 막지는 말
도록.”

“그건 왜 그렇습니까?”

누군가가 그렇게 물었다. 그러자 카이트는 검 손잡이를 가만
히 쥔 채로 싱긋 웃었다.

“더 이상 잡을 놈들이 없어지면 곤란하지 않은가. 뒤에서 꾸역
꾸역 계속 들어와 줘야지만 감옥을 채우고 또 채울 수 있겠지.”

더할 나위 없이 부드러운 미소였다. 하지만 너무나도 오싹한
느낌에 렌은 저도 모르게 소름이 돋은 목 언저리를 문질렀다. 그
는 카이트가 일전에 이것을 왜 ‘해적 사냥’이라고 명명했는지를
그제야 이해할 수 있었다.

깊고 고요한 밤.

커다란 노가 조용히 물살을 갈랐다. 묵직한 어둠 속에서 이리
저리 흔들리는 붉은 꽃은 뱃머리에 하나씩 달린 작은 횃불이었
다. 선두에 선 남자가 뒤를 힐끗 돌아보았다.

제 꽁무니를 쫓아온 또 다른 횃불들이 밤하늘 같은 검은 물 위에 여기저기 흩어져 있는 광경은 언제 보아도 장관이었다. 그래, 은하수를 그대로 하늘에서 건져 내리면 아마도 이와 비슷한 느낌일 거다. 그는 자루를 짊어진 채로 입술 끝을 초승달처럼 히죽 올렸다. 그리고 그 순간.

피잉―!

가늘고 날쌘 것이 뺨 아래를 스쳐 지나갔다.

"……억!"

혼을 빼앗길 것 같은 지독한 고통과 함께 그의 살에서 매캐한 연기가 피어올랐다. 그와 동시에, 주홍빛의 긴 꼬리들이 마치 폭우처럼 쏟아져 내렸다. 그것이 뜨겁게 달군 화살촉이라는 것을 깨달은 자는 많았지만, 그것을 소리 내어 알려 준 자는 단 한 명도 없었다.

이미 죽음에 자신을 내바친 뒤였기 때문이었다.

"으아악!"

아직도 숨이 붙어 있는 누군가의 목에서 살을 찢는 듯한 비명이 울려 퍼졌다.

그것을 신호로 더욱더 많은 병사들이 쏟아져 나왔다.

"와아아아!"

배 이곳저곳에서 심란한 흰 연기들이 을씨년스럽게 피어올랐다. 마치 물속에 커다란 고래라도 있는 듯 계속해서 수면 위로 들려오는 첨벙대는 소리는 그들이 도주를 위해 선택한 마지막

수단이었다.

"컥!"

하지만 그곳도 결코 안전하지는 않았다. 커다란 창들이 거센 물살을 찢고 거침없이 박혀 들었다.

"빌어먹을, 이건 설마 운켄트니스 황제의 군대냐?!"

하지만 그가 어째서 남쪽 땅에?

비록 바다에서 도적질을 일삼으며 살아가는 천생(賤生)이지만, 무능하고 탐욕스럽기만 한 황제의 성정을 모르지 않았다. 운켄트니스 황제는 이처럼 용맹한 적이 단 한 번도 없었다.

그러므로 이건 해적들이 보기에도 영 이상한 일이었다.

여전히 아무것도 보이지 않는 밤. 평생 남을 괴롭혀 온 잔인한 도적들이 괴로움과 공포에 빠져 허우적댔다.

"으헉, 네놈들은 대체 누구의 병사인 거냐!"

그들이 두르고 있는 띠가 무슨 색인지 알 수만 있다면 그나마 조금 덜 원통할 텐데.

하지만 얼마 지나지 많아 그 소망이 이뤄졌다.

구름이 걷히고 달이 드러나자 해적들은 이내 절벽에서 검은 망토를 펄럭이며 말 위에 앉아 있는 한 남자를 발견했다. 사람의 뼈처럼 허옇게 빛나는 만월 아래 선연하게 드러난 붉은 머리카락. 그자가 바로 자신들의 사신(死神)임을 알아채는 건 너무나 손쉬운 일이었다.

아침이 밝았다.

파도 속에 떠밀려오는 조개껍데기만큼이나 많은 해적들이 감옥 안을 쉴 새 없이 채웠다. 밤새 다른 곳에서 허탕만 친 황제의 병사들이 새벽같이 달려왔지만 이미 승부는 나 있었다.

"카이트, 오랜만이구나."

온통 검은색 띠를 두른 병사들 사이를 헤치며 누군가가 앞으로 걸어 나왔다. 말이 발걸음을 옮길 때마다 하나로 단정하게 묶은 흑발이 그의 어깨 위에서 찰랑거렸다. 하지만 숯처럼 새카만 머리카락과는 달리 유독 새하얀 피부를 지닌 남자. 바로 1황자 오튼이었다.

그녀가 처음으로 만들어 낸 주인공.

그를 대면한 순간 윤수는 저도 모르게 숨을 멈췄다.

"오랜만입니다."

"……대체 언제 이런 일까지 해낼 수 있게 되었느냐?"

오튼은 최소한 바인보다는 품위가 있었다.

조용조용한 말투 하며 좀처럼 흐트러지지 않는 저 꼿꼿한 자세만 봐도 그러했다. 그뿐만 아니라 양반가 자제 출신다운 차분함도 여전히 잃지 않고 있었다. 그래, 표현하자면 그는 마치 장인의 손으로 만든 섬세한 유리 공예품 같은 남자라고 말할 수 있으리라.

그만큼 아름답다는 느낌을 주는 것도 사실이었다.

이 모든 것은 윤수가 쓴 내용에서 한 치도 다르지 않았다.

카이트도 그런 오튼에게 최대한 예의를 갖추는 듯했다.

하지만.

"드디어 너를 제대로 눌러줄 수 있다고 생각했는데 예상치 못하게 내가 뒤통수를 맞고 말았구나."

그의 눈에서 적대와 멸시가 가득한 시선이 싸늘하게 날아들었다.

그랬다.

오튼도 결국 3황자의 적(敵)일 뿐이었다.

뭐랄까, 바인처럼 어딘가 모르게 개운치 않은 찝찝함을 남기는 것이 아닌, 아주 깔끔한 매서움을 등 뒤에서 아무렇지 않게 꽂아 넣는 그런 냉혹한 적 말이다.

덕분에 윤수도 혼란스러웠던 머릿속을 아주 만족스럽게 정리할 수 있었다. 그녀는 아들인 카이트에게 직접 괴한들을 보냈던 그의 친모, 라우브루스트를 떠올렸다. 카이트가 차기 황제에 대한 꿈을 포기하도록 만드는 것이 목적이라 했다. 그게 라우가 스스로 실토한 부분이었다.

라우에게 그런 짓을 시킬 사람은 1황자 오튼뿐이라는 생각이 그를 만난 이후에 더더욱 확고하게 굳어졌다. 그러니 오튼이 카이트에게 적대감을 드러낸다고 해서 당황할 필요는 없었다. 황자 시리즈의 주인공들에게 가졌던 일말의 기대감 같은 것도 더 이상 남아 있지 않았다.

그건 이미 2황자로 인해 산산조각 나버리지 않았는가.

그러니 지금은 여태까지 고생해 온 것에 대한 보상만을 생각하면 그만이다. 마치 그런 윤수의 마음을 읽은 양 오튼이 스르르 입을 열었다.

"네게 전달할 이야기가 두 가지 있다."

"말씀하십시오."

"우선 첫 번째로는, 아버님이 널 기다리고 계신다."

그 말이 귓전에 꽂히자마자 윤수가 살짝 헛기침을 했다. 어찌 된 셈인지 그 순간 가벼운 경련과 함께 몸에 오한이 엄습했다. 그녀는 혹시라도 말에서 미끄러질까 봐 고삐를 단단히 틀어쥐었다.

혹시 감기인가? 그도 아니면 줄곧 긴장하고 있었던 탓?

윤수는 조용히 한숨을 내쉬며 갑자기 빠르게 뛰는 심장을 진정시켰다. 갑자기 변한 몸의 상태가 심상치 않았다. 하지만 이런 중요한 때에 고작 감기 따위에 걸릴 수는 없었다.

'성으로 돌아가면 도리스에게 레몬으로 차를 만들어 달라고 해야겠어.'

그런 생각을 하며 윤수는 또다시 카이트의 대답에 가만히 귀를 기울였다.

"……황제 폐하가 말씀이십니까?"

믿을 수 없었던 건 카이트도 마찬가지인 듯싶었다.

"그렇다. 나를 제치고 올해의 해적을 완벽하게 처리 해 낸 너의 공을…… 치하하실 생각이신 모양이다."

그걸 전하는 오튼의 목소리에는 어느새 숨길 수 없는 분노가 실려 있었다.

"우와앗!"

동시에 옆에 있던 렌틸리히가 흥분을 참지 못하고 큰 소리를 내질렀다.

순간 오튼의 눈초리가 갈 버린 검처럼 날카롭게 변했다.

"죄, 죄송합니다. 1황자님. 부디 용서해 주십시오."

그 기세에 눌린 렌이 기겁하여 고개를 숙였다. 하지만 그가 그러는 것도 무리는 아니었다. 전투에 참가시키지 않고 먼저 후방으로 보내놓은 도리스와 페라트도 이 이야기를 들었더라면 아마 렌과 똑같은 반응을 보였을 것이다.

덕분에 언제나 평정심을 유지하던 오튼의 얼굴이 한눈에 알아볼 수 있을 정도로 붉게 변해 있었다.

물론 이야기 도중 소란을 피운 렌틸리히 때문만은 아니었다. 카이트에게 무훈(武勳)을 빼앗겼다는 현실이 그에게 씻을 수 없는 치욕을 안겼으리라. 하지만 그런 오튼과는 정반대로 카이트는 그저 차분하기만 했다. 운켄트니스 황제가 손수 상을 내리려 한다는 사실에도 그는 크게 동요하지 않는 듯 보였다.

'그토록 모질게 굴었던 아버지에게 이제 와서 무슨 애정이 남아 있겠어.'

윤수의 고개가 저절로 끄덕여졌다.

이건 그녀의 짐작이 맞았다.

카이트는 희한하게도 아무런 감흥을 느낄 수 없었다. 정말 오랜만에 황궁에 다시 발걸음할 수 있게 되었음에도 불구하고 전혀 설레거나 기쁘지 않았다. 윤수를 원래 세계로 돌려보낼 수 있는 커다란 벽이 과연 어디 세워져 있을까.

그것만이 그가 유일하게 신경 쓰는 부분이었다.

"두 번째는 뭡니까?"

카이트의 물음에 오튼이 잠시 입술을 닫은 채로 미간을 문질렀다. 그 모습으로 보건대 무언가 심각한 소식임에 틀림없었다.

"사실 이 이야기를 네게 알리기로 한 것은 오로지 내 재량만으로 결정한 부분이다. 어찌 되었든 얼마 전까지 너와 깊게 연루된 자였으니……."

"그렇다면 더더욱 빨리 말씀해 주시는 편이 좋잖겠습니까."

궁금함을 참지 못했던 카이트가 또다시 오튼을 재촉했다.

"2황자 바인이 자취를 감췄다."

"……."

지금껏 아무 변화 없었던 카이트의 눈동자가 한껏 조여들었다.

"뭐, 뭐라고……?"

놀란 것은 윤수도 마찬가지였다.

"그게 무슨 소리입니까? 좀 더 자세히 들었으면 합니다만."

"더 자세히 말할 것도 없다. 나 역시 말 그대로 2황자 바인이 자취를 감췄다는 것밖에는 모르니까. 그 누구에게도 아무런 귀

띔도 건네지 않은 채 사라졌다더군. 덕분에 그쪽 성의 신하들이 사색이 되어 매일같이 그를 찾느라 정신이 없는 모양이다.”

“어째서 갑자기…….”

카이트는 힘주어 입술을 깨물었다. 그런 그의 모습을 가만히 지켜보던 오튼이 한숨을 쉬었다.

“보아하니 너도 모르는 일인 모양이로군. 아무튼 좋다. 네게 전할 말은 모두 전한 것 같으니 나는 이제 그만 가 보도록 하겠다.”

그 말을 끝으로 오튼은 몸을 휙 돌렸다. 카이트를 등진 채 말을 모는 그를 따라 황제의 병사들도 천천히 발걸음을 옮겼다.

이번 소탕에 아무런 활약을 하지 못했다는 게 그토록 면목 없었는지, 모두 하나같이 고개를 푹 수그린 채였다.

*　　　*　　　*

‘2황자가 대체 어디로 사라진 걸까.’

황녀 일행이 머무르고 있는 성으로 향하는 길. 윤수의 머릿속은 온통 그 생각으로 가득했다. 그건 저 앞에서 행렬을 이끌고 있는 카이트도 마찬가지이리라.

물론 바인이 걱정되어서가 아니었다. 아까부터 뒷목을 잡아당기는 것 같은 이 꺼림칙함이 썩 기분 좋질 않았다.

“어?”

한참 동안 깊은 사념에 잠겨 있던 윤수가 순간 짧게 외쳤다. 그녀의 눈에 들어온 건 손에 묶인 줄을 슬그머니 잘라내고 있는 두 명의 해적이었다. 준비한 감옥이 모두 꽉 차는 바람에 해적들을 전부 가둘 수가 없었다.

그래서 남은 자들은 성에 마련된 감옥에 따로 넣으려 마차로 이송시키는 중이었는데……

"저놈들이!"

윤수가 재빨리 검을 빼어 들었다. 도망가는 해적들로부터 가장 가까운 곳에 있는 사람이 바로 그녀였다.

손에 작은 칼을 숨긴 놈이 있었는지 그들은 마차의 손잡이에 묶어 놓았던 굵은 밧줄마저 끊어내고는 후다닥 도망가기 시작했다. 윤수는 그 뒤를 맹렬히 쫓기 시작했다.

"저도 같이 가겠습니다! 한 놈은 제가 잡죠!"

그녀의 앞줄에 있었던 렌틸리히도 신나게 검을 빼어 들고 외쳤다. 해변가를 따라 달리다 보니 어느새 바다가 코앞이었다. 해적들은 앞뒤 잴 것도 없이 풍덩! 소리와 함께 커다란 물살에 몸을 맡겼다.

윤수와 렌틸리히도 말에서 내려 지체 없이 뛰어들었다.

사실 그녀는 수영을 전혀 못 했지만, 상관하지 않았다. 행여나 이런 일이 있을까 싶어 어젯밤 양피지 수첩에다가 훌륭한 수영 실력을 지닐 것을 이미 적어놓은 뒤였으니까.

차가운 바닷물이 순식간에 온몸을 적셨다.

‘역시 이 능력을 미리 써놓길 잘했어. 아무래도 바다에서 도적질을 하던 놈들이니만큼 수영 하나는 기가 막히게 잘하겠지.’

물에 대한 공포가 밀려들었지만, 윤수는 이런 생각을 되뇌며 불안한 마음을 잠재우려 애썼다. 두 손발이 열심히 물살을 갈랐다. 아니, 가르려고 노력했다.

‘잠깐. 이건 수영을 하는 게 아니라 그냥 허우적대는 것뿐이잖아!’

그걸 깨달은 순간 유독 커다란 파도가 그녀를 집어삼켰다.

“……바서 님!”

저 멀리서 제 이름을 부르짖는 렌틸리히의 목소리가 들려왔다. 동시에 몸이 깊은 물 속으로 무섭게 가라앉았다.

“헉, 허억!”

폐 속을 가득 메우고 있었던 죽은 숨이 드디어 빠져나갔다. 목 안이 찢기는 것 같은 고통을 참아가며 신선한 공기를 본능적으로 들이마시자, 위 안에 가득 고여 있던 짠물이 역류했다.

“우욱!”

밀려오는 구토감을 참을 수가 없었다. 누군가가 고개를 모로 돌려주었다. 윤수는 기다렸다는 듯 벌컥 물을 토해 냈다. 하지만 차게 식은 사지(四肢)는 아직도 뻣뻣했다.

그는 그녀의 입술 위로 자신의 입술을 계속해서 가져다 붙였다. 따듯한 공기가 금세 입 안 가득 차올랐다.

“그만하면 됐습니다, 황자님. 자력 호흡을 할 수 있게 된 것 같으니 이제 잠시 지켜보시죠.”

그러자 단단한 팔이 자신을 힘껏 껴안았다. 땅에서부터 살짝 일으켜 세워진 상체 위로 커다란 망토가 둘러졌다.

‘따듯해…….’

윤수는 제 등을 편히 받쳐주고 있는 팔뚝을 무의식적으로 더듬었다.

“정신이 드나!? 어서 눈 좀 떠봐!”

귓가에 익숙한 목소리가 흘러들어왔다.

‘카이트……!’

순간 무언가 커다란 것에 얻어맞기라도 한 듯 머리에 번쩍 불이 일었다. 잠시 정지해 있었던 세포들이 다시금 활발한 활동을 시작했다. 폐는 여전히 타는 듯 괴로웠지만, 그나마 다행인 것은 눈을 뜰 수 있었다는 점이었다.

“카이…… 카이트…….”

젖 먹던 힘까지 짜내어 그의 이름을 부르자, 또다시 그가 그녀를 힘주어 안았다.

“그래, 나 여기 있어. 그러니 이제 아무 걱정하지 마라, 응?”

“카이트…… 나, 나…… 내가…….”

마치 마취라도 된 것처럼 소금기로 절여진 입술에는 아무런 감각이 느껴지질 않았다. 그 위로 맑고 깨끗한 물이 흘렀다. 윤수는 정신없이 그걸 받아마셨다.

“정말 큰일 날 뻔했다. 젠장, 왜 그렇게 위험한 짓을 한 거야!”

카이트가 그렇게 소리칠 때마다 너른 가슴 안쪽에서부터 커다란 북소리가 들려왔다. 불안을 이기지 못하고 요동치는 심장 박동은 곧 윤수에게로 전염되었다.

덕분에 물에 빠지기 직전 느꼈던 커다란 절망감이 그녀의 안에서 생생하게 되살아났다.

“……카이트…… 내, 몸이…… 조금 이상한 거 같아. 아니, 수첩에 이상한 일이……!”

어느새 두 눈을 동그랗게 뜬 윤수가 카이트의 팔을 잡고 필사적으로 매달렸다. 두 눈에서는 쉼 없이 눈물이 흘렀다. 물론 카이트도 그녀가 무엇을 말하려 하는지 충분히 짐작할 수 있었다.

물에 빠진 윤수를 구해준 건 렌틸리히였다. 당시 그녀의 곁에는 다행히 그가 있었다. 그런 렌의 증언에 따르면 수영을 전혀 못 하는 사람이 바다에 뛰어든 것 같은 모양새라고 했다. 하지만 이 세계에서 윤수가 못 하는 일 따윈 존재하지 않았다. 그러므로 분명 수첩이나 그녀의 몸, 둘 중 무언가에 문제가 생긴 게 틀림없었다. 그러나 지금은 무엇보다도 윤수를 진정시키는 게 중요했다.

“괜찮아. 내가 곁에 있다. 그러니 아무것도 무서워할 필요 없어.”

카이트는 자신의 가슴에 얼굴을 묻고 크게 소리 내어 우는 윤수의 등을 계속해서 토닥여 주었다. 안 그래도 가느다란 어깨가 마치 부서질 것처럼 흔들렸다. 그럴 때마다 그는 윤수를 힘주어

안았다. 땀과 바닷물에 젖어 엉망으로 엉켜 붙어 있는 머리카락을 쓸어주기도 했다.

주변에 수많은 병사가 있었지만, 카이트의 눈에 보이는 건 오로지 그녀뿐이었다.

"황자님, 바서 님은 아직도 주무시고 계십니까?"

그녀가 잠들어 있는 방문을 소리 없이 닫고 나오자 모두 그 앞으로 모여들었다.

"그래."

이제는 정말로 가족 같은 끈끈함이 느껴지는 얼굴들을 바라보며 카이트가 고개를 끄덕였다. 그들의 사이가 특별히 돈독해진 것은 그녀의 진짜 정체를 밝히고 난 뒤였다.

윤수가 이 세계를 만든 자라는 것을 알고 난 뒤에도 모두 변함없이 지낼 수 있다는 것은 카이트조차도 놀랄 만한 일이었다.

그래서일까. 이미 새벽을 훌쩍 넘긴 시간이었지만 눈을 붙이러 간 사람은 아무도 없었다.

"벌써 잠이 드신 지 열 시간이 넘어가는데…… 이게 대체 무슨 일인지……."

도리스가 결국 울음을 터뜨렸다. 하지만 누구도 그녀를 나무라지 못했다. 카이트에게 안겨 황녀가 기다리고 있던 성에 도착한 윤수는 도리스의 도움을 받아 겨우겨우 몸을 씻고 옷도 갈아입을 수 있었다. 거기까지는 좋았으나 그 뒤에는 그야말로 죽은 사람처럼 잠에 빠져들었다.

물론 익사로 이어질 뻔한 위험한 사고를 당했으니 기진맥진한 것도 무리는 아니겠지만, 벌써 수 시간이 훌쩍 흘러있었다. 이쯤 되면 정신을 차리고도 남을 때였다. 하지만 어찌 된 셈인지 그녀는 도통 눈을 뜨지 못했다.

"렌틸리히, 고맙다. 네가 아니었으면 정말 큰일 날 뻔했군."

파리한 얼굴로 몇 차례 마른세수를 하던 카이트가 제 옆에 서 있는 거구의 사내를 눈치채고 이렇게 말했다.

평소보다 낮은 목소리. 온 진심을 담은 인사였다.

"아닙니다. 카이트 님. 저는 응당 해야 할 일을 했을 뿐입니다. 그나저나 빨리 바서 님이 괜찮아지셔야 할 텐데요."

렌은 평소처럼 손을 크게 휘저었다. 하지만 그런 그의 얼굴에도 장난기라고는 조금도 찾아볼 수가 없었다.

"수첩의 힘이 갑자기 사라지다니. 이게 대체 무슨 징조인 걸까요……?"

카이트만큼이나 심각한 얼굴을 하고 있는 건 페라트였다. 거기 모인 자들은 윤수가 지니고 있는 힘에 대해 잘 알고 있었다. 그런 만큼 갑자기 벌어진 이 사태에 대해 모두가 윤수 본인만큼이나 당황스러워하는 건 어찌 보면 당연한 일이었다.

"페라트, 잠깐 나 좀 보지."

팔짱을 낀 채 계속해서 생각에 잠겨 있는 페라트를 카이트가 조용히 호출했다. 도리스와 프롤라인, 그리고 렌틸리히를 뒤로 한 채 그들은 복도 끝을 향해서 걸었다.

"아무에게도 말하지 않은 것이 하나 있다."

그렇게 운을 떼는 카이트의 표정이 전례 없이 심각했다.

줄곧 그의 곁을 보좌했던 페라트조차도 처음 본 얼굴이었다.

"그게 무엇입니까?"

"일순간이긴 했지만, 그녀의 몸이 공기같이 가벼워지더군. 마치 날아오를 것처럼."

"……네?"

그 말을 이해하지 못한 페라트가 다시 한 번 반문했다.

"분명히 내가 줄곧 품에 단단히 끌어안은 채였는데, 어느 순간 그녀가 지닌 형체나 촉감 같은 게 갑자기 아무것도 느껴지지 않았어."

페라트의 안색도 어느새 카이트만큼이나 어두워졌다.

"그렇다면 그 현상은 더 이상 제 기능을 발휘하지 못하는 바서 님의 수첩과 커다란 관련이 있을지도 모르겠군요."

"그래. 아마 틀림없이 연관되어 있을 거다."

그러나 카이트는 무서울 정도로 침착했다. 아마 필사적으로 불안을 누르고 있는 것이리라. 그 용기에 남몰래 경탄을 보내며 페라트가 조용히 물었다.

"그럼 이제부터 어떻게 하실 셈입니까?"

그러자 카이트의 입에서 마치 기다리기라도 한 것처럼 재빠른 대답이 흘러나왔다.

"황제의 성에 있다는 또 다른 통로를 어서 빨리 찾아내는 수밖에."

그녀가 이 세계에서 소멸되기 전에.

하지만 카이트도 이 마지막 생각만큼은 절대로 소리 내어 말하지 않았다. 아니, 도저히 말할 수 없었다.

*　　*　　*

"카이트, 한 번만 부탁할게, 응?"

계속되는 윤수의 부탁에도 불구하고 카이트는 여전히 요지부동이었다.

"하지만 네 몸은 아직 완전히 회복되지 않았다. 네가 깨어난 것이 불과 오늘 아침이라는 걸 부디 잊지 마라."

"그래도 딱 한 번만. 제발 부탁이야……."

어느새 그녀의 두 눈에서 또다시 눈물이 뚝뚝 흘러내렸다. 그걸 바라보는 카이트의 마음도 산산조각이 나는 것처럼 아파왔다.

물에 빠진 이후, 윤수가 깨어난 것은 그로부터 12시간 정도가 더 지난 후였다. 다행히 그녀의 안색은 나쁘지 않았다. 스스로 느끼는 기분도 푹 잔 것처럼 몹시 개운하다고 했다. 덕분에 제대로 된 식사를 할 수가 있었다.

식욕도 알맞게 돌아온 듯 싶었다. 하지만 그럼에도 불구하고 그녀는 계속 기운이 없어 보였다. 왜인지는 모르겠지만 몸에 도통 힘이 들어가지 않는다며 수차례 호소할 정도로 말이다. 그럴 때마다 내색하진 않았지만 카이트의 속도 시커멓게 다 타버렸다. 하지만 걱정과 불안에 끝까지 잠식당하지 않을 수 있었던 것은 무슨 일이 있더라도 그녀를 제가 지켜주겠다는 굳은 마음가짐 덕분이었다.

"좋아. 그럼 딱 한 번만 시험해보는 거다."

카이트는 계속해서 흐느끼는 그녀의 어깨를 다정하게 감싸 안아 주며 이렇게 말했다. 윤수도 자신의 신변에 무슨 일이 생겼는지 잘 알고 있었다. 더 이상 쓸 수 없게 된 이 수첩은 그녀가 그동안 소중히 아껴온 힘이자, 단 한 번도 허투루 남발한 적 없었던 고귀한 능력이었다.

따라서 윤수의 마음이 얼마나 절망적일지는 굳이 묻지 않아도 충분히 이해할 수 있었다. 그런 그녀가 두려워하는 건 다름 아닌 그동안 쌓아 올렸던 것들의 쇠퇴였다.

"무엇보다 네가 잘 봐 줘야 해, 알았지? 내 원래 힘을 아는 건 황자 너밖에는 없으니까."

"그래, 진심으로 할 테니 걱정하지 말아라."

그 말에 윤수가 평소처럼 높이 검을 치켜들었다.

눈물 자국으로 얼굴이 엉망이었지만, 가슴이 아플 정도로 여전히 사랑스러웠다.

"덤벼 봐."

카이트는 자세를 잡은 채로 나지막이 주문했다.

그러자 윤수가 기다렸다는 듯 잽싸게 달려들었다.

챙!

그런데 서로의 검이 부딪치는 소리가 어쩐지 예전만큼 맑지 못했다.

“아……!”

순간 그녀의 몸이 심하게 흔들렸다. 물론 여전히 검을 쥐고 있는 채였지만, 그것에 더 이상 의미를 부여할 수는 없었다. 이 정도로 중심이 무너졌다면 이미 놓친 것이나 다름없었기에. 그녀의 실력은 확실히 퇴보되었다. 그건 누구보다 카이트 본인이 가장 잘 느낄 수 있는 거였다.

“괜찮나?!”

윤수의 손목을 따라 흐르는 핏방울을 발견한 그가 땅바닥에 검을 내던진 채 달려왔다. 혹시 무리해서 버티는 것은 아닌가 하고 줄곧 걱정했었는데, 이 바보가 정말로 손바닥이 찢어지는 줄도 모르고 손잡이를 쥐고 있었던 모양이었다. 하지만 더욱 뜨겁게 흘러내리는 것은 그녀의 눈물이었다.

“카이트……!”

윤수는 새파래진 입술로 그의 이름을 불렀다.

“괜찮아, 이리 와.”

그렇게 달래며 카이트는 그녀를 제 무릎 위에 앉혔다.

찢어진 상처에서 흐르는 피를 부드러운 천으로 덮어서 지혈해 주고 있는데, 어느새 그녀가 또 깃털처럼 가벼워지는 것이 느꺼졌다.

제 소매를 틀어쥔 그녀의 팔이 눈처럼 새하얗게 변했다.

사람의 정상적인 피부색이라고는 차마 말하기 어려운 색깔이었다. 카이트는 피가 나도록 입술을 깨물었다.

"안 되겠다. 빨리 통로를 찾아야겠어."

"응?"

다급한 숨을 내뱉으며 그가 윤수를 번쩍 안아 들었다.

오늘 아침이 되어서야 겨우 정신을 차렸다는 건 알지만, 더 이상은 지체할 시간이 없었다. 하지만 윤수는 그저 어안이 벙벙할 따름이었다. 왜 이렇게 그가 서두르고 있는지 그녀는 아직 아무것도 몰랐다. 그러나 굳이 말로 하지 않아도 느낄 수 있는 분위기가 있었다.

수첩을 사용하지 못하게 된 것 이외에도 내게 무언가 또 다른 변화가 일어나고 있는 거야?

먹먹한 두 눈이 카이트를 응시했다. 그런 그녀를 안심시켜주기라도 하려는 듯 그가 부드럽게 속삭였다.

"나와 같이 황제의 성으로 가자."

"언제?"

"지금 당장."

*　　*　　*

다행히 윤수는 말은 잘 탔다.

남자도 제대로 들지 못하는 무거운 짐을 혼자서 번쩍번쩍 옮긴다든지 예전처럼 놀라운 검술 실력을 선보인다든지 하는 것은 불가능했지만, 이미 몸에 익어버린 습관이나 행동은 그대로 남아 있는 모양이었다.

"황제의 성이 있는 수도까지는 쉬지 않고 꼬박 이틀 정도를 달려가야 해. 그러니 무리해선 안 된다, 알겠지?"

제 곁에 바짝 붙어 말을 모는 카이트를 향해 윤수가 고개를 힘차게 끄덕였다. 바닥에 흙먼지가 나도록 열심히 말을 달리는 것은 오로지 카이트와 윤수뿐이었다.

급한 대로 두 사람이 먼저 출발하고, 페라트와 도리스, 그리고 렌틸리히와 프롤라인은 곧 후발대로 따라 오기로 이미 말을 마친 상태였다.

"가는 동안 그 벽이 성 어디에 숨겨져 있을지 잘 생각해 봐. 나도 있는 힘껏 기억을 상기시켜 볼 테니."

카이트가 그렇게 독려하자 윤수가 또다시 고개를 위아래로 열심히 움직였다.

황제의 성.

원래의 세계로 돌아가는 벽이 있는 곳. 그곳에 저를 데려다주겠다는 약속을 카이트는 정말로 지켜내었다.

그것도 오롯이 자신의 힘만을 이용해서. 덕분에 그들은 예전처럼 거짓 신분으로 위장할 필요도 없었고, 더 이상 몰래 잠입할

궁리를 짜지 않아도 되었다. 정말 대단했다. 제가 사랑하는 남자는 이토록 대단한 남자였다.

그 사실을 떠올릴 때마다 윤수의 눈에서는 자꾸만 눈물이 흘렀다. 제아무리 참으려 해 봐도 목 끝까지 울컥 차오른 무언가가 눈물샘을 자극했다. 세차게 휘몰아치는 바람 사이로 말갈기가 제멋대로 나부꼈다. 그사이 사이 흩날리는 눈물이 마치 투명한 보석처럼 부서졌다. 그럴 때면 저를 염려스럽게 살피는 시선이 기다렸다는 듯 날아왔다.

"어디 불편한 데라도 있는 건가?"

"응?"

"눈가가 빨갛군."

이토록 험하게 말을 몰고 있음에도 불구하고 그는 참 눈치를 잘 챘다.

"아, 아무것도 아니야."

"만약 힘이 들거든 절대로 참지 말고 내게 이야기해 줘야 한다. 알았지?"

"알았어."

"약속한 거다."

"그래."

최대한 밝은 목소리로 대답했건만 카이트는 영 미심쩍은 표정을 한동안 거두지 못했다.

윤수는 보란 듯이 얼굴을 쓱쓱 문질렀다. 생각해 보면 제게 의연한 모습을 보여주기 위해 카이트도 지금 있는 힘을 다하고 있는 중이리라. 그걸 알고 있기에 저 역시 더 이상 울고 있을 수만은 없었다.

그래, 나약해지지 말자.

어떤 힘을 얻고 잃는 것은 더 이상 중요한 게 아니니까.

그렇게 생각하니 점차 마음이 가벼워지기 시작했다.

깨끗하게 비워낸 곳에 갑자기 단 한 번도 생각해 보지 못했던 의문이 떠올랐다.

내가 이 세계를 창조한 진짜 이유는 무엇이었을까?

윤수는 그 어느 때보다도 맑은 정신으로 대답에 몰두했다.

온갖 기술이 가능한 마스터 검사나 누구도 대적할 수 없다던 마법을 전부 통제할 수 있는 마법사, 그것도 아니면 평범한 사람은 감히 가질 수 없는 특별한 신체를 자유자재로 조절하는 초능력자들의 이야기를 보고 싶었던 것일까.

사실 이 모든 것들은 전부 다 그녀가 실제로 수첩에 써서 스스로 해내던 능력들이었다. 게다가 유감스럽게도 위에서 제시한 그 어떤 예들도 정답은 되지 못했다.

제아무리 심한 좌절이 닥친다 하더라도 끝까지 자신의 꿈을 포기하지 않았던 어느 선한 사람의 이야기. 그녀는 그런 자가 행복하게 잘살 수 있는 세상을 만들고 싶었다. 절실하게 바라는 무언가를 늘 가슴속 깊이 잊지 않고 간직한다면, 언젠가는 반드시 이룰 수 있다는 명제가 진짜로 살아 숨 쉬는 곳.

그것이 윤수가 바라는 세계였다.

제게 그것을 깨우쳐준 것은 카이트였다.

이제 더 이상 또 다른 주인공도, 밤새 손에서 놓지 못할 흥미진진한 사건들도 필요 없었다. 무슨 일이 있더라도 그저 카이트와 함께할 것이다. 그걸 위해서라면 그 어떤 시련이 닥쳐도 포기하지 않을 자신이 있었다.

물론 이 모든 건 전부 카이트로부터 배운 거였다.

"어, 어어! 설마 화, 황자님?! 3황자니이이임??"

늦은 밤, 작은 마을의 한 숙박업소 주인이 놀라 이렇게 소리쳤다.

"저, 정말 아인젠카이트 님이십니까?!"

"그렇소."

"우와아아아!"

곱슬곱슬한 머리카락을 가진 이 작고 뚱뚱한 남자는 퍽이나 목청이 좋았다. 모두가 잠을 청하려는 야심한 시각에 작은 소동이 벌어졌다. 시끌시끌한 분위기를 눈치챈 술집의 손님들이―술집은 숙박업소의 바로 옆이었다―궁금함을 참지 못하고 슬금슬금 얼굴을 들이밀었다.

"오, 정말 카이트 황자님이야! 올해 투루니어에서 우승을 하신 그……!"

"황자님! 반갑습니다, 우리 마을에 잘 오셨습니다!"

술에 취한 남자들이 대번에 그를 알아봤다.

달도 뜨지 않은 새카만 밤에 붉은 머리를 한 3황자 아인젠카이트가 바람처럼 등장했다는 소문이 삽시간에 작은 마을에 퍼졌다. 그곳은 평소 별다른 사건사고 없이 그저 평온하기만 한 시골이었으니 말이 퍼지는 것은 그야말로 시간문제였다. 이제는 잠에서 깬 주민들마저 삼삼오오 모여들고 있었다.

"황자님, 저 황자님이 출전하신 투루니어 경기를 직접 봤답니다! 무려 사흘 밤을 새워서 겨우 표를 구했었죠. 하지만 그 기다림이 아깝지 않을 정도로 너무 멋있는 경기였습니다!"

"그런데 그때 바인 황자가 이상한 반칙을 썼다면서요? 참 나, 그분 그렇게 안 봤는데 정말 실망스러워요. 만약 바인 황자님이 차기 황제가 된다면 전 미틀러렌으로 이민을 가 버리겠어요."

"그런데 왜 그동안 그토록 수많은 오해를 다 짊어지고 살아오신 겁니까? 나서서 해명이라도 좀 하시지. 억울하시지도 않으셨습니까?"

그들은 숙박업소의 1층 구석에 꾸며진 작은 티 룸에 카이트를 잡아 놓고는 평소 궁금했던 것들을 마구잡이로 묻기 시작했다. 물론 처음에는 그동안의 선입견 때문에 그를 무서워하던 자들도 분명 없지 않아 있었다. 하지만 그런 사람들도 몇 번의 대화 끝에 카이트가 그리 무서운 사람이 아니라는 것을 금세 파악한 모양이었다. 그의 곁에 의자를 끌어다 놓고 옹기종기 모여 앉은 사람들이 점점 늘어만 갔다. 덕분에 카이트는 정말로 난처해지고 말았다.

그는 여태까지 이런 많은 사람들의 관심을 받아본 적이 없었다. 얼른 자리를 접게 만드는 대화 기술 같은 것도 알지 못했다. 따라서 분위기는 사실상 청문회와도 같았다.

사람들이 손을 들고 질문하면 카이트가 짧게 대답하는 그런 모양새로 말이다. 그리고 이 모든 광경을 윤수는 멀리서 그저 입을 헤 벌리고 바라볼 뿐이었다.

"어, 그런데 저분은 누구십니까. 카이트 님? 아까부터 줄곧 눈길을 떼지 못하시는 것 같은데 설마 애……인?"

눈치 빠른 숙박업소 주인의 질문에 모든 사람들의 시선이 윤수에게로 향했다.

"으웃."

순간 윤수의 양 볼이 빨갛게 물들었다.

하지만 카이트는 아랑곳 않고 그녀를 소개했다

"그렇습니다. 결혼할 사람이오."

"오, 오오!"

동시에 마을 사람들이 환호성을 질렀다.

"이거 축하할 일이군요!"

"허어, 약혼녀가 계셨다니!"

아.

윤수는 더 이상 견딜 수 없었다. 마치 유명한 연예인의 숨겨진 애인이라도 되는 것처럼 저를 바라보는 시선들에 낯이 뜨거워져서 말이다. 결국 민망함을 참지 못한 그녀가 자리를 박차고 일어서려는 찰나.

"그래서 말인데 우리가 먼 길을 달려온 터라 좀 피곤합니다."

카이트 역시 양해를 구하고 몸을 일으켰다.

그러자 숙박업소 주인이 허리를 굽실대며 면목 없다는 얼굴로 연신 사과를 건넸다.

"아이쿠! 죄송합니다. 황자님. 이거 참, 여기가 감자와 호박밭밖에는 없는 시골이라 마을 사람들이 그만 큰 결례를 저지르고 말았습니다. 제가 가지고 있는 방 중에서 가장 크고 좋은 방을 드릴 테니 모쪼록 푹 쉬시죠."

"그래도 황자님께는 누추하기 그지없는 방일 텐데, 어쩌지."

모인 사람들 중 누군가가 그렇게 첨언하자 주인의 얼굴색이 순식간에 흙빛으로 변했다. 덕분에 카이트와 윤수는 좁고 허름해도 괜찮다는 대답을 몇 번이나 되풀이하고서야 겨우 방으로 올라갈 수 있었다. 하지만 그 후로도 방문 밖의 복도에서는 행여나 황족의 역정을 살까 봐 노심초사한 주인의 초조한 발걸음이 한동안 계속되었다.

물론 성에 있는 것들과는 비교할 바 아니었지만, 그래도 방은 제법 넓었고 또 쾌적했다.

그뿐만 아니라 꽤나 큰 욕조가 놓여 있는 화장실까지 딸려 있으니, 예전에 윤수가 원래 세계에서 여행을 다닐 때 묵었던 여느 호텔들과 비교해도 전혀 손색이 없었다.

"어서 누워 쉬어라. 아침에 정신이 들자마자 바로 말을 타고 장거리를 달렸으니 얼마나 피곤하겠……."

지쳤을 윤수를 위해 손수 침대의 이불을 걷어주던 카이트가 갑자기 말을 뚝 멈췄다. 자신의 앞에 서서 툭툭 단추를 풀어내리는 그녀의 손끝에 시선이 고정된 탓이었다.

"가, 갑자기 왜 그러는 거지……?"

카이트의 얼굴은 그야말로 터지기 일보직전처럼 보였다. 벌어진 옷깃 사이로 보이는 목 아래 부분 끝까지 하나도 빠짐없이 새빨개졌으니, 그가 얼마나 당황한 건지 알 만했다. 하지만 윤수는 아랑곳하지 않고 위아래의 속옷만 남겨 둔 채 옷을 전부 벗어 던졌다.

그러고는 카이트의 곁으로 자박자박 걸어왔다.

"지금 이것 때문에 그런 거지?"

여전히 굳어 있는 그의 얼굴 앞에 윤수가 자신의 팔을 번쩍 들어 보였다.

"이런."

그녀의 몸에 일어난 심상치 않은 변화가 점점 심해지는 것을 눈치챈 그가 낮게 신음했다. 윤수의 피부가 또다시 새하얗게 변해 있었다. 아니, 이번에는 하얀 것을 넘어서서 거의 투명해졌다고 해도 좋을 정도였다.

“점점 심해지고 있는 거잖아. 맞지?”

저를 계속해서 채근하는 윤수를 앞에 두고 카이트는 더 이상 참지 못했다.

“앗……!”

그가 그녀를 거세게 품에 안았다.

“걱정하지 마. 무슨 수를 써서라도 내가 널 지켜 줄 테니까. 내 피나, 심장을 줘야 한다면 기꺼이 다 주겠다. 절대로 사라지게 놔두지 않겠어.”

격정에 가득 찬 목소리가 몹시 거칠었다.

피나 심장.

윤수의 귀에 그 두 개의 단어가 유독 깊이 들어와 박혔다.

투명해진다는 건 곧 결국 사라진다는 것을 의미했다.

심지어 형체가 있는 건지도 알 수 없을 정도라니, 그가 절망에 휩싸이는 것도 무리는 아니리라. 그렇다면 자신은 정말로 이곳에서 점점 사라지다가 결국엔 완전히 없어지고야 마는 걸까?

시험해 볼 수 있는 것은 딱 한 가지였다.

윤수는 카이트의 허리춤에서 커다란 검을 뽑아냈다.

그러고는 이미 흐릿해져서 잘 보이지는 않지만, 왼쪽 팔꿈치에서 팔뚝으로 이어지는 지점으로 예상되는 부위에 날카로운 검날을 가져다 댔다.

“지금 뭘 하려는 거지……?”

불안함을 감지한 카이트가 검을 빼앗으려 팔을 뻗었다.

하지만 안타깝게도 그녀의 행동이 조금 더 빨랐다.

윤수는 두 눈을 꽉 감고 검을 아래로 힘주어 내리 그었다.

"뭐하는 짓이야!"

당황한 카이트의 목소리가 방 안에 쩌렁쩌렁 울려 퍼졌다. 동시에 윤수의 입에서도 고통스러운 신음이 새어 나왔다.

"웃……!"

깊게 그어진 자국을 따라 붉은 선혈이 방울방울 맺혔다.

그러자 자극을 받은 탓인지 사라져가던 피부가 다시 눈처럼 새하얗게 변했다.

"역시……! 난 완전히 사라지는 게 아니었어!"

그걸 바라보던 윤수가 흥분을 감추지 못했다.

"숨을 쉬어야 살 수 있고, 뜨거운 피가 흐르는 신체는 여전하다고!"

주르륵 피가 흐르는 팔뚝을 손으로 황급히 막자 손톱 끝에 어느새 붉고 찐득한 액체가 스며들었다. 그걸 본 카이트가 깊은 한숨을 내쉬며 어디선가 깨끗한 수건을 가져왔다.

"……대체 무슨 소리를 하는 거지?"

상처를 지혈해 주면서도 그는 여전히 미간을 찌푸린 상태였다. 하지만 윤수는 그럼에도 불구하고 기쁜 내색이 만연했다.

"내가 정말로 소멸되어 가는 중이었다면, 이런 물리적 자극에 몸이 반응하지 않았을 거야. 마치 허공에다 대고 칼을 휘두르는 것 같았겠지. 하지만……."

“하지만?”

“이미 눈에 보이지 않게 된 신체의 일부분이지만, 봐. 아직도 피가 흐르고 있잖아. 게다가 아픔도 여전해.”

그녀의 두 눈동자가 다시금 반짝였다.

“그러니까 난, 정말로 흔적도 없이 사라지는 게 아니라 단지 이곳에 더 이상 등장하지 않게 되는 것뿐이야.”

“등장하지 않는다라…… 즉, 눈에만 보이지 않을 뿐 여전히 살아 숨 쉬고 있다 이건가?”

“그래. 여기는 책 속 세계니까……! 작가의 손에 의해 최후를 맞기 전까지는 누구도 죽지 않는 것처럼.”

“…….”

카이트는 한동안 아무 말이 없었다.

꼼꼼한 손길로 윤수의 팔뚝에 붕대를 감아 줄 때도 마찬가지였다. 그녀가 무슨 이야기를 하는 것인지는 충분히 이해하고도 남았다. 그렇지만 여전히 마음이 괴로웠다.

그래서, 등장하지 않게 되는 것뿐이라는 걸 알게 된 것이 뭐가 그리 기쁘지? 어쨌든 이대로라면 나는 결국 너를 영영 볼 수 없게 되어 버리는데……!

하지만 카이트도 그런 진심을 소리 내어 말할 수는 없었다.

소멸에 대한 두려움.

자신이 만든 세계에서부터 결국 사라지고 만다는 공포.

그걸 느끼는 건 저보다 그녀가 훨씬 더할 테니까 말이다.

"그리고 인정하긴 싫었지만, 역시 이게…… 결말이었나 봐."

그리고 그런 마음을 읽혀 버린 걸 눈치챘는지 윤수가 힘없이 입술을 열었다.

"뭐?"

"내가 왜 갑자기 하루아침에 능력을 잃게 된 건지, 그 시점에 대해서 가만히 생각해 봤거든. 그건 바로 3황자가 세운 공을 황제가 처음으로 인정하고 난 뒤였어."

이유 없이 심장이 두근대고 몸이 떨려오던 그 기분 나쁜 느낌. 그 느낌을 대수롭지 않게 여겼던 것이 실수였으리라.

그 말에 카이트도 가만히 그때의 기억을 되살려 보았다.

"……확실히 네가 바다에 빠진 건, 1황자 오튼이 황제의 말을 대신 전달해 주고 난 뒤였지."

"그래, 맞아. 아직 황제를 만난 건 아니지만, 어쨌든 넌 황제에게 인정받았고 그건…… 이 이야기가 완결에 몹시 가까워졌다는 뜻일 거야. 그건 부정할 수 없는 사실이고."

"완결이라……."

카이트는 손을 들어 파리한 윤수의 볼을 천천히 쓰다듬었다.

"하지만 고작 황제가 되고 나면 끝이라니 의아하군. 현재의 나는 누구보다도 너와 함께하는 행복한 미래를 꿈꾸고 있는데 말이야. 이것이 실제로 우리 둘이서 함께 써내려간 이야기라면, 서로 사랑에 빠지는 결말이 오히려 더 당연하지 않겠나?"

그 말에 윤수의 입가에 처연한 미소가 걸렸다.

그녀는 살포시 고개를 도리질 치며 입술을 떼었다.

"네가 예전에 그랬지. 만약 도른과 2황자가 이혼하지 않고 잘 살고 있었더라면 어땠을 것 같냐고 말이야."

"그랬지."

"그래, 그 부부의 사이가 틀어진 것 자체가 예전의 설정이 바뀐 거라고 예측했었어. 그 말대로라면, 우리가 서로 사랑에 빠진 건……."

"……그 역시 새로운 설정이라는 거군. 3황자가 황제가 되는 과정 속에서 생겨난."

그러자 윤수가 대답 대신 가만히 고개를 끄덕였다. 카이트는 한동안 입술을 깨물며 아무런 말을 하지 못했다.

그녀를 사랑하게 되리라는 것을 어째서 조금도 알아차리지 못했을까?

입술에 피멍이 들 지경이었지만, 그는 힘을 풀지 않았다.

반문을 하지 못하는 것이 더욱 괴로웠기 때문이었다.

그래, 처음에 자신은 분명 그녀를 통해 어그러진 인생을 바로잡으려 했다. 그뿐만 아니라 나아가서는 페어라센의 차기 황제가 되려는 심산이었고 말이다. 그때는 자신이 이런 마음을 품게 될 줄은…… 조금도 예측하지 못했다.

만약 그걸 미리 알았더라면 우리는 좀 더 달라졌을까?

번뇌와 후회로 가득 찬 카이트의 마음을 달래주듯, 윤수가 한없이 부드러운 목소리로 말을 이었다.

“사랑이 찾아오는 순간과 그 사랑에 빠지게 될 상대는 그 누구도 미리 알아차릴 수 없는 법이야. 게다가…….”

무슨 말을 더 하려는지, 그녀는 잠시 심호흡을 골랐다.

“이 이야기의 주인공은 어디까지나 3황자야. 내가 아니라. 그 증거로…….”

작고 가느다란 손가락이 그의 안대를 살며시 매만졌다.

“너는 네 힘으로 여기까지 왔잖아. 그러니 내가 더 이상 등장할 필요가 없게 되었다는 것도…… 수긍이 가.”

“……아니, 내가 절대로 그렇게 놔두지 않아.”

카이트는 저도 모르게 힘주어 되뇌었다.

“네가 어디 있든지 간에, 내가 반드시 찾아낼 거다. 꼭 그렇게 하고야 말겠어.”

절벽 끝에서 불어 닥치는 칼바람처럼 매서운 음성이었다. 그런데 어찌 된 셈인지 이제는 그 목소리를 듣는 것만으로도 이루 말할 수 없이 안심이 된다.

또다시 가슴에 뭉클한 것이 차올랐다.

작가로서 역할을 다 했다는 것에도 더 이상 슬프지 않았다. 다만, 자신도 그와 함께 있고 싶을 뿐이었다.

그 외에 바라는 것은 아무것도 없었다.

“내일 오후쯤이면 황제의 성에 도착할 거다. 그러니 지금은 통로가 되는 벽을 한시라도 빨리 찾는 방법에 대해서만 이야기하도록 하지. 적어도 네 세계에 돌아갈 수만 있다면, 이렇게 모습이 흐릿해질 일은 더 이상 없을 테니까.”

그러면서 카이트는 넉넉하고 깨끗한 시트로 윤수를 감싸 안았다. 품에 끌어당겨 침대 위로 풀썩 누우니, 포근한 깃털 냄새가 코끝을 간질였다.

“아무튼 지금은 좀 더 안정을 취해라. 어제는 물에 빠지고, 오늘은 하루 종일 말을 달리고. 넌 예나 지금이나 참 바쁘군.”

투덜거리는 카이트의 음성에 윤수가 작게 웃었다. 하지만 안정을 취하라는 말과는 달리 어느새 카이트의 체온이 뭉근히 달아올라 있었다. 못내 더운지 셔츠를 벗어던지는 손길 또한 다소 신경질적이었다. 그걸 눈치챈 윤수가 더욱 크게 소리 내 웃자 그의 귓불이 붉게 물들었다.

“웃지 마.”

남의 속도 모르고.

웃는 건 또 왜 이렇게 예쁘고, 또 야한지.

젠장.

카이트는 속으로 조용히 욕설을 삼켰다.

그녀는 평소와 똑같은데 혼자 음험한 생각을 잔뜩 풀어내고 앉아 있는 모양새가 스스로 생각해도 어이가 없었다. 멋대로 치밀어 오르는 욕구를 애써 꾹꾹 누른 채, 그는 윤수의 이마에 가만히 입술을 가져다 댔다.

그리고 이어서 볼과, 콧잔등에도.

잔잔하지만 너무나 따듯한 입맞춤이었다.

얼마 전 입술 말고 또 어디에 입 맞춰 주면 좋으냐는 카이트의 질문에 장난처럼 내뱉은 말임에도 불구하고, 그는 성심성의껏 그녀의 요구를 따르고 있었다.

"……이렇게 하면 더 좋을 텐데."

지금 카이트가 온 힘을 다해 참고 있다는 걸 눈치챈 윤수가 그의 목에 팔을 두르며 있는 힘껏 도발을 해 왔다.

몸을 감싼 이불이 스르륵 내려가자 차라리 안 가리느니만 못한 가슴이 봉긋하게 드러났다. 탐스럽게 부푼 새하얀 살결을 바라보며 그가 이를 악물었다. 자꾸 그쪽으로 내려가려는 손과 입술을 최대한 자제시키기 위해 카이트는 문득 머릿속에 떠오른 생각 하나를 입에 담았다.

"그러고 보니 예전부터 쭉 궁금했던 게 하나 있었다."

"그게 뭔데?"

저를 앞에 두고 또 원치 않는 인내심을 발휘하는 그의 목 언저리에 윤수가 조그마한 혀를 가져다 댔다.

"……으음."

파랗게 솟은 힘줄을 따라 살며시 핥아 내리자, 그의 턱이 움찔거리는 게 보였다. 심지어는 낮은 신음을 흘리기까지. 하지만 그는 꿋꿋하게 말을 이었다.

"내 이름……에, 혹시 무언가 특별한 뜻이 있나?"

"이름이라니, 위르겐 폰 데어라는 황가의 성 말이야?"

"아니."

"그럼 아인젠카이트?"

"……그래. 너는 무슨 생각으로 그런 이름을 지어준 거지? 그저 의미 없는 단어의 나열인 건가?"

그 말에 윤수의 장난기 어린 행동이 멈췄다.

사실대로 말해 줘도 될까?

찰나의 고민에 그의 목을 끌어안고 있던 손 위로 어느새 촉촉한 땀이 배어 나왔다. 하지만 윤수는 곧 결심을 마쳤다.

왜냐하면 그는 달라졌기에. 줄곧 혼자였던 예전 그 책 속의 남자가 더 이상 아니니까.

"……외로움."

"뭐?"

"'외로움'이란 뜻이야."

미안함을 잔뜩 담은 목소리가 조그마한 입술에서 흘러나왔다. 붉은색 동공이 놀라움을 감추지 못하고 슬쩍 흔들렸다.

"……외로움이라. 그렇군."

"내가 뭘 몰랐지."

어느새 두 사람의 입가에 옅은 미소가 떠올랐다.

'넌 더 이상 외로운 사람이 아니야. 그러니 이건 말 그대로 작가의 완벽한 설정 미스였어.'

윤수는 마음속으로 못다 한 말을 읊조렸다.

그리고 이내 다시 두 사람의 눈이 마주쳤을 때.

"그래, 네가 뭘 몰라도 단단히 몰랐다."

이렇게 말한 카이트가 소리 내어 웃었다.

'난 더 이상 조금도 외롭지 않은데, 어떻게 그런 뜻을 지닌 이름을 붙여줄 수 있단 말인가?'

하지만 그는 그 말을 소리 내어 꺼내지 못했다. 대신 윤수의 입술을 부드럽게 깨물었을 뿐이었다. 그 안을 벌리게 하자, 헐떡이는 뜨거운 숨이 저절로 새어 나왔다.

"……카이트."

흐느끼는 것 같은 목소리. 작은 혀가 애타게 움직였다.

결국 그녀를 탐하는 손길과 몸짓이 그의 통제를 벗어나기까지는 그리 오랜 시간이 걸리지 않았다. 이 긴 밤 내내, 조금은 재워야 한다는 다짐도 어느새 온통 잊은 채.

＊　　＊　　＊

"이것이 바로 황제의 성……."

아까부터 몇 번이고 이러한 말만을 되풀이 하고 있는 윤수의 옆얼굴은 여전히 넋이 나가 있는 듯 보였다.

카이트는 다시금 그녀를 흘끗 살피며 물었다.

"그렇게 충격적인가?"

그러자 또 고개를 잘도 끄덕거린다.

그 모습에 결국 카이트가 피식 웃었다.

페어라센에서 제일 커다란 도시인 수도 프라흐트볼에서 받았던 강렬한 인상도 잠시. 위용 넘치는 황제의 성 앞에 선 그녀는 딱 벌어진 입을 도통 다물지 못했다.

줄곧 궁금해하던 곳이니 더욱 인상적이었을 테지.

그는 누구보다도 윤수의 마음을 잘 이해할 수 있었다. 사실 그 웅장함에 압도당한 것은 그녀뿐만이 아니었으니까.

카이트가 황제의 성을 방문한 것은 처음 있는 일은 아니었다. 다만 워낙 어릴 때의 일이라 이 장소에 대한 기억이 몹시 희미했다. 게다가 무역업에 뛰어난 두각을 보인 1황자 덕분에 황제의 성은 각종 호화로운 보석들로 가득해서, 카이트의 옛 기억보다 훨씬 더 화려해져 있었다.

"두 분, 폐하께서 들어오라 하시니 부디 예를 갖추십시오."

그들의 곁에서 빈틈없이 자세를 갖추고 선 신하가 이윽고 이렇게 당부했다. 끊임없이 주위를 두리번거리던 윤수의 고개가 일순 멈췄다.

그녀는 눈앞에 굳게 닫힌 문을 바라보았다. 눈이 부시도록 번쩍거리는 황금이 가득 박힌, 커다란 문이었다. 긴장감이 가득한 윤수의 눈가에 또다시 미세한 경련이 일었다.

"……다 잘될 거다. 그러니 아무 걱정하지 마라."

그렇게 말하며 카이트는 커다란 로브 밖으로 살며시 빠져나온 손을 가볍게 쥐어 주었다. 그제야 그녀가 그를 바라보았다. 까만색 후드 속에서 빛나고 있는 두 눈동자를 응시하며 그가 또 한 차례 미소를 지었다.

황제의 성에 도착하니 윤수의 몸은 그야말로 멋대로 발광하고 있다 해도 과언이 아닐 정도로 시시각각 변했다.

손이 보이지 않을 때도 있었고, 발목이 슬쩍 사라졌다 나타나는 현상도 나타났다. 마치 전구가 깜빡이듯 말이다.

덕분에 그녀는 머리끝부터 발끝까지 죄다 가려주는 커다란 로브의 신세를 져야만 했다.

그러자 더욱더 신비로운 분위기가 연출되었다. 물론 의도한 것은 아니었지만, 그런 그녀의 모습은 3황자의 곁을 줄곧 지켜 온 마녀의 행세를 하기에 모자람이 없었다.

"페라트 일행도 벌써 도착해서 대기 중이라고 하더군."

후드의 깃을 매만지던 윤수의 귓가에 허리를 굽힌 채로 카이트가 속삭였다. 대기 중이라는 것은 자신들이 무사히 열쇠를 가지고 돌아오기를 기다리고 있다는 소리이리라.

연갈색의 아치형 천장과 하얀색의 기둥이 좌우로 세워져 있는 2층짜리 별채의 문을 여는 데 필요한, 그 열쇠를.

'하지만 그건 페어라센 황실에서 줄곧 가보로 전해지는 중요한 물건이야. 그런 만큼 절대 쉽게 내놓을 리 없어.'

윤수는 저도 모르게 주먹을 꽉 쥐었다.

그나마 다행인 점은 운켄트니스 황제도 열쇠의 정확한 용도를 알지 못한다는 거였다.

'그저 선대에게서 물려받은 전통대로 몸에 지니고 있을 뿐일 테니 만약 정말로 마음에 든 자가 조르면 잠깐 빌려주기는 할 거야. 어떻게 하면 황제의 마음에 들 수 있을까?

하지만 안타깝게도 고민에 빠질 시간은 더 이상 주어지지 않았다.

"폐하! 부르셨던 자들이 당도했습니다!"

"들라 해라."

시종이 큰 소리로 외치자, 안쪽에서 다소 혼탁한—그러나 제법 위엄이 서려 있는—목소리가 흘러나왔다. 이윽고 보기만 해도 눈이 시린 금빛 문이 천천히 열렸다.

"오랜만이구나, 카이트."

"그렇습니다. 폐하."

한쪽 무릎을 꿇고 앉아 있던 카이트가 공손히 대답했다.

그러자 황제는 더욱더 의기양양한 목소리로 쏘아대듯 말을 이었다.

"원래대로라면 너는 내 성은커녕 이 수도에 발을 들여놓는 즉시 극형에 처해지고도 남았을 것이다. 하지만 이처럼 온전히 목숨이 붙어 있는 건 전부 다 내 자비 덕분이다. 그걸 알고 있느냐?"

"……."

"쯧, 저런 걸 아들이라고."

고집스럽게 입을 다물고 있는 카이트의 모습이 거슬렸는지 운켄트니스 황제가 거칠게 혀를 찼다. 덕분에 윤수는 또다시 화를 삭이느라 안간힘을 써야 했다.

저런 것도 아버지라고.

카이트 뒤에서 공손히 머리를 조아리고는 있지만, 벌떡 일어나서 그의 멱살을 잡고 싶은 마음이 굴뚝같았다.

"뭐, 어찌 되었든 네가 이번 해적 방어전에 큰 공을 세운 건 사실이니까."

"그렇답니다, 폐하! 비록 제 아들이긴 하지만, 이 얼마나 기특합니까? 카이트 황자가 폐하를 생각하는 마음은 다른 황자들에 비해 결코 뒤지지 않는다고 자부합니다!"

황제의 말에 누군가가 기다렸다는 듯 아첨했다. 바로 라우브 루스트였다. 그녀의 목소리는 황제의 것보다 훨씬 더 멀리서 들려왔다. 위치에 따라 앉을 수 있는 자리가 다르기 때문일 것이다. 그러나 윤수는 라우가 아직도 황제와 동석할 수 있다는 사실이 그저 놀라울 따름이었다.

운켄트니스 황제는 그런 그녀를 무시한 채 다시금 제 할 말만을 이어 갔다.

"카이트. 네 뒤의 여자가 바로 그 소문의 계집이냐?"

"그렇습니다."

황제의 귀에는 이미 그녀가 갑자기 나타난 마녀라는 정보가 들어간 터였다. 물론, 일부러 흘린 거지만.

"호오. 희한한 느낌이 드는 계집이로군."

한층 흥미롭게 변한 황제의 목소리에 윤수의 입매가 또다시 딱딱하게 굳었다.

"어디, 로브를 벗고 고개를 들어보아라."

이루 말할 수 없는 커다란 긴장감이 전신을 감쌌다.

윤수는 떨리는 손으로 목 근처에 묶어놓은 끈을 천천히 풀기 시작했다.

커다란 검은 천이 곧 바닥으로 풀썩 떨어져 내렸다.

"허어……!"

동시에 황제는 믿기지 않는다는 듯 탄성을 내질렀다.

아니, 거기 있는 모든 사람들이 다 두 눈을 비벼 댔다.

심지어는 무슨 일이 있어도 눈썹 하나 까닥 않는 호위 기사들마저 손을 덜덜 떨 정도였다.

로브를 벗어 던진 윤수의 모습은 그처럼 상상 이상이었다. 목 부근이 투명해 졌구나, 라고 생각하면 곧바로 늘어뜨린 두 손이 보란 듯이 새하얗게 빛났다.

때로는 얼굴 뒤쪽으로 바닥의 무늬가 비쳐지기도 했다.

"어떻게 저런 일이……!"

줄곧 입술을 다물고 있던 1황자 오튼의 놀란 목소리도 들려왔다. 힘주어 주먹을 쥐고 있던 카이트의 손등에 남몰래 굵은 힘줄이 솟았다.

"어, 어서 고개를 들어 보거라!"

황제가 채근하자 윤수가 서서히 얼굴을 들었다.

비로소 운켄트니스 황제를 똑바로 마주한 그녀는 저도 모르게 짧게 신음했다.

"아."

그녀의 머릿속을 가장 많이 차지하고 있는 것은 젤른로스 황비와 서로 사랑하던 시절의 묘사. 하지만 지금 황제에게 그때의 늠름함은 온데간데없이 사라지고 난 뒤였다.

그 정도로 황제의 첫인상은 처참했다. 주름이 가득한 피부에는 병색이 완연했으며, 상한 우유처럼 혼탁한 흰자위 위로 탐욕스러운 핏발이 거미줄처럼 얽혀 있었다. 윤수는 거세게 입술을 깨물었다. 늙어서 추하게 변해 버린 황제의 외양을 확인하는 것은 저로서도 썩 유쾌한 일이 아니었다.

하지만 그것도 잠시. 그녀는 다시금 주변을 차분히 살폈다.

딱딱하게 얼굴을 굳힌 오튼과 공포에 질린 기색을 감추지 못한 라우가 차례로 눈에 들어왔다. 특히 라우는 윤수와 단독으로 맞닥뜨린 적도 있으니, 더더욱 그녀가 무서우리라.

"겉으로 보기만 해도 참으로 괴상한 계집이로구나! 이렇게 보니 진짜로 마녀가 틀림없는 것 같군. 하지만 마녀란 본디 흉흉한 존재. 그러므로 좀 더 자세히 확인하고 싶다. 그 후 저 계집의 처리를 고민하도록 하지. 어서 말해 보아라, 네 능력은 또 뭐가 있느냐? 솔직하게 죄다 고해야 할 것이다!"

윤수의 정체를 알 리 없는 황제가 멋대로 지껄였다.

그 목소리를 듣고 있으니 웃음이 다 나올 지경이었지만 윤수는 이내 마음을 가다듬었다. 특히나 황제가 이렇게 나오리란 것은 이미 예상한 바 아니던가.

"제 능력 말씀이십니까?"

그녀의 입가에 여유로운 미소가 걸렸다.

"폐하, 잠시 일어나도 되겠습니까?"

"좋다."

"그럼 실례하겠습니다."

황제의 허락을 얻은 윤수는 천천히 몸을 일으켰다.

"오, 오오!"

운켄트니스의 입에서는 쉼 없이 경악에 가까운 감탄사가 터졌다. 그도 그럴 것이 그녀가 우선 가벼운 능력일 뿐이라면서 보여 준 게 정말 대단했기 때문이었다.

발밑에서 이리저리 돌아다니고 있는 작은 마물들을 바라보며 윤수는 혼자 조용히 안도의 한숨을 내쉬었다.

능력이 사라진 것과는 상관없이 녀석들이 자신을 따른다는 게 정말로 고마워지는 순간이었다.

"그러니까 이 흉측한 마물들은 감히 내가 아닌 네 명령만을 듣는다 이거로군!"

"송구스럽지만 그렇습니다, 폐하."

하지만 황제와는 달리 라우는 계속해서 수선을 피웠다.

"폐하, 너무나 징그럽고 무섭습니다. 어서 이들을 물러가게 해 주세요!"

그러자 운켄트니스 황제의 이마에 옅은 주름이 그어졌다. 그 찰나를 놓치지 않고 윤수가 더욱더 은밀한 목소리로 속삭였다.

"폐하, 아직 더 놀라운 사실이 많이 있습니다."

그 말 한마디에 황제는 어찌 된 셈인지 라우를 비롯한 모든 사람들을 그 방에서 쫓아내기에 이르렀다. 마물이 아니라. 그녀와 황제를 단둘이 남겨두어야 한다는 사실이 불안했는지 오튼 황자가 계속 만류했지만 소용없었다.

심지어는 카이트마저 마뜩지 않은 표정을 거두지 못했으나, 황제의 명을 거역할 수 있는 사람은 아무도 없었다.

주름진 골을 따라 뜨거운 물방울이 흘러내렸다.

그건 놀랍게도 황제의 눈물이었다.

"이 내가 가지지 못한 능력을 지닌 자가 이 세계에 존재했다니, 정말 믿을 수가 없구나!"

"불쾌하셨다면 죄송합니다, 폐하."

짐짓 예의를 차리는 그녀의 말에 운켄트니스가 세차게 고개를 흔들었다.

"아니다. 이미 세상을 등진 젤른로스 황비와의 일은 정말로 나밖에 모르던 일인데……! 아니, 이미 잊고 있었던 오래된 기억이다. 그걸 이렇게 상기시켜 주다니, 정말 놀랍다."

그러면서 황제는 소름이 잔뜩 돋아 있는 자신의 손등을 윤수의 눈앞에 보란 듯이 내밀었다. 사실 황제와 둘이서만 남게 된 후 그녀가 한 일은 '묘수'라고 말하기 민망할 정도로 간단한 일이었다. 그건 바로 황제만이 알고 있는 예전의 기억을 끄집어내는 거였다.

특히 젤른로스 황비와 서로 사랑하던 시절에는 그도 지금보다는 훨씬 더 정상적인 군주였으니까.

윤수는 목이 마를 정도로 쉴 새 없이 이야기를 이어 나갔다.

황제가 젤른로스 황비를 처음으로 만났던 때부터 1황자가 태어나기도 전에 일어났던 사건, 그뿐만 아니라 페어라센의 황실에 감춰져 있었던 각종 비밀까지. 그녀는 카이트에게도 들려준 적 없었던 소설 속 이야기들을 실로 아낌없이 풀었다.

탐욕이 가득한 주제에 또 유달리 소심한 면이 있는 황제이니, 금방 절 믿게 될 거라는 자신이 있었다. 그리고 그 예상은 적중했다. 황비와의 추억에 감정이 북받치고만 황제는 저도 모르게 눈물까지 줄줄 흘려 댔다.

"그래, 그때 그 일도 내가 참 후회가 많구나. 황비가 그 후 그리 빨리 세상을 뜰 줄 알았더라면 그러지 말 것을. 다 내 잘못이다."

이건 아마도 아픈 황비를 두고 라우브루스트의 유혹에 푹 빠진 것에 대한 후회가 틀림없었다.

윤수가 고개를 가로저으며 재빠르게 대답했다.

"아닙니다, 폐하. 그것을 어째 폐하의 탓으로 돌리겠습니까. 게다가 누구나 마음속에 후회 한 가지쯤은 가지고 있는 법이지요."

그녀는 그야말로 입 안의 혀처럼 굴었다. 지금은 황제의 마음에 드는 것이 가장 시급한 문제였다. 그러므로 윤수는 오로지 귀에 듣기 좋은 말만을 꾸준히 반복하는 중이었다.

"그래. 네 말을 들으니 어쩐지 내 마음이 더욱 편해지는구나. 역시 마녀라는 여자의 말이라서 그런 것일 테지?"

이 모든 것이 그녀의 손에 의해 탄생된 이야기라는 것을 모르는 황제가 계속해서 축축한 얼굴을 닦아 냈다.

그때마다 반대쪽 손에 들린 지팡이가 눈에 들어왔다.

끝에 매달려 달랑거리는 것이 유독 시선을 잡아끌었다.

바로 열쇠였다.

행여나 티가 날까 봐 얼굴 자체를 애써 다른 곳으로 돌리는데, 갑자기 황제가 뜬금없는 것을 물어 왔다.

"그래서 지금 이런 네 능력을 아는 자가 카이트뿐이라고?"

"네, 그렇습니다. 그분께서 저를 가장 먼저 발견하셨기 때문에……."

그러자 황제가 불쾌하다는 듯 발을 쾅 굴렀다.

"이 괘씸한 녀석! 이런 능력을 지닌 자를 어째서 이제야 내 눈앞에 보이는가!"

기침이 터지는 것도 아랑곳 않고 황제는 계속해서 쩌렁쩌렁한 고함을 내질렀다.

"이보거라, 마녀. 솔직히 말해라. 그 녀석이 혹시 모반을 꿈꾸지는 않더냐!? 나는 이 나라에서 그놈을 가장 신뢰하지 않는다!"

황당하게도 갑자기 화살이 카이트에게 돌아갔다.

윤수는 일부러 고개를 격렬하게 흔들었다.

"서, 설마요! 그분은 그런 생각은 조금도 하지 않으셨습니다. 하늘과도 같으신 황제 폐하를 두고 어찌 그런 발칙한 짓을 할 수 있겠습니까."

그녀의 얼굴은 누가 봐도 겁먹은 티가 역력했다. 반쯤은 연기였지만 반은 진심이었다. 비록 흐릿하게 풀려 있긴 했지만, 그녀를 샅샅이 훑어보는 황제의 눈동자가 제법 매서웠으므로.

"흐음. 그거야 모를 일이다. 물론 올해 해적을 소탕해 준 카이트에게는 상을 내려야 함이 마땅하지만, 도무지 간과하고 넘어갈 수 있는 게 하나 있다."

"그게 무엇이옵니까?"

감정의 동요를 최대한 숨긴 채 윤수가 담담한 목소리로 대답했다.

"우선 이 나라의 것은 어차피 모두 나의 것. 그러므로 넌 앞으로 카이트가 아닌 날 위해서 일해야 할 것이다."

어쩜 이렇게 예상에서 한 치도 벗어남이 없는 건지.

그래, 이것도 이미 다 머릿속에 그려놓은 장면이었다.

"그건 당연한 말씀이십니다."

조소를 숨긴 채 윤수는 순순히 고개를 끄덕였다.

하지만 그 뒤에 연달아 들려온 것은 두 귀로 똑똑히 듣고도 도무지 믿을 수 없는 말들이었다.

"너처럼 천한 것이 감히 이 나라의 황제인 나와 마주하게 되다니. 원래라면 어림도 없는 일이다."

황제는 그리 말하며 천천히 몸을 일으켰다.

그것만으로도 숨이 가쁜지, 파리한 입술 밖으로 쌕쌕거리는 호흡이 새어 나왔다.

“그럼에도 불구하고 내가 왜 모두를 나가라고 했는지 짐작할 수 있겠느냐?”

그 말에 윤수는 솔직하게 고개를 가로저었다.

“잘 모르겠습니다, 폐하.”

그런 그녀의 모습이 마음에 들었는지 황제는 거만한 손짓으로 수염을 쓰다듬었다.

“네 이런 신통한 능력을 아는 건 오로지 나 혼자뿐이어야만 하기 때문이다. 쓸데없는 것을 많이 알고 있는 사람은 결국 욕심을 가지기 마련이지. 그런데 마침 그 대상이 카이트라니, 잘된 일이지 뭐냐.”

그는 거기까지 말하고 히죽 웃어 보였다.

“그게…… 무슨 말씀이십니까?”

“즉, 네 능력을 전부 알고 있는 이상 그놈을 그냥 내버려 둘 수는 없다는 소리다. 안 그래도 눈엣가시인 놈이었는데, 무척이나 좋은 기회다.”

“……네?”

누가 들어도 놀라서 반문하는 목소리가 윤수의 입에서 튀어나왔다. 그녀는 차분함을 유지하려 노력하며 황급히 말을 이었다.

“하지만 폐하. 절 폐하께 인도한 것은 카이트 황자입니다. 게다가 해적 소탕 때도 이루 말할 수 없이 용맹한 모습을 보이셨는데, 이 모든 것은 다 폐하를 위해서…….”

"닥쳐라!"

분노에 가득 찬 음성이 윤수의 말을 싹둑 잘랐다.

"감히 이 나라의 주인인 내 앞에서 누구의 편을 드는 것이냐! 게다가 무슨 꿍꿍이를 지니고 있는지는 몰라도 놈이 날 진심으로 위할 리 없다. 차라리 원망하고 있다면 모를까!"

황제는 지팡이로 연신 바닥을 쿵, 쿵 찧어댔다. 끝에 달린 열쇠가 계속해서 짤그랑 소리를 내며 흔들렸다.

"……컥, 커억!"

흥분이 지나쳤는지, 황제가 또다시 기침을 쏟아 냈다.

하지만 그는 거칠게 들썩이는 가슴을 부여잡으면서도 윤수를 윽박지르는 것을 멈추지 않았다.

"카이트를 처리하기에는 지금이 딱 적기다. 그러니 이 순간부터 넌 그놈 곁에 있을 필요 없다. 알겠느냐? 오로지 내 명령만을 듣고, 날 위한 일을 하면 되는 거다."

"……알겠습니다."

윤수는 일단 순순히 대답했다. 그러나 순식간에 텅 비워진 머릿속은 마치 새하얀 백짓장과도 같았다. 사실 이 탐욕스러운 남자에게 그녀의 능력을 드러내 보인 것은 어쩔 수 없는 일이었다. 열쇠를 얻기 위해서는 반드시 환심을 사야 했으므로. 하지만 그는 단순히 욕심만 많은 노인이 아니었다. 생각해 보면 한 나라의 황제란, 자신의 손에 쥐어진 막강한 권력을 누구에게도 빼앗기지 않으려 평생토록 수많은 싸움을 해 왔던 자이리라. 물론 그만큼 암투와 술수에 능하다는 그녀도 잘 알고 있었다. 하지만 황제가 이번 기회를 이용해서 카이트를 제대로 내치려 할 줄은 몰랐다. 윤수의 가슴속에 절망이 차올랐다.

그토록 싫었던 걸까?

그래도 친자식인데, 대체 어째서?

동시에 제 힘으로는 도무지 억누를 수 없는 분노가 치밀었다. 윤수는 고개를 빳빳이 치켜든 채 커다란 체구의 노인을 노려보듯 바라보았다.

"크음……!"

황제는 저도 모르게 헛기침을 하며 뒤로 한 발자국 물러나고 말았다. 몸에 구멍을 내 버릴 것만 같은 사나운 시선. 먹물처럼 새까만 저 여자의 동공이 어쩐지 공포스럽기 그지없다. 그리고 윤수는 그 순간, 황제가 어째서 이리도 카이트를 싫어하는지를 부지불식간에 깨달을 수 있었다.

그는 원래 뼛속까지 겁쟁이였다. 기존의 책 속에서도 여러 번 묘사하지 않았는가. 작은 일에도 움찔거리는 어깨를 들키기 싫어 부러 사시사철 두꺼운 망토를 걸친다든가, 또 소심함을 감추기 위해 일부러 늘 고함지르듯 이야기하는 습관 등등을 말이다. 그러므로 황제는 네 명의 자식 중 자신과 가장 반대되는 아들인 카이트가 무서운 거였다. 싫어하는 게 아니라.

"그럼 카이트 황자는 어찌하실 셈입니까?"

그러므로 지금 당장은 열쇠보다도 아버지 같지도 않은 이 남자에게서 카이트를 안전하게 보호하는 것이 먼저였다. 윤수는 그 사실을 떠올리며 떨리는 심장을 다시 한 번 다잡았다.

"뭐라고?"

"포상을 주신다고 하셨으니, 황자는 지금 무척이나 기대하고 있을 것입니다. 그런데 상은커녕 갑자기 잡아들이게 되면, 그는 틀림없이 절 의심할 겁니다. 제가 중간에서 이간질을 놓았다고 악심을 품을 것이 분명해요."

"나는 카이트보다 높은 자다. 그가 널 해코지할 일은 없을 테니 안심하거라."

"그렇지만 그동안 황자를 줄곧 곁에서 지켜본 저는 잘 알고 있습니다. 그가 얼마나 집요한 남자인지를요. 행여나 제게 복수를 가하진 않을까 두렵습니다."

비록 연기였지만, 윤수의 겁먹은 표정을 본 황제는 고개를 끄덕였다.

"흐음, 단기간 내에 잘도 파악했군. 그래, 그놈은 어릴 때부터 한번 마음먹은 일은 끝까지 해내고야 마는 집요함이 있었지. 징그러울 정도로 말이다."

"그러니 포상은커녕 절 빼앗기고 폐하께 처벌까지 받게 되면, 황자는 아마 분노로 미쳐 날뛸지도 모릅니다."

그러자 운켄트니스가 가소롭다는 듯 혀를 찼다.

"쯧. 하지만 나는 위대한 황제다. 내게 반항하는 자는 그저 없애버리면 그만 아니더냐?"

"지당하신 말씀이십니다. 하지만 공교롭게도 올해 투루니어 경기 우승자가 바로 저 카이트 황자 아닙니까. 이곳에 도착하기까지 몇몇 마을을 거쳤습니다만, 그때 만났던 대부분의 사람들이 그를 응원하고 있더군요."

"그래서?"

"3황자를 지지하는 자가 폐하의 생각보다 많을지 모릅니다. 그러므로 갑작스러운 제거는 괜한 시끄러움을 불러일으킬지도 모르지요."

윤수의 속삭임에 황제가 또다시 몸을 벌떡 일으켰다.

"사람들이 저 카이트 놈을? 그게 사실이냐?!"

"물론입니다, 폐하. 제 눈으로 똑똑히 보았습니다. 특히나 오랜만의 활약이라 더욱 그런 것 같더군요. 게다가 이 나라에서 경기 우승자가 어떤 대접을 받고 있는지는 황제께서 더 잘 아시지 않습니까?"

윤수의 능청스러운 말에 황제의 미간에 파인 주름이 인정사정없이 구겨졌다.

"정말 귀찮아졌군. 그럼 어쩌라는 것이냐?"

"일단 카이트 황자가 바라는 것을 하나 들어주시는 게 어떻습니까. 이후의 일을 순조롭게 도모하기 위해서라도 그편이 훨씬 나을 겁니다……."

"이후의 일이라니?"

그녀를 두고 천한 것 운운했던 자신의 발언도 어느새 싹 잊어

버린 채, 운켄트니스는 윤수 쪽으로 몸을 기울였다.

이미 윤수는 대단한 마력을 지닌 여인으로 황제의 마음속에 확고히 자리 잡혀 있었다.

"우선은 황자가 바라는 걸 하나 들어주십시오. 그 후 다시 그를 소환해 죄목을 조목조목 따지는 겁니다. 황제는 공을 인정해 기꺼이 상을 베푸셨는데, 알고 보니 그는 마녀를 숨겨왔다더라 하는 건 누가 봐도 큰일 아닙니까?"

그 말에 운켄트니스가 제 이마를 가볍게 두드렸다.

"과연! 그렇게 하면 이 나라의 흉조를 기원했다는 죄를 씌우기에도 부족함이 없군! 하지만 그가 분에 넘치는 것을 바라면 어찌하는가?"

"그때는 인정사정 볼 것 없이 잡아들이시지요."

윤수는 두 손을 곱게 모은 채로 태연자약하게 대답했다.

그가 바라는 것은 곧 그녀가 바라는 것. 이미 카이트가 황제에게 무엇을 요구할지 윤수에게는 훤히 보였다. 그런 그녀를 한참 동안 바라보던 황제가 천천히 고개를 끄덕였다.

"좋아. 그렇다면 1황자 오튼을 통해 다시 한 번 카이트의 의중을 묻겠다. 우선은 네 말대로 그가 원하는 것을 하나 들어주지."

황제의 선언에 그녀의 등줄기에서는 서늘한 땀 한 방울이 흘러내렸다. 비로소 숨통이 트였다.

이로써 당장 카이트가 위험에 처할 일은 없을 것이다.

하지만 열쇠는 대체 어찌 얻어내면 좋지?

그 애타는 속내를 숨긴 채 윤수는 더욱 정중히 허리를 굽혔
다.

"앞으로 저는 황제 폐하만을 위해 모든 힘을 쓸 것을 약속드
리겠습니다."

"좋아. 그렇다면 일단은 네가 할 수 있는 모든 걸 하나도 빠짐
없이 죄다 고해 보거라. 분명 또 다른 신비한 능력을 많이 지니
고 있겠지? 아니, 잠깐만. 그러고 보니 궁금하군."

갑자기 무슨 생각이 떠올랐는지 황제는 허연 각질이 일어난
입술을 천천히 핥았다. 그 모습이 마치 사냥감을 눈앞에 둔 야비
한 짐승과도 같아서 윤수는 그만 뒷목에 소름이 돋고 말았다.

"왜…… 그러시는지요?"

"혹시 네 그런 능력을 내게 줄 수는 없느냐?"

"네?"

윤수는 순간 두 귀를 의심했다.

"지금 네가 감히 누구의 면전에 있는지를 잘 생각하고 대답해
라. 아무리 마녀라고는 하지만, 어쨌든 나는 이 나라의 황제니
까. 자, 그럼 말해 보아라. 나 역시 너처럼 그런 힘을 가질 수 있
겠느냐?"

"그건……."

황제의 욕심에 헛웃음을 삼킨 것도 잠시. 윤수는 가만히 머리
를 굴렸다.

황제에게 거짓을 말해도 상관없을까?

아마 상관없으리라. 가장 중요한 건 진실을 고하는 게 아니라, 바로 열쇠를 얻어내는 것일 테니.

'이것이 정말로 내게 주어진 마지막 기회일지도 몰라.'

크나큰 다짐을 마친 윤수는 고개를 위아래로 격하게 끄덕였다. 그러고는 과장된 목소리로 이렇게 외쳤다.

"역시 폐하는 대단하시군요! 아무도 생각하지 못했던 것을 이리 날카롭게 짚어내시다니, 정말 존경스럽습니다."

그 말에 노인의 두 눈이 위로 크게 올라갔다.

"오, 역시 남에게 능력을 전수할 수도 있는 거로군! 후후, 좋아. 아주 만족스럽구나! 자, 그렇다면 내게 그 힘 전부를 다오!"

흥분한 황제는 채신머리도 없이 아이처럼 마구 발을 굴렀다.

"물론입니다, 폐하. 사실 이건 카이트 황자에게도 비밀로 했던 겁니다만, 폐하께는 제 능력을 기꺼이 바치겠습니다. 이런 영광을 주셔서 감사할 따름입니다."

그러자 그가 만족했다는 듯 크게 웃으며 화답했다.

"그래, 그렇다면 지금 당장 그 일에 착수하도록 해라. 네게는 후에 내 커다란 사례를 하겠다! 만약 원하는 것이 있다면 그게 무엇이든 간에 죄다 요구하도록. 아, 혹시 내게 힘을 주기 위해 특별히 필요한 건 없느냐?"

그 말에 윤수는 더더욱 고개를 아래로 숙였다.

심장이 터져 나갈 정도로 거세게 뛰었다.

"사실은 꼭 필요한 것이 하나 있습니다."

“말해 보거라.”

드디어 잡았다. 그녀의 입가가 위로 쓰윽 들렸다.

*　　*　　*

“카이트 님, 바서 님은 왜 아직까지 소식이 없으신 걸까요……?
설마 무슨 일이라도 생기신 건 아니겠죠?”

도리스가 눈물을 글썽였다.

하지만 안절부절못하는 건 카이트도 마찬가지였다.

“하아…….”

그는 쉽사리 대답하지 못하고 또다시 방 안을 조용히 서성거
렸다. 그들 일행이 머무르고 있는 곳은 거의 웬만한 성에 가깝다
고 할 정도로 커다란 별채였다. 으스대는 걸 좋아하는 황제의 성
격상 가장 화려한 곳을 하사했음이 틀림없었다. 벽에는 영롱한
빛을 뿜어내는 각종 보석이 수도 없이 박혀 있었다. 하지만 카이
트의 눈에는 모두가 그저 새카만 돌멩이처럼 보일 뿐이었다.

“……적어도 이 건물 안에는 말씀하신 통로가 없는 게 확실하
군요. 이 주변에 있는 다른 건물들도 모두 별반 다를 바 없으니,
아마 바서 님께서 말씀하신 별채는 다른 쪽에 떨어져 있는 것이
분명합니다.”

페라트가 차분한 어투로 다시 한 번 그들의 목표를 상기시켰
다. 그 말에 카이트가 조용히 고개를 끄덕였다.

"나도 그렇게 생각한다. 그래, 이렇게 걱정하는 시간에 차라리 우리가 할 수 있는 일을 하는 편이 좋겠군."

"그렇습니다. 바서 님이 열쇠를 가지고 돌아오실 때를 대비해서 한시라도 빨리 그 벽을 찾아야 합니다."

모두가 불안에 잠식당할 때, 쉬이 흔들리지 않고 해야 할 일을 냉정히 바라볼 수 있는 건 이 은발의 미청년이 지닌 훌륭한 장점이었다. 카이트는 윤수의 말을 속으로 되새겨 보았다. 그녀의 정보에 따르면 통로가 되는 벽은 연갈색의 아치형 천장과 하얀색의 커다란 기둥이 좌우로 세 개씩 세워져 있는 별채의 안에 있다고 했다.

하지만 몇몇 하인들에게 슬쩍 물어본 결과 이 성 안에 그런 모양을 한 건물은 자신들이 아는 것만 해도 수십 채가 넘는다고 모두 입을 모아 말하고 있었다. 그러므로 결국은 발품을 팔아서 일일이 확인하는 수밖에 없다.

"무슨 수를 써서든 반드시 찾아내고 말겠어."

비록 혼잣말이었지만 카이트의 목소리에는 그 어느 때보다도 결연한 의지가 담겨 있었다.

그래, 반드시 찾을 것이다. 그게 벽이든, 아니면 이 세계에서 결국 사라지게 될 그녀이든지 간에. 카이트는 다시 한 번 이를 악물었다. 그 순간, 난데없는 도리스의 비명이 꽥, 하고 울려 퍼졌다.

"으악, 엄마야!"

"왜 그러지?"

"으, 죄, 죄송합니다, 카이트 님. 저기서 갑자기 큰 쥐가 튀어나와서……! 아니, 고양이인가?"

"뭐?"

카이트의 시선이 황급히 도리스의 손가락을 따라갔다.

그녀가 가리킨 곳에 짧은 꼬리를 팽글팽글 돌리고 있는 작은 짐승이 한 마리 앉아 있었다.

"이건…… 마물이잖아?"

그러자 녀석이 기다렸다는 듯 카이트의 곁으로 쪼르르 다가왔다. 아직 어린 새끼인 마물의 목에는 무언가 반짝이는 것이 걸려 있었다.

"앗! 여, 여기 열쇠가 있어요!"

마물의 목에 달린 열쇠를 가장 먼저 눈치챈 건 눈 좋은 도리스였다. 하지만 그녀는 그러면서도 마물이 무서워 그 근처로 쉬이 다가가지 못하고 있었다.

"잠깐, 이건 또 뭐지?"

카이트가 녀석을 지체 없이 들어 올렸다.

열쇠 아래에는 아주 작은 두루마리도 함께 달려 있었다.

"깩, 깩."

새끼 마물은 그의 손길이 싫었는지 연신 몸부림을 쳤다.

재빨리 목에 걸린 것을 떼어 준 뒤 아래로 내려놓자 마물이 기다렸다는 듯 도리스의 곁으로 쪼르륵 다가갔다.

"윽! 얘……! 저, 저리 가!"

그녀가 작은 마물과 실랑이를 하는 사이 카이트는 손에 든 두루마리를 빠르게 읽어 내려갔다.

"무슨 내용입니까?"

궁금증을 참지 못한 페라트와 렌틸리히가 곁으로 다가왔다.

그들은 딱딱하게 굳은 얼굴을 한 카이트에게서 두루마리를 넘겨받았다. 그러고는 곧 카이트와 비슷한 표정으로 경악에 가득 찬 탄성을 내질렀다.

"세상에, 이건……!"

아니, 그들의 얼굴은 카이트보다 훨씬 더 절망적인 것처럼 보였다. 거기에 쓰여 있는 건 예상대로 윤수의 전언이었다.

턱없이 부족한 지면 탓에 지금까지 그녀가 황제와 단둘이서 나누었던 이야기들이 아주 간결하고도 짧막하게 나열되어 있었을 뿐이지만, 모든 정황을 파악하기에는 무리가 없었다.

아무튼 윤수의 말에 의하면 황제는 카이트 황자의 공을 인정하기는커녕 어떻게든 그를 끌어내리려는 모양이었다. 극형에 처해지거나, 아니면 최소한 유폐를 당할지도 모른다.

"그럼 앞으로 우리는…… 아니, 화, 황자님은 어떻게 되시는 겁니까……."

평소 큰소리치기를 좋아하는 렌틸리히마저 하얗게 질린 얼굴로 어깨를 벌벌 떨어댔다. 당연하다면 당연한 일이었다. 이 나라 최고의 권력자가 카이트 황자를 두 번 다시 재기할 수 없도록 짓밟을 예정이라면 이제는 대놓고 모반을 꾸미는 것밖에는 수가 없었다. 목숨을 보장받을 수 있는 유일한 길이 반역을 일으키는 것뿐이라니. 하지만 그것도 어디까지나 성공해야지만 가능한 이야기였다.

렌틸리히뿐만 아니라 페라트의 이마에도 어느새 송골송골 땀이 솟기 시작했다. 그 사실에 동요하지 않은 것은 되레 카이트 본인뿐인 듯했다.

"일단 열쇠를 손에 넣었으니 우선은 무슨 일이 있더라도 벽을 찾겠다."

그의 말에 페라트가 입술을 깨물며 황급히 앞으로 나섰다.

"하지만 카이트 님! 이대로라면 황자님의 앞날이……!"

거칠게 땀을 훔치는 그의 손끝에 절박함이 가득했다.

현재 이곳에서 카이트의 편이 되어 줄 사람들이라고 해 봤자 자신들이 전부였기 때문이다. 물론 남쪽에 병사들이 그대로 머물러 있는 상태였지만, 그들이 정말로 카이트를 위해 검을 들어 줄지는 아직 미지수다. 뭐니 뭐니 해도 황제에게 대항하는 것은 대 반역죄에 해당할 테니까.

역모에 실패하게 되면 가담한 당사자는 물론이고, 일가친척의 앞날도 죄다 불투명해지고 만다.

페라트의 간곡한 호소가 이어졌다.

"이 두루마리에 쓰인 이야기가 사실이라면, 보상을 내리겠다는 폐하의 말씀은 단순한 눈속임에 지나지 않습니다. 그러니 지금 시간이 있을 때 이것에 대비해 얼른 무슨 수를 쓰는 게 낫지 않겠습니까.”

차라리 이때를 틈타서 황제의 성에서 몰래 빠져나가는 편이 나을지 모른다. 어딘가에 몸을 숨길 수만 있다면, 일단 그것만으로도 꽤나 많은 시간을 벌 수 있을 것이다.

하지만 카이트는 완고했다.

“통로를 찾는 게 먼저다. 그녀를 먼저 보내야 하니까.”

……그녀가 이 세계에서 사라지기 전에.

카이트는 아프도록 입술을 씹으며 뒤의 말을 삼켰다.

“카이트 님……!”

페라트가 또다시 절규하듯 그의 이름을 외쳤다. 하지만 카이트에게서는 더 이상 아무 대답도 돌아오지 않았다.

값어치를 매기기 힘들 정도로 귀하고 화려한 것들로 가득한 방 안의 공기가 무겁게 가라앉았다. 아무도 쉬이 입술을 열지 못하고 그저 제각기 한숨만을 내쉬는 그때.

“황자님, 오튼 황자님께서 잠시 뵙기를 청하십니다.”

밖에서 시종의 목소리가 들려왔다.

“어서 말해 보거라, 카이트. 폐하께는 내가 전해 드릴 테니.”

커다란 의자에 앉아 있던 오튼이 느긋하게 팔짱을 끼며 물었다.

“제가 바라는 것은…….”

카이트가 입술을 열자 뒤에서 머리를 조아리고 있던 페라트가 두 눈을 질끈 감았다.

"제게 얼마 동안 이 성에서의 자유를 허락해 주시지 않겠습니까?"

그 말에 페라트는 저도 모르게 나지막이 한숨을 내 쉬었다.

"……뭐?"

오튼의 입에서도 놀란 듯한 음성이 튀어나왔다.

하지만 카이트는 아랑곳 않고 부연 설명을 곁들였다.

"여기서는 어딜 가든지 간에 호위 기사들과 시종들이 따라붙지 않습니까. 사실 어릴 때 이곳에 살던 기억 때문인지 내키는 대로 이곳저곳 가보고 싶은데 그것을 마음대로 하지 못하니 영 불편합니다."

오튼은 의외라는 듯 양손을 모아 무릎에 내려놓은 채로 깍지를 꼈다.

"하지만 이건 황제께서 직접 내리시는 상이다. 이런 기회가 흔치 않은데 왜 고작 그런 것을 바라는 거지?"

그러자 카이트가 조용히 고개를 가로저었다.

"이 성은 웬만한 마을 몇 개를 합친 것만큼 크고 넓습니다. 그런 곳을 감시의 눈 없이 자유롭게 활보할 수 있게 된다는 것만으로도 제게는 큰 상이 됩니다."

"흐음."

"더불어 황제의 성에서 마음껏 자유를 누릴 수 있다는 것은 춥

고 좁은 북쪽 성에서 평생을 갇혀 지내야만 했던 제 신하들에게
도 큰 선물이 될 겁니다. 여기는 평생 가도 절대 보지 못할 진귀
한 것들이 많으니까요."

오튼은 가만히 생각에 잠겼다.

사실 이해 못 할 이야기는 아니었다. 황제를 섬기는 다른 신하
들의 시선에서 자유로운 자를 꼽으라면 1황자 오튼, 즉 본인밖
에는 없었다. 게다가 카이트는 원래 이곳에서 누구보다 애정을
듬뿍 받으며 자랐던 황자.

그에게도 자신이 가장 행복했던 시절로 돌아가고픈 욕망이
아직 남아 있는 거겠지. 그렇게 단정 지은 오튼은 입가에 미소를
띤 채 천천히 몸을 일으켰다.

"좋아. 그렇다면 폐하에게 그리 전하도록 하지. 네게 모든 장
소를 공개하겠다. 그러니 원하는 만큼 실컷 머물다 가거라."

너무나도 소박한 소원에 무언가 석연치 않은 감이 느껴지긴
했지만 오튼은 크게 신경 쓰지 않았다. 설령 무슨 꿍꿍이가 있다
하더라도 어차피 일을 도모하는 것 자체가 불가능하리라. 그도
그럴 것이 여기는 낮밤 할 것 없이 눈을 시퍼렇게 뜨고 있는 용
맹한 호위 기사들이 가득한 데다가, 오로지 오튼만의 눈과 귀가
되어 주는 신하들이 셀 수 없이 깔려 있는 곳이니까. 그걸 다시
한 번 머리에 떠올린 오튼은 가벼운 발걸음으로 문을 향해 걸어
나갔다.

*　　*　　*

“1황자, 궁금한 게 있습니다. 카이트 황자가 바란 포상이 대체 무엇입니까?”

여러 시종들과 함께 복도를 가로질러 가던 오튼의 앞을 막아선 것은 라우브루스트였다.

“내 앞에서 비키십시오.”

그녀를 내려다보는 그의 눈초리에는 경멸감이 가득했다.

“무례한 언사는 그만두시오. 나는 그의 친모이자, 황제를 모시고 있는 자입니다!”

“그렇다면 아들이나 남편에게 직접 묻지 그러십니까?”

라우가 앙칼지게 외쳤지만 오튼은 그런 그녀를 오히려 더 비웃을 뿐이었다.

“……미안하지만 당신은 이제 끝났어.”

그는 허리를 굽혀 커다란 다이아몬드 귀걸이가 걸려 있는 그녀의 귓가에 이렇게 속삭였다.

“뭐, 뭐라고……?!”

“물론 당신의 아들에게 황제가 포상을 내린 건 사실이지만, 그게 과연 카이트를 인정해 주겠다는 뜻일까?”

오튼의 목소리가 서리처럼 낮게 내려앉았다.

“지금까지 뒤에서 지저분한 일을 도맡느라 수고가 많으셨습니다. 내가 황제가 되면 그 죄목부터 먼저 낱낱이 밝혀주지.”

오튼은 그대로 천천히 몸을 바로 했다.

“······애초에 2황자의 편에 선 것이 당신이 저지른 일 중 가장 어리석은 일이었다.”

이 말을 끝으로 그는 다시금 우아하게 발걸음을 옮겼다.

뒤에 남겨진 라우는 마치 유령처럼 새하얗게 질려 있었다.

‘내가 2황자랑 손을 잡았다는 걸 1황자가 알고 있었어? 대체 언제부터?!’

그녀는 숨도 감히 쉬지 못한 채 속으로만 절규했다.

1황자는 늘 그녀의 눈엣가시였다.

그건 아들인 카이트가 차기 황제가 될 거라고 철석같이 믿고 있던 시절부터 변함없는 사실이었다. 하지만 어미로서 카이트에게 걸었던 크나큰 기대는 점점 희미해져만 갔고, 그러던 찰나 2황자 측에서 은밀한 제안이 있었다.

‘바인 황자가 그랬지. 황권을 다투는 데 있어 가장 귀찮은 걸림돌이 되는 사람이 바로 카이트라고 말이야. 그러니 그를 포기하게 만들어 주면, 1황자는 자기가 알아서 하겠다고 했어.’

그래서 라우는 결국 2황자 바인의 편에 서리라 마음먹었다. 물론 황태후의 지위를 약속받은 후에야 결정한 것이지만. 그러던 와중에 1황자가 그녀를 황제의 성으로 불렀다. 폐하가 늘그막에 쓸쓸해하시는 것 같으니 곁에 있어주지 않겠냐면서 말이다.

그건 아무리 생각해도 믿을 수 없는 제안이었다.

이게 대체 무슨 일인지 어안이 벙벙한 그녀는 한동안 고민에

빠졌다. 그런 라우에게 기꺼이 성에 들어갈 것을 추천해 준 사람
도 바인이었다. 어차피 카이트를 제외하면 나머지 적은 1황자뿐
인데, 그런 그의 동태를 파악하기에 상당히 좋은 기회라면서.

하지만 그런 바인 황자도 지금은 행방불명이 된 채였다.

어디에 있는지는 그녀도 알지 못했다.

"이런……!"

짜증 나는 신음을 내뱉으며 라우는 양손으로 얼굴을 감쌌다.
온몸의 피가 다 빠져나간 사람마냥 입술과 손끝이 차가웠다. 노
르덴 숲으로 괴한을 보낸 것도, 에른테페스트 때 만난 카이트에
게 일부러 1황자를 조심하라고 말한 것도 죄다 바인이 시켜서
한 일.

그러니 자신은 죄가 없다고 우기면 되지 않을까?

'하지만 그 계집이 아직 남아 있잖아! 예전에 바인의 성에서
나한테 칼을 들이밀며 협박을 가했던 그 계집이 이제는 폐하의
최측근이 되다니!'

이미 예전에 윤수를 맞닥뜨린 경험이 있었던 라우는 그녀가
지닌 신묘한 능력에 대해 잘 알고 있었다. 그리고 그때 바인은
자신을 아무것도 도와주지 않았고 말이다.

그러므로 지금 가장 무서운 건 사실 그 자그마한 젊은 여자였
다. 무어라 설명할 수 없을 정도로 크나큰 두려움이 라우를 덮쳤
다.

'생각하면 그때 이미 그 빌어먹을 바인 황자에게 버려진 거나

마찬가지였어. 그럼 이제 난 어떻게 하면 좋지? 대체, 어떻게……!'

나이 든 여인의 것이라고는 생각할 수 없을 정도로 탐스러운 붉은 머리채가 계속해서 흔들렸다.

그녀는 질끈 감겨 있던 눈을 천천히 떴다.

붉은 동공에서부터 퍼져 나간 것 같은 핏발이 두 눈에 가득했다.

그 후 황제의 성에서 절대로 일어날 수 없는 커다란 사건이 발생한 건, 그로부터 며칠도 채 지나지 않아서였다.

*　　　*　　　*

아직은 그저 고요하기만 밤.

"깩."

발코니 쪽으로 나 있는 커다란 창문에서 희미한 울음소리가 들렸다.

"앗!"

윤수는 즉시 몸을 벌떡 일으켰다.

"이제 왔니?"

나무로 된 창틀을 밀자 조그마한 마물 한 마리가 기다렸다는 듯이 발을 들이밀었다.

"쉿, 크게 울면 안 돼."

윤수는 주위를 은밀하게 살피며 새끼 마물을 품에 안았다. 방은 크고 넓었지만 문 바깥쪽에는 황제의 기사들과 시녀들이 여럿 서 있었다. 그들은 절대로 자리를 뜨지 않았으며 심지어는 한밤중에 윤수의 허락도 받지 않고 가끔 불쑥 방으로 들어올 때도 있었다.

물론 이 모든 게 황제의 지시였다. 그녀가 행여나 허튼 마음을 먹거나 도망치지 못하도록 말이다.

"그 수첩이 제대로 작동했었더라면 여기서 도망쳐도 벌써 수십 번은 도망쳤을 텐데."

윤수는 혼잣말을 중얼거리며 한숨을 포옥 내쉬었다.

사실 아무에게도 말은 하지 않았지만 그녀에게 주어지는 압박감이란 실로 상당했다. 물론 자신의 힘을 전수해 주겠다는 핑계로 열쇠를 얻어 낸 것은 실로 다행스러운 일이었다. 황제가 되고 나서부터 한시도 빠지지 않고 줄곧 몸에 지니고 있었던 물건이 필요하다는 말을 꾸며낸 기지도 스스로 칭찬할 만했다. 그리고 그걸 카이트에게 전달한 것까지도 좋은데, 문제는 황제였다.

시간을 가지고 기다리지 않으면 안 된다고 처음부터 쐐기를 박아 놓긴 했지만, 이 성질 급한 노인은 하루에도 몇 번씩 절 닦달할 정도로 무척이나 애가 타는 모양이었다.

"하아."

윤수는 다시금 짙은 한숨을 내뱉으며 침대에 풀썩 누웠다. 품에 안긴 마물이 갑갑했는지 바르작거렸다. 그 순간 그녀의 팔에 무언가 작고 딱딱한 것이 느껴졌다.

"앗, 두루마리네!"

그제야 그걸 발견한 윤수는 허겁지겁 두루마리를 펴 보았다. 그 안에는 이제 벽을 곧 찾을 예정이니 부디 조금만 참고 기다려 달라는 짤막한 전언이 그리운 필체로 써 있었다. 그리고 눈에 익은 물건이 함께 동봉되어 있었다.

"이건 내가 축제 때 카이트한테 사준 검 허리띠 장식이잖아?"

그 증거로 앞면에는 그녀의 이름이 새겨져 있었다.

멍한 표정으로 조그마한 금장식을 이리저리 돌려보던 윤수의 눈에 곧 뜨거운 눈물이 차올랐다.

E. KEIT

자신의 이름 옆쪽에 나란히 자리 잡은 그의 이름. 그가 새로 새겨 넣은 것임에 틀림없었다.

"……카이트."

윤수는 입술을 깨문 채로 터져 나오려는 흐느낌을 애써 억눌렀다. 둥글게 세운 무릎 사이로 고개를 파묻자 가슴을 저미는 것 같은 그리움이 그녀의 호흡을 타고 까만 어둠 속으로 뭉게뭉게 퍼져 나갔다.

동시에 뜨거운 눈물이 침대보 위로 투둑, 떨어졌다.

〈다음 권에 계속〉